錦繡榮門 2

風文創 542

灩灩清泉 著

目錄

第三十二章

六月二十五日，錢大貴父子、錢二貴父子及謝虎子一起來幫三房修房子。本來錢三貴沒叫錢二貴父子，但他們主動來了，也不好把人往外攆。

之前錢大貴已訂好瓦片和泥磚，幾個人只花五天便完工。

茅草換成瓦片，房子一下氣派許多，三間垮塌一半的小矮房也修好，這裡先不住人，留著錢亦錦長大用。後院蓋豬圈，過些日子吳氏打算去抱兩頭小豬來養；茅房改搭在豬圈旁邊，這樣好積肥；原本的茅房填平，砌成小房子，給大山和牠以後的孩子住。

修完房子，來幫忙的人吃飽喝足回家後，喧囂幾天的村西頭終於沈靜下來。

天已經晚了，但興奮的錢家三房睡不著，除了錢亦錦在燈下發憤苦讀外，其他人到院子裡乘涼，連猴哥都坐在屋頂的瓦片上看著新家直樂。大山喜歡新居，早早便回屋歇息。

夜風微涼，漫天星光把院子照亮。望望高高的院牆、結實厚重的大木門，讓人心裡踏實不少。

看看美美的程月，錢亦繡覺得，上天派她和猴哥來到這個家，或許就是要讓他們英雄救美，否則，方家真有可能把這個家弄得家破人亡、美人蒙垢，那真是沒天理了。

錢三貴夫婦商量著，準備在七月二日擺兩桌酒席，答謝幫忙的人，把大房、二房及謝虎子一家請來熱鬧熱鬧。

錢亦繡提議，再去宋家莊子請高管事。

「咱們敬著他，禮多人不怪。他不來，禮數也盡到了；他來更好，咱們好好招待。」

錢三貴連連點頭。家裡這樣，極需有個強勢的後臺，便答應了。

為表誠意，第二天晚上，錢三貴親自領著錢亦錦和錢亦繡去請高管事。他腿腳不便，還請謝虎子趕驢車送他們。

沒想到，高管事痛快地答應了，讓錢三貴祖孫三人喜出望外。

原來，他們家送的那兩罐酒釀，高家人極喜歡吃，尤其是女眷。高管事去省城時，依言送給馮嬤嬤，馮嬤嬤卻不以為然，笑著說：「天啊，那小娃還真給我送這東西。」

但等高管事要回鄉下時，馮嬤嬤突然去他在省城的住處，讓高管事轉告錢亦繡，說是謝謝她，酒釀很好吃，還送六朵絹花和六根紮頭髮的絲帶給她。又暗示高管事，她只吃了一口，就把那酒釀孝敬給主子，主子極喜歡，說是比店裡賣的還好吃，以後來省城時，最好多帶兩罈。

見討得馮嬤嬤的喜，甚至連主子都喜歡，高管事高興得連連點頭應諾。他的閨女漂亮伶俐，在宋二夫人院子裡當差，有馮嬤嬤提攜，便有可能升大丫頭，於是立刻吹牛道：「馮嬤嬤放心，我跟錢家極熟，到時讓他家多做幾罐。」

兩人正說著，小廝來找他，說宋四爺有事吩咐。

宋四爺宋治先是宋二老爺的兒子，族中排四，原是秀才，但考幾次舉人都沒有考上，就絕了走仕途的想法。家裡給他捐了五品官，可身上沒有實缺，平時幫著管管府中庶務。
聽說這位爺要見自己，高管事忐忑不已。去了之後，看見京城的大少爺和表少爺都在。
大少爺宋懷瑾是宋老夫人最喜歡的長房重長孫，平時跟著大老爺一家住京裡，每年會同表少爺梁錦昭一起來西州府住兩、三個月，在宋老夫人跟前盡孝。
梁錦昭是大姑太太的長孫，出身衛國公府，是大慈寺高僧悲空大師的俗家弟子，年年都去大慈寺跟大師學武。
見高管事來了，宋治先吩咐他：「花溪村有個叫錢亦繡的女娃，她爹在戰場上陣亡了，家裡老弱病殘，極為可憐，以後若有惡人欺侮她家，你幫著些。」
高管事沒想到，錢亦繡還真討了主子的喜，忙不迭地答應下來，更沒想到，宋懷瑾和梁錦昭還各賞一個荷包給他，讓他多費心。
高管事把思緒拉回來，本還想去錢家一趟，結果他們竟然上門。答應會去吃酒時，也暗示他們，以後多做些酒釀，他和馮嬤嬤都喜歡。
錢三貴自是滿口答應，見時辰不早，領著錢亦錦與錢亦繡道謝後，便告辭回去。
回到家，錢亦繡把四朵色彩豔麗的絹花送給錢滿霞，兩朵素淨些的給程月，自己留下絲帶。
不僅錢滿霞喜得眉開眼笑，連程月的眼睛都亮了，直說：「絹花好看，喜歡。」
因為高管事要來，酒席菜色得弄得更豐盛才行，還要再請幾個地位高些的人來作陪。於是，錢三貴又去請了汪里正、林大夫、柳先生這幾個受村民尊敬的人。

吳氏和錢滿霞去鎮上大肆採買，雞鴨魚肉樣樣齊全，還買了兩罈老糧醇。錢三貴已經好多年沒喝過這種酒，打開蓋子吸了好幾口香氣，逗得錢亦繡等人咯咯直笑。

七月二日一早，錢亦繡先把大山和穿著新衣的猴哥領去後院，還用繩子把猴哥拴好，吃的、玩的全拿過去，連哄帶威脅。說著如果猴哥不老實，敢把繩子解開，以後就不給牠穿漂亮衣裳、吃好吃的了，然後又幫牠揉後脖子，猴哥舒服得直哼哼。

謝虎子的婆娘蘭氏及錢滿蝶早早便來幫忙；許氏和小楊氏跟著男人一起進山摘霞草，不到中午亦趕來這裡，跟著忙進忙出。吳氏的手藝本來就好，今天更是卯足了勁，離院子老遠就能聞到香味。

今天錢滿霞穿的是張家丫鬟給她的衣裳，淺雪青色的中衣與中褲，外罩玫紅色馬甲，繫粉色腰帶，頭上還簪朵粉色薔薇；她本來想戴省城的絹花，但吳氏不許，讓她留著出嫁時再戴。打扮好後，她跑去左廂房照鏡子，美得不行。

錢亦繡見狀，誇張地說：「小姑姑好漂亮，都快趕上我娘親了。」

程月也點頭。「嗯，小姑好看。」

錢滿霞樂得暈陶陶。

因為錢滿霞穿了好衣裳，吳氏沒喚她去廚房幹活，只讓她和錢滿蝶待在外面端茶倒水，跑跑腿、招呼客人。

錢滿蝶看見錢滿霞的衣裳，極為羨慕。「霞妹的衣裳真好看。」伸手摸了摸，吃驚道：

「還是綢子的，三叔三嬸真捨得。」

錢滿霞跟這個堂姊感情好，遂把她拉進自己的小屋，說衣裳是張家丫鬟給的，拿出一件杏色繡折枝梅花的比甲和一套淺色中衣加鵝黃色腰帶送她。

「舊衣裳，姊姊別嫌棄。」

錢滿蝶激動得臉都紅了，拿著衣裳在身上比劃起來，嘻嘻笑道：「天哪，我只看過有錢人家的小姐才穿這樣的綢子衣裳，沒想到我也會有一套，怎麼可能嫌棄。霞妹，謝謝妳！」

錢滿蝶見衣裳大小合身，遂急吼吼地換上，也掐一朵紅色薔薇簪在頭上，再去打盆水來，俯身照了又照，高興不已。

另一邊，錢老太、大房、二房及謝虎子家的人到了，唐氏也厚著臉皮過來，吳氏等人都沒搭理她。

唐氏打著哈哈，坐在院子裡嗑瓜子，殷勤招呼每個人，彷彿沒看見別人的白眼。

錢亦繡也沒理伸手想拉她的唐氏，一扭身，拉著錢亦多及謝虎子的小女兒跑開了，把她們領進屋裡，每人送了兩條絲帶，還幫她們繫在小包包頭上。

兩個女孩高興不已，跑去廚房讓自己的娘親瞧瞧，看她們是不是變漂亮了？

錢亦多到汪氏面前說：「這是繡兒姊姊送的，好看嗎？」

汪氏笑著直點頭。她一進院子就看到換上綢子衣裳的錢滿蝶，樂到了心裡。

隨後，林大夫和汪里正的大兒子汪洪力也來了。柳先生要上課，中午才能來。

汪洪力笑著說：「今天我爹身子有些不爽利，讓我代表他老人家來吃酒。」

錢三貴心裡明白汪里正瞧不上自家，但還是樂呵呵地請他保重身體。

當高管事和他的大兒子高良來到錢家三房時，汪洪力睜大了眼，萬沒想到高管事父子真來了，遂悄悄叫錢亦繡過去，讓她趕緊上他家跟他爹說一聲。

錢亦繡心裡對汪里正門縫裡瞧人的德行很不以為然，但還是爽快地答應下來，牽著錢亦多，一起往村裡跑去。

待到汪家，汪里正聽說高管事真去錢家三房吃飯，也吃驚得不得了，對錢亦繡道：「汪爺爺早晨起來有些頭暈，現在好了，正想去妳家，可巧妳就來叫我了。」然後忙不迭地往村西頭跑去。

他步子大，趕得飛快，錢亦繡和錢亦多追不上，只得在後面慢慢走。

汪里正進了錢家的院子，來到高管事跟前，點頭哈腰地問好，高管事只用鼻子嗯了聲。

高管事拍著錢三貴的肩，可惜地說：「錢三哥，咱們兩家離得這麼近，為何現在才認識呢？早些遇著你，我也多個說話的人啊……」一副惺惺相惜、相見恨晚的樣子。

錢三貴是見過世面的，跟高管事滔滔不絕地說話，也沒有冷落其他人。

飯桌上菜色豐富，味道又好，酒是鎮上最好的老糧醇，客人們都非常滿意。

酒至酣處，高管事對錢三貴說：「我家有鐔京城的鐵鍋頭，比這酒還來勁，過些時候，請三哥去我那兒喝兩盅。」

錢三貴吃驚道：「高兄弟家有鐵鍋頭？十幾年前聽我們鏢頭說過這酒，已經饞了好久，卻是沒喝過。」

高管事大笑。「哈哈哈，那好，改日我讓我媳婦準備幾個好菜，請三哥品品鐵鍋頭的勁道。」

大家吃得酒足飯飽，高管事也喝得盡興。飯後，錢三貴因腿腳不便，只送高管事到院子外面，而汪里正等人則把他們父子送到洪橋橋頭。

汪里正對錢家三房又開始另眼相看，覺得錢三貴到底見過世面、有本事，身子剛剛好一點，就能攀上高管事，不簡單！逮著機會就問錢三貴，他們是如何結識高管事的？

錢三貴打著哈哈沒明說，只是之後吳氏便經常做酒釀，不時給高家送去了。

從錢家三房回到家後，汪氏躺在床上對錢大貴說：「這頓飯，沒有二兩銀子是備不了的，三房敢花那麼多錢修房子，還拿錢辦席面，家底可不是一般的厚。他家怎麼突然有錢了？一有錢，就說吳氏娘家給的，我不信，是不是他們還有什麼掙錢的門路沒講出來？這些年，咱們可沒少幫襯他們，有門路也該說一聲啊，有錢一起賺嘛。」

錢大貴說：「就妳想得多。沒說掙錢的門路？那賣霞草是誰告訴妳的？吳氏的哥哥當師爺，給自家妹子一點銀錢，還有什麼不相信的？繡兒伶俐了，不僅把滿江媳婦做的玩偶賣了好價錢，還討得保和堂張老太太的喜，張家因此送三弟好些補藥，還賞他們一些銀錁子。這些妳都知道，怎麼還疑神疑鬼。」

說完，他又嘖嘖兩聲。「三弟送了一個銀錁子給娘，娘讓我瞧了，亮晶晶、圓滾滾的像花生，極好看。」

鄉下人多用銅錢，連小銀角子都少見，更何況銀錠子、銀錁子這些稀罕物。

汪氏有些眼饞。「婆婆就是偏心，咱們給了好東西，她轉頭就送給錦娃。咱們家善娃是她的大重孫子，卻沒見她賞過什麼好東西。」

錢大貴聞言，不高興了，黑起臉道：「我娘辛苦一輩子，手上卻什麼都沒有，也就這次得了有錢人家的小玩意兒，稀罕得不得了，妳還惦記上？」

汪氏聽了，惱得沒言語，轉過身，賭氣睡了。

第二天，唐氏跟著錢二貴來幹活。平常她只在農忙時才下地，今天倒是難得勤快。

吳氏沒理她，只跟錢二貴打招呼。

唐氏見錢二貴去了另一頭忙，便撇嘴道：「我早看出來了，這人啊，都長了雙勢利眼，看高不看低。咱們家沒有當官的親戚，幫再多忙，人家也沒看在眼裡。送綢子衣裳、送肉什麼的，只送那有後臺的人家。」

吳氏直起身。「二嫂這是罵我呢？」

唐氏瞪著眼。「我是在罵勢利眼。誰勢利，我罵誰。」

吳氏氣道：「沒錯，我家給大伯家送過幾次肉，那是因為婆婆在那兒，孝敬婆婆的。」

唐氏道：「我可沒那麼嘴饞。妳家只給大房送綢子衣裳是怎麼回事？」

吳氏更氣。「那是霞兒私下送蝶兒的，我和當家的直到晚上才曉得。」

「喲，真是有錢了，口氣也大。綢子衣裳這樣的珍貴物，霞兒一個孩子就能作主送人？」唐氏撇嘴道。

吳氏解釋。「那衣裳雖是綢子的，卻是張老爺家的丫鬟的舊衣，只適合姑娘們穿，所以霞兒才送蝶兒一套。二嫂也該照照鏡子，那些都是大紅大綠的衣裳，妳穿得出去嗎？」

錢二貴聽見她們吵架，過來罵唐氏。「妳不幹活，在那裡瞎嚷嚷什麼？」又對吳氏道：「弟妹，這婆娘向來嘴臭，別跟她一般見識。妳和三弟不容易，日子剛好過一點，這婆娘卻眼紅。」說完便把唐氏拉走，又斥她幾句，不准她再亂說話。

吳氏幹完活回家，說了這事，嘆道：「……有句老話說得好，兄弟巴不得兄弟窮，妯娌巴不得妯娌戀。咱們家還沒怎麼樣呢，一天到晚就來打聽是不是有掙錢的門路沒告訴他們？這回更好，直接罵上。

「他們住大瓦房吃肉，咱們住草房吃湯嚥菜，就是應當的？咱們的日子剛好一點，就不自在了，張口閉口當初幫咱們家多少忙，那怎麼不想想，他們住的大瓦房、種的水田，不都是當家的提著腦袋跑鏢掙回來的……」

錢三貴道：「我當初拚死拚活出去掙錢，就是想讓爹娘跟妻兒過好日子，可是到頭來，爹娘的日子不好過，你們的日子更不好過。我無能，讓爹娘和你們受了這麼多苦……其實，大哥、二哥還沒那麼糊塗，兩個嫂子愛怎麼說便怎麼說。咱們沒告訴她們掙錢的門路？她們賣霞草，到現在還在掙銀子哩。」

說著，他的聲音又低了些。「咱家能有這些銀錢，靠的是孩子們聰慧、猴哥機靈，更多的是運氣，一輩子不見得能遇到一次，怎麼說？」

吳氏遲疑。「晚輩們還不錯，要不……讓霞兒給滿河媳婦送套衣裳過去？」

錢三貴搖頭。「不送！霞兒就得了幾套舊衣裳，也值得這些人眼紅說嘴？哼，即使全送出去，也不見得會說咱們一聲好，或許還覺得應該。人家一罵，咱們就送，這個壞毛病可不能再慣著。」

錢亦繡聞言，暗自高興，還好爺爺不是傻子。或許吃了這麼多年的苦，終於讓他想明白許多道理吧。

不過，正如錢三貴所說，錢大貴和錢二貴及晚輩們還不錯，以後她找到掙錢的方法，定會拉拔他們，但現在還不是時候。

這天晚上，大山生了兩隻小狗，一公一母。

小狗好小，雖然閉著眼睛，卻能看出比牠娘俊得多，至少鼻子、嘴巴凸出來了。

但錢亦繡還是有些遺憾，大山的塊頭這麼大，卻沒生下多胞胎。之前她還想著，大山多生幾隻小狗，一起幫忙看院子，讓那些人不敢再打她家的壞主意。

兩隻小狗趴在大山懷裡吃奶，猴哥看見，又想起猴媽，琉璃般的眼珠湧出淚，也湊過去一起吃。

小狗的名字是錢亦錦和錢亦繡商量決定的，公的叫奔奔，母的叫跳跳，期許牠們跑得快、跳得高，將來比牠們的娘還厲害。

其實錢亦錦不太喜歡這個名字，覺得不夠威風，但妹妹喜歡，也只有認了。

這幾日，村裡傳出錢三貴跟高管事好得稱兄道弟的事，讓許多人家羨慕不已。

汪里正的小孫子滿月，請錢三貴去喝滿月酒，還讓他坐上位，陪著高管事的大兒子高良等幾個有身分的人吃席，連錢大貴都沒有得過這種殊榮。

再過兩天，高管事真請錢三貴去他家喝鐵鍋頭，還邀了住在二柳鎮的地主及附近幾個村的里正。

錢三貴腿腳不便，便讓錢滿川借謝虎子家的驢車送他，兩人一起去。

錢大貴和汪氏聽說錢三貴要帶自己兒子到高管事家喝酒，都高興瘋了，作夢也沒想到能攀上高家，現在兒子居然要去他家喝酒！一大早就把錢滿川叫醒打點好，不停囑咐他要會說話、要有眼力、要把三叔照顧好等等。

經過高管事的抬舉，錢三貴的地位噌噌往上升，從此以後，許多人家請客都會特地來邀他，尤其是請高管事父子時，就會拜託他去作陪。但除了實在推不掉的聚會，錢三貴都以身體不好為由推辭了。

這段日子，村西頭風平浪靜，加上家裡有了錢，吃得飽，是錢家三房過得最舒心愜意的時候。

錢三貴重新得到村民的尊敬，心情愉悅，在張仲昆的診治下，身子好多了，已經能拄著枴杖去村裡或田間走走。

七月中，奔奔和跳跳長開了些，跟牠們的娘相反，外型非常漂亮，一身雪白的毛，像天上的雲團。牠們長得一模一樣，不過奔奔的眼睛是棕黃色的，跳跳的則是黑褐色。

這天，送走去上學的錢亦錦後，錢亦繡抱著兩團白雲問大山：「不知道妳找了個什麼樣的相公，生的崽怎麼這樣漂亮？」

吳氏聽見，氣得拍她一巴掌，罵道：「繡兒，姑娘家家的胡說什麼？」她真的頭疼。這個孫女什麼都好，就是口無遮攔，經常冒出羞人的話來。

錢亦繡倒是沒把挨打放在心上，反正又不痛，還呵呵傻笑幾聲。

猴哥卻極不高興，不停朝吳氏齜牙咧嘴加瞪眼。牠知道吳氏跟小主子是一家人，不能隨便打，要是換成旁人，早拿小石子扔她的腦袋瓜，或上去把她的臉撓花。

吳氏哭笑不得。「哎喲，這潑猴還恨上我了，以後可不敢再打繡兒。」

錢亦繡見狀，樂呵呵地把兩隻小狗交給牠們的娘親，領著猴哥回屋去。

第三十三章

一進屋，錢亦繡便看見程月坐在床上哭，眼睛都哭紅了，嚇一跳，忙跑過去問：「娘，您怎麼了？」

程月哭道：「婆婆打繡兒，娘的心好痛。」說完，又把錢亦繡拉到懷裡繼續哭。

小娘親不僅貌美，還是水做的。

錢亦繡解釋：「娘親誤會了，奶奶沒有打繡兒，只是幫繡兒拍拍灰。」又說許多好話安慰她，暗嘆如果小爹爹還活著該多好，他哄小娘親的功力超高，這樣的美差交給他，三言兩語就搞定了。

程月拿帕子擦乾眼淚，紅紅的眼睛和小鼻頭顯得更加楚楚可憐。現在生活好起來，她尖尖的小臉也圓潤些，更美了。今天她身上穿著藕白色粗布衣裙，那套桃紅色衣裳雖然已經做好，卻因為寡婦的身分，吳氏不敢讓她穿。

見她止住淚，喜歡美人的錢亦繡又湊過去親她一口。嗯，皮膚真好，吹彈可破。

程月抿嘴笑起來，起身從櫃子裡拿出一塊新的素綾，準備用繃子繃好。

錢亦繡問道：「那幅水草鯉魚的繡好了？」

「嗯，還繡了別的。」程月點頭。

錢亦繡起身，從旁邊的小籃子裡拿出兩塊綾緞，一塊繡著水草鯉魚，另一塊繡著喜鵲登枝，皆繡得極精美鮮活，大小正好可以做團扇扇面。

她想起程月曾經嫌棄綾緞和繡線不好的話。程月的動作雖有些慢，也浪費幾塊綾緞和一些繡線，但這麼好的繡藝用這種低等的材料，卻是可惜，遂道：「娘親別忙，先把繡好的繡品給爺爺奶奶看看再說。」

為怕吳氏心疼程月浪費綾緞和繡線，錢亦繡都讓她坐在左廂房的小窗下做活，吳氏至今沒看過程月繡的成品。

說完，她一手拿起繡品，一手牽著程月，往堂屋去了。

堂屋裡，吳氏拿著兩塊綾緞瞧，簡直不敢置信。

「天哪！繡得真好，還是蘇繡。即便是縣城繡鋪裡的繡娘，也不一定能繡出這麼漂亮的。」

程月喜孜孜地說：「教月兒繡花的是祥雲閣裡的老師傅……月兒能幹，不吃閒飯。」前半截話說得流利，後半截又跟平時一樣緩慢。

這是程月嘴裡第二次出現祥雲閣，還有什麼老師傅，於是錢亦繡又弱弱地問：「祥雲閣在哪裡？」

結果，程月睜著懵懂的大眼睛問：「繡兒說什麼？什麼祥雲閣？」

錢亦繡挫敗地看看她，轉頭問吳氏。「奶奶，這兩塊繡品能賣個好價錢嗎？」

吳氏喜道：「當然能了。奶奶去過縣城的繡鋪，這種做工的繡品，可值高價。」

錢亦繡說：「那咱們明天就去縣城一趟，看看能賣多少銀子？若賣得高價，咱們就再買點好綾緞和繡線，繡出來的東西也值錢些。別再讓我娘用便宜的素綾和繡線，繡得既辛苦，又浪費好手藝，乾脆留著給姑姑練練手。剛好，我那兩盆蘭花也開了，現在正是出手的好時機。」

從熱風谷移回來的花養活了，其中兩盆建蘭已經長出花苞，另一盆墨蘭和君子蘭的花期還沒到，冬天才會開花。

錢三貴聽了，也有幾分心動，但又怕孫女出事，遲疑道：「如果再遇到戲班的人怎麼辦？繡兒還是別去了，讓妳奶奶去。」

錢亦繡斷然拒絕。「爺，賣東西也是一門本事，上次在大慈寺，我賣了六兩銀子呢。而且都過去那麼久了，戲班的人怎可能還記得我？或許戲班的人真相信我是張家的遠親，不敢再來找我麻煩。」

錢三貴覺得她說得有道理，點點頭。「那過幾天，等錦娃休沐，讓他跟著去，爺爺放心些。另外，到了縣城，走人多的地方，最好花幾文錢坐驢車，繡兒不要到處跑……」又囑咐吳氏幾句。

待他訂好花跟繡品的價錢後，一家人便各自去忙了。

傍晚，錢亦錦放學回來，一進院子就興奮地大聲說：「我路過村子時，聽說今天下午方斧子跟范大黑子在村東頭的小路上打起來了。原本方斧子把范大黑子壓在身下打，誰知跑來幾條狗，把方斧子嚇得摔進溝裡，一身濕透地逃回大榕村。」
一家人聽了，幸災樂禍地笑起來。
「活該，怎麼不咬死他？」錢滿霞啐了一口罵道。
錢亦錦也遺憾。「可惜咱家大山沒出門，不然讓大山咬那王八蛋幾口才解氣。」
錢亦繡問他：「哥哥知道他們為什麼打架嗎？」
錢亦錦搖頭。「不清楚，只聽說他們吵著吵著就打起來了。」
雖然不曉得原因，但看惡人被人欺，一家人還是很高興。

幾天後，七月十八日宜嫁娶，二柳鎮地主的兒子娶媳婦，特地讓下人給錢三貴送帖子。那地主的田地多在大榕村，當天肯定會請該村一霸方閻王，錢三貴便不想去，想託病讓吳氏去送禮金就好，還憤憤地說：「我不是怕方閻王，我是恨他，見著就想拿枴杖打他！」
錢亦繡勸道：「我覺得爺爺該去，跟那些地主交好，對咱們家也有利。那天他們肯定也會請高管事，方閻王的勢再大，也大不過他。爺爺要做到從氣勢上藐視敵人，但不能在人家喜宴上惹事，不如多跟高管事說說話，氣死那個壞老頭。如果爺爺不去，那壞老頭還以為咱們怕他、躲著他，以後又會變著法子欺負咱們。」
她說得一臉認真，把吳氏和錢滿霞逗笑了，吳氏道：「小小年紀，哪來那麼多心眼？」
錢三貴想想也對。一病這麼多年，怎麼把原來的豪氣全磨滅了呢？是該正面會會那個惡人了。若他敢再欺侮他的家人，就豁出這條命跟他死拚到底。

七月十八日上午，錢三貴穿上新衣裳，揣著裝一兩銀子的紅包，又讓錢滿川借了謝虎子的驢車，送他去二柳鎮。

錢亦繡雖然鼓勵錢三貴去，但心裡總有些惴惴不安，怕他被方閻王欺負，待在家裡實在難受，就想去錢家大院玩玩，順便打聽打聽方斧子為何跟范大黑子打起來？

於是，她沒帶愛當跟屁蟲的猴哥，也沒帶哼哼嘰嘰的奔奔和跳跳，獨自跑去了。

到了錢家大院，錢老太、汪氏和幾個村裡的婦人正坐在院子裡聊天。

錢亦繡拉著錢亦多在一旁坐下，給她摺帕子玩，卻尖著耳朵聽她們說話，說得最多的就是范大黑子和方斧子打架的事。

方斧子聽聞花溪村的人說他偷范大黑子婆娘的肚兜，去找范大黑子解釋，好像話說得不好聽，就打起來了。

錢老太罵道：「那畜牲做了缺德事，還好意思找人家男人說話。」

汪氏幾人附和著，也罵起方家人。

錢亦繡暗道，方家和范家的梁子雖然結下了，但方家細想後，或許會懷疑是她家做的手腳，更加怨恨。雖說現在有高管事撐腰，他們不敢來明的，可萬一又耍陰招怎麼辦？家門口盤踞著一條隨時盯著自己、等待機會咬一口的毒蛇，這日子過得可真煩心。

中午，許氏和錢滿蝶從山裡摘霞草回來了，聽完消息的錢亦繡便起身告辭回去。

汪氏極為熱情地留錢亦繡吃飯。「都要吃午飯了，走什麼呀？妳大伯母做的麵勁道好吃，繡兒嚐嚐。」

錢亦多趕緊說：「再加個韭菜雞蛋，噴香。」話沒說完，口水便流了出來。

不一會兒，飯菜上桌，許氏的手藝真棒，麵條果然勁道，味道也調得好。

錢亦繡吃了一大碗，撐得小肚皮鼓鼓的，這才道謝回家。

下午，錢三貴紅光滿面地被錢滿川送回來。

地主家的喜宴辦得非常熱鬧，還有兩個差爺從縣裡趕來道賀。雖然這次錢三貴沒坐主桌，但高管事特地帶他過去，向那兩個差爺和幾位有身分的人介紹一番。

錢三貴感激地說：「高管事真是個善人，他聽聞方家跟咱們家的過節，還故意在方閻王面前說，我是他的好兄弟，若誰不長眼得罪了我，就是得罪他。方閻王把臉憋得通紅，卻不敢多講一句話。」一想著方閻王氣悶的樣子，又禁不住一陣大笑。

錢亦繡一直有些納悶。高管事對她家的態度似乎太好了些，這不符合他的個性和作風。她家送他的是酒釀，又不是金條，即使討了馮嬤嬤的喜，也不該這麼殷勤啊，裡面肯定有什麼她不知道的事。

但不管如何，只要對自家有好處，她都樂意接受。

七月二十日，錢亦錦休沐，早飯後，祖孫三人穿戴一新，吳氏揹著放有兩盆花的大背簍，又抱個小罈子走在前面；錢亦錦揹上裝著小罈子的小背簍，一隻手緊緊牽著妹妹；錢亦繡手裡拎著放繡品的小籃子，一起去村北口等車。

今天他們不只要賣花和繡品，還要給張家送兩罈酒釀。猴哥想跟，但錢亦繡不願意帶牠，怕再遇到強買牠的人，遂許諾給牠帶好吃的、好玩的回來，才把牠哄住。

今天恰逢趕集，村北口已經站了幾個等車的人，揹著、挑著許多東西到縣城去賣。祖孫三人剛在村口站定，就看見高良趕著馬車在遠處對他們打招呼。洪河對岸的人要去溪山縣城，也得過洪橋，走花溪村旁的路，洪橋就是宋家出錢建的。

高良喊道：「我去糧鋪辦點事，如果你們要去縣城就上車。」

於是，吳氏祖孫在村人的羨慕下走過去，上了車。

坐穩後，錢亦錦和錢亦繡笑著對高良問好。「高大爺早。」

錢亦錦見高良瞥了他手裡的小罈子幾眼，笑道：「我奶奶又做了幾罈酒釀，還說今兒晚上回來，給你們送幾罐過去。」

高良笑道：「那好，我娘正想吃這個呢。」又好奇地問：「這是送給誰的？」

錢亦錦道：「是給保和堂的東家送的。張老爺經常幫我爺爺看病，我家沒有什麼好東西，只有這酒釀做得香醇，便想著給他們送兩罐。」

高良聽了笑笑，暗道看不出來，錢家一家子雖然老弱病殘，卻極懂人情世故，連張家都能攀上。

牛車路過大榕村口時，錢亦繡遠遠瞧見方斧子站在肉鋪前陰陰地看著他們，嚇得脖子一縮，卻又馬上大聲打著哈哈，跟高良說起話來。

方家蠻橫是吧？宋家莊子的人更橫！

馬車跑得快，半個時辰便到了溪山縣城。

花市位在城北，高良特意把他們送到花市口，還說：「如果你們想坐車回去，下午申時前，到城中的宋氏糧鋪找我。」

吳氏極高興，連連點頭答應了。

花市裡，絕大多數是攤子，但也有十幾家鋪子。

錢亦繡拉住想進第一家花鋪的吳氏，快步向前走去。

吳氏疑惑道：「妳大爺爺、二爺爺的滿天星，就是賣給這家店的。」

錢亦繡搖頭。「那更不能在這裡賣花。」

吳氏想起好強的汪氏和不講理的唐氏，便也不想進去了。

錢亦繡直接把吳氏和錢亦錦拉到最裡面的一家店。這家花鋪叫泌香閣，生意做到省城，陶老闆既是東家又是掌櫃，人品不錯，還算厚道，有生意人的精明，也有眼光。

泌香閣的店面有六扇門，很大、很氣派，地上擺著各種盆栽，空中吊著許多吊蘭，几上、案上擺著雅致的劍山插花，還有不少滿天星。

吳氏得了孫女的囑咐，直接找掌櫃談生意，夥計便把他們領到後院，指著一個微胖的中年男人說：「這就是我們東家。」又笑著對男人稟道：「老爺，他們說有生意找您談。」

子。

陶老闆正在擺弄一盆盆栽，聽了便直起腰，笑道：「是什麼生意啊？」一副笑面虎的樣子。

吳氏把背簍放下，小心翼翼從裡面拿出兩盆蘭花。一盆花瓣白中帶紅，如翩翩蝴蝶附在葉子上；一盆花瓣純黃如金，花大香濃。

陶老闆眼裡閃過驚喜，蹲下身看了好一會兒，才抬起頭道：「這兩盆花不錯，你們想賣多少錢？」

這個吳氏還真作不了主，轉頭看看錢亦繡。「繡兒，妳說呢？」

錢亦繡脆生生地道：「我們一路走來，看得出泌香閣是花市裡最好、最大的一家鋪子，全仗陶老闆會經營、有眼光。這花是我們去深山裡挖來的，相信陶老爺識貨，會給個公道價。」

陶老闆聽了，指著她笑起來。「這小娃可真會說話。」

旁邊低頭選花的人也轉過頭，笑道：「陶老哥，這小娃把你捧得這麼高，如果價錢給低，可就是不識貨了。」

錢亦繡一瞧，不得了，這人正是霧溪茶行的崔掌櫃，真是太巧了。她是鬼魂時，曾經光顧霧溪茶行多次，是她最想合作的茶商，沒有之一。

初次見面，錢亦繡立刻打起萬分精神，想給他留個好印象。

崔掌櫃看看那兩盆花，也點點頭，問道：「妳家的人既能進深山挖花，應該不止有這兩盆，還有沒有更好的？」

陶老闆聞言，不高興了。「我說崔老弟，你是來挖我牆角的？還當著我的面挖？生意人可不能這麼不厚道。」

崔掌櫃笑道：「你曉得的，我家少爺快回京了，我才想蒐羅幾盆稀罕些的好花給喜歡花的太太。」

錢亦繡見狀，遂稍稍側過身，對崔掌櫃眨了眨眼睛。

崔掌櫃了然，對陶老闆笑笑。「好、好，是我的不是，你們繼續談。」

陶老闆沈吟一下，對錢亦繡說：「這兩盆花，雖然長勢不錯，花也好看，但到底不是十分珍貴的品種，我出六十兩銀子，怎麼樣？」一副價錢多高，快感謝他吧，瞧他多厚道的神情。

吳氏果真笑開了花，作夢都沒想到沒花一文錢的野花竟這麼值錢。儘管錢三貴說過這花能賣不少錢，但她覺得能賣個十兩銀子就燒高香了，正想答應，卻被錢亦繡悄悄扯了一下，便聰明地收住笑容，問錢亦繡：「繡兒，怎麼樣？」

錢亦繡沒回答，拉著錢亦錦的手。「哥哥說呢？」

錢亦錦見妹妹這麼信任他，立即豪情萬丈，挺起小胸脯道：「陶老闆，這兩盆花可是我們在深山裡挖到的，並非自己栽種。山中的蘭花汲取日月精華，不只顏色更豔麗，香氣也更濃郁，才有空谷幽蘭之說。是不是……再高點？」

這下，崔掌櫃又哈哈笑了。「這小娃更是個人精。」轉過頭對吳氏道：「這位大嫂教孫有方啊，孫子、孫女皆如此聰慧。」

吳氏有些惶恐地說：「老爺誇獎了。」

陶老闆想想，對兩個小兄妹道：「好，再加十兩。不能再多了，也得留一點餘地讓我賺啊。」

錢亦繡說：「再加二十兩，不行，我們就只能到別的花鋪去了。」這兩盆蘭花賣八十兩也夠了。

陶老闆咬牙。「好吧！」這兩個小娃，真比大人還會抬價。

第三十四章

議定花價後，錢亦繡想再掙點錢，也想在崔掌櫃面前多表現，遂又對陶老闆說：「我家住在山腳下，那裡除了冬天，春夏秋三季皆是鮮花遍野，各種花朵替換開放，我無事便會配配花……」

她看看四周的各色插花，繼續道：「都說各花入各眼，雖然很多人喜歡雅致絕俗的插花，但也有人喜歡華麗富貴的樣子。我想給陶老闆插一種風格不同的瞧瞧，若覺得看得過眼，就給點賞錢；若看不過眼，便當我是關公面前耍大刀、魯班門前弄大斧吧。」

錢亦繡的話又逗得陶老闆和崔掌櫃笑起來，崔掌櫃道：「好，我作證，如果配好了，陶老闆卻不給錢，我也不依。」一副跟陶老闆極熟稔的樣子。

陶老闆捏著幾根稀疏的鬍子，點頭道好，卻暗忖，店裡的插花花樣繁多，風格迥異，還會有不一樣的插花？他不太相信。不過，這小女娃伶牙俐齒，聰明異常，或許真能配出別樣的插花也未可知。

吳氏卻嚇著了，趕緊對陶老闆說：「鄉下孩子野慣了，不知道個怕字，陶老爺別見怪。」又瞪錢亦繡一眼。「繡兒，這裡可不是妳能信口開河的地方，浪費了好花，咱們賠不起，快向陶老爺道歉。」

陶老闆擺手。「這位嫂子莫慌，幾枝花，我還浪費得起。」又指著崔掌櫃說：「這位是霧溪茶行的崔掌櫃，他可以作證。」

錢亦繡前世在工會工作多年，遇到慶典或重大活動，都會買些插花來裝飾會場，自己也有幾手功夫，對華麗的西式插花比較熟悉，反而對中式的小清新插花不太拿手。

這次，她想試試西式風格的插花。西式注重色彩效果，外觀多為幾何形體，適合使用花形大、色深、排列密、質地厚的花朵。

錢亦繡見花鋪裡有香石竹、百合、馬蹄蓮、月季等花，已經足夠了。

由於西式插花的花材用量多，她找了個最大的方盤劍山，選月季、百合、馬蹄蓮當主花，滿天星作配角，再取龜背竹和綠蘿等綠葉陪襯，做成一束又大又高的三角形大插花。

這束插花不僅色彩豔麗，而且錯落有致，跟中式插花講究的簡潔流暢完全不同，但就是好看，別有韻味。

陶老闆驚豔不已。「繁雜是插花的大忌，但凡雜了，就會顯得零亂累贅。沒想到妳用了這麼多花，卻絲毫沒有紛雜的感覺，效果還這麼好。」

錢亦繡笑道：「用花雖多，只要排列得當，便會給人花木繁盛之感。就像你們用的花少，只要線條優美，不僅不會顯得單調，還會讓人覺得清雅脫俗。」

陶老闆聽了，不錯眼地看著那束插花，頻頻點頭。

崔掌櫃也興奮地擊掌道：「是極！」

錢亦繡又提點他們。「簡單雅致的插花適合放在窗前或案上，但這種濃烈鮮豔、萬紫千紅的大插花，比較適合用在壽宴、婚宴或別的喜慶場面，寓意好，又引人注目，能討個好彩頭。」

陶老闆聞言，頭又像雞啄米一樣點著。「我非常喜歡這束插花，剛才的提議也很好，給妳五兩銀子如何？不少了，很多鄉下人家一年未必能賺到這麼多。」

錢亦繡一喜，剛想同意，卻見崔掌櫃擺手笑道：「陶老闆，你這麼做可不厚道。這不僅是一束插花這麼簡單，完全開了另一種流派。我得替小女娃說句公道話，你至少要給人家十兩銀子才行。」

陶老闆老臉一紅。「插花不像你們茶行的茶葉，炒得好便是絕活，人家學不去。這個別人一看就學會了，我只是賣賣先機而已。」

崔掌櫃笑道：「這不光是先機，還跟品質有關係。如果做得好，你們花鋪的插花可是要超過別的花鋪。」

是啊，這麼好的創意只賣五兩銀子，可是太便宜了，都是窮鬧的。

錢亦繡感激地看看出言幫忙的崔掌櫃，又對陶老闆說：「若是陶老闆能多給幾個錢，我還可以多說幾種插花樣式。你一次只推一種，多推幾次新品，你們花鋪就牢牢掌握先機，不僅能多賣錢，還能吸引更多客人。」

陶老闆喜道：「哦？妳還會別的插花樣式？」

錢亦繡抬手比劃著說：「這種插花的形狀是三角形，還能插成圓形、心形等。比如壽宴，最好插成圓形，取圓滿之意；若是婚宴，可插成心形，取心心相印之意。根據不同的季節，主花可以換成菊花、火鶴這些大花，配花則用小丁香、梨花等等。」

崔掌櫃眼裡閃過讚賞，對陶老闆笑道：「看來，十兩銀子打發不了這個小娃嘍。」

陶老闆心裡明白，錢亦繡的話雖不多，但包含的內容可不少，極利於他們花鋪的發展，當著崔掌櫃這個愛管閒事的人面前，也不好意思再壓價，遂豪氣地說道：「繡兒人不大，卻冰雪聰明，剛才說的都是金玉良言。好，我給二十兩銀子！若以後有好的主意或又挖到好花，記得再來找我。」

不到三刻鐘，沒用一文本錢，就掙到一百兩銀子！

吳氏激動得臉都紅了，覺得自己像在作夢一樣。孫女、孫子真能幹！當然，還有那隻會「尋寶」的猴哥。

錢亦錦也深有感觸。妹妹如此聰慧，自己必須更加發憤努力，才配當她的哥哥。

錢亦繡則呵呵笑著，看了崔掌櫃一眼。

陶老闆進屋取銀票給吳氏，吳氏懷裡揣著一百兩向他們告辭，帶著兩兄妹離開花鋪。

出了花市，錢亦繡阻止要招驢車的吳氏，把他們拉到街對面。

「在這裡等崔掌櫃。」

吳氏有些不解，錢亦錦了然地說：「奶奶再等等，妹妹肯定要跟崔掌櫃談花的事。」

錢亦繡瞄他一眼，真是聰明！

果不其然，不到一刻鐘，崔掌櫃出了花市，後面的小廝還抱著自家剛賣的那盆金色蘭花。他東張西望，看見對面的兩個小人兒使勁招手，便大步朝他們走去。

錢亦繡笑道：「崔掌櫃，我們上次在山裡挖了四株花，其中一株是君子蘭，雖然現在沒開花，卻有二十六片葉子。我爺爺說這君子蘭是珍品，開出的花極好看。」

崔掌櫃抽了一口氣。「二十六片葉子的君子蘭?!」

「嗯，葉子又油又亮，有這麼寬。」錢亦錦用小胖手比劃著。

崔掌櫃笑道：「好，你們把花拿到霧溪茶行，若是名品，我不會虧待你們。最好早些，因為我家少爺下個月初就要回京。」再想了想。「明天我要去省城辦事，不如五天後就送來吧。」

錢亦繡答應了，同崔掌櫃告別後，祖孫三人便坐驢車去了城南的同安街。

同安街上有家九絲繡樓，是溪山縣最好的繡鋪之一；另外，霧溪茶行也在這條街上。同安街上的繡鋪、書齋、茶行比較多，也比較高級，不像其他大街那樣叫賣聲不斷，清靜多了。這裡的商家財力雄厚，開的全是兩層樓或三層樓的鋪子，清一色的青磚黛瓦與朱色雕花門窗。

進了九絲繡樓，裡面大的繡品有圍屏、插屏、壁畫等，小的則有扇子、帕子與各種飾品，琳琅滿目、色彩繽紛。

吳氏走到櫃檯前，把兩塊繡品拿出來。

女掌櫃看了，抑制不住驚豔，連聲道：「喲，繡工真好！這是蘇繡，針法好像還是蘇系傳人的水紋針，如今會這種針法的人少之又少。」

錢亦繡沒有搭腔。這家店的聲譽不錯，且他們肯定還想要小娘親的繡活，所以不會壓低價錢。

果然，女掌櫃又說：「不過綾緞和繡線差些，可惜了。我給大嫂一個公道價，兩塊繡品共五兩銀子，如何？」

一聽說綾緞差，吳氏還以為給不了多少錢，孰料兩塊小繡品竟賣了五兩銀子，吃驚不已，馬上點頭。「好、好，謝謝掌櫃。」

女掌櫃笑著說：「我姓金，大嫂叫我金掌櫃、金妹子都行。」又問：「這麼好的活計，是出自大嫂的手？」

吳氏搖頭。「不是我，是我兒媳婦繡的。」

金掌櫃笑著說：「那這樣行不行，以後大嫂的兒媳婦專替我們九絲繡樓做繡活，我們供綾緞和繡線，一個月給她十兩銀子，如何？」

天哪，這比他們全家兩年能賺的錢還多得多，吳氏喜得忙點頭。「好，謝謝金掌櫃提攜。」

「不好。」錢亦繡糯糯地道。她的美貌小娘親，怎麼能給繡鋪當繡娘？

「為什麼？」吳氏有些不解。「不是繡兒讓妳娘做繡品賣嗎？」

錢亦錦也想到了，同意妹妹的做法，拉拉吳氏的衣袖。「奶奶，聽妹妹的。」

金掌櫃的嘴角扯了下。「大嫂家的兩個孩子還真是……有主見。」

錢亦繡裝作沒聽懂金掌櫃的嘲諷。她還想跟九絲繡樓繼續合作，畢竟這家繡樓的實力和聲譽還是不錯的，遂踮起腳尖跟金掌櫃說：「是這樣的，我娘親身體不好，不能累著，好的時候能繡點活計，不好的時候又不能繡。若價錢公道，我們以後就在九絲繡樓買好的綾緞和繡線，繡好的繡品也優先賣給你們。」

金掌櫃聽了，覺得可行，笑道：「那好，我們給的價錢可是最公道的，以後妳娘的繡品要能單賣給我們，價錢更好商量。」沈吟一下，又對吳氏說：「大嫂，若妳兒媳婦願意把這種水紋針法傳授給我們繡樓，我可以給一百兩銀子的酬勞。」

吳氏先是一喜，但想到程月連話都說不清楚，又怕見生人，還教什麼徒弟啊，便直接拒絕了。

即使吳氏不拒絕，錢亦繡也會設法推掉。她的小娘親怎麼能給人家當師傅？再說，現在家裡也不窮，不需要賺這個錢。

於是，錢亦繡又花了二兩銀子，買下十尺最上等的白色素綾和十幾把繡線，祖孫三人才離開九絲繡樓。

因同安街離張家不遠，吳氏祖孫出了繡鋪，便直接步行去張家。路上遇到一個貨郎，錢亦繡便給猴哥和奔奔、跳跳買了撥浪鼓。

到了張家側門，經過通報後，張老太太身邊的丫鬟出來，瞧見他們懷裡抱著酒釀，便笑道：「哎喲，今兒老太太和太太還在念叨，說錢大娘的手藝好，做的酒釀好吃得很呢。」

吳氏謙虛道：「鄉下東西粗鄙，承蒙老太太、太太喜歡，今兒才又拿兩罈來孝敬。」

丫鬟伸手接過，笑著說：「請你們到客房等等，我去回稟老太太和太太。」又指著錢亦錦。「這位小哥是？」

「他是我哥哥。」錢亦繡答道。

錢亦錦笑咪咪地開口：「姊姊好。」

丫鬟笑著點點頭走了，守門的婆子便把他們帶到不遠處的小廂房裡等候。

過了一會兒，丫鬟折回來，笑道：「老太太、太太請你們去說說話。」讓祖孫三人隨她進院子。

路上，丫鬟牽著錢亦繡的小手說：「我們老太太喜歡聽鄉下的趣事，繡兒給她講講，讓老太太樂樂。」

吳氏心裡感觸頗深。每次她來送東西，也是見這個丫鬟，丫鬟接了東西，又回送些禮物，便把她打發走，可是孫女一來，老太太就要見人。還是當家的說得對，兩個孩子雖小，卻伶俐討喜，他們老倆口就等著享兩個娃的福了。

丫鬟領著他們走過一段迴廊，穿過幾座小院，便來到張老太太住的大院子。這是四合院，裡面繁花似錦，瀰漫著花香。

丫鬟引著他們進正房，廳裡很大，擺設精緻，地上還鋪著西域出的羊絨毯。

張老太太坐在羅漢床上，宋氏則坐右邊的楠木椅子。

幾人進去給張老太太和宋氏行禮，而張老太太和宋氏是第一次見錢亦錦，各給了一個裝著銀錁子的荷包。

錢亦錦的嘴甜，長揖及地，道：「謝老太太、太太的賞。因為老太太、老爺、太太的好心，小子爺爺的身體好多了，小子也上了學。小子發憤苦讀，沒有一刻懈怠，時刻記著張家的好，想著以後有出息，能報答一二……」

幾句話把張老太太說得眼睛都笑眯了。她只有張央一個孫子，但年紀已經大了，現在見這兩個孩子長得漂亮，說話又極討喜，便招手讓小兄妹倆過去，把他們摟在懷裡，笑道：「哎喲喲，好得人疼的小乖乖，謝謝你們惦記著我這個老太婆……」

她的話沒說完，就聽見門外傳來一個少年的聲音。「不得了，奶奶有了別人，竟把嫡親的孫子拋到一邊了。」

隨著說話聲，張仲昆和張央走進來。

張老太太聽了張央的話，更是歡喜，故意把錢亦錦跟錢亦繡抱緊了。「可不是，有了他們，奶奶眼裡沒有央兒了。」

在場的張家人聞言，全呵呵笑了起來。

張仲昆在張老太太左邊的椅子上坐下，張央坐他的下首。

坐定後，張仲昆把錢亦錦招過去。「你是錢家的大孫子？」

錢亦錦又給張仲昆深深鞠了一躬。「見過張老爺，小子名叫錢亦錦。謝謝您，我爺爺的病好多了，已經能拄著枴杖進村走動，您的大恩，我們一家都記著……」

他跟張仲昆說話時，像個小大人般，無比正經，不像跟張老太太撒嬌那樣。

張仲昆捏著鬍子點點頭。錢家的兩個孩子都不錯，女娃精明伶俐，男娃氣質如蘭，一點都不像鄉下孩子，甚至連城裡的孩子都少有這種氣質。又考了錢亦錦的學問，錢亦錦對答如流，更讓他意外，暗道這孩子將來的前程不可限量。

張老太太見兒子喜歡錢家小兄妹，更加高興，錢亦繡又倚著她繪聲繪色地講起鄉下的趣聞，哪家老奶奶因為長年禮佛做善事，如今活到八十一歲，牙口還好得能嚼炒豌豆；哪家老爺爺長年堅持鍛鍊身體，今年都七十五歲了，還健步如飛；哪家兒子為讓癱瘓的寡母看上一場戲，揹著她走了一天路等等。錢亦錦在旁邊添油加醋，眾人聽得津津有味。

到了中午，張老太太還捨不得讓他們回去，開口留他們吃飯。

於是，吳氏被領去另一間房，由婆子與丫鬟陪著；錢亦錦兄妹則跟張家人一起去偏廳用膳。

第三十五章

張家的人不多，氣氛卻溫馨融洽，即使在飯桌上，眾人也邊吃飯邊說笑。

張仲昆說，梁錦昭半個月後回京，明天會由宋懷瑾陪著來溪山縣，他將盡全力幫他施針，讓宋氏安排好他們的起居。

張老太太聽了，嘆道：「那是個好孩子，出身世家，又一表人才，卻……哎……」

宋氏笑著說：「娘別擔心，大師不是算出，他的病或許能治好嗎？」

張仲昆點頭。「嗯，或許梁家已尋到能治好此疾的世外高人也不一定。」

張老太太搖頭。「咱們家治這種病是最在行的，我兒都治不了，還有誰能治好？況且是我兒和悲空大師聯手。」

張仲昆笑道：「娘，山外有山，人外有人，世上肯定有比兒子強的神醫。」

張老太太還是搖頭不信。在她眼裡，兒子就是天下最好的神醫。

幾人說話間，有些閃爍其詞，但錢亦錦和錢亦繡都覺得不關己事，沒有認真聽，低頭吃著精緻的菜餚。尤其是錢亦錦，吃得極快，吃相卻不難看。

張央插嘴道：「爹，您說這世上會不會真有那種叫蛇蔓菊的靈藥？」

張仲昆沈吟。「不太可能，這種靈藥比神醫還難尋，即便有，也不一定摘得到。」

錢亦繡聽見蛇蔓菊三個字，馬上豎起耳朵細聽，又抬起頭來，天真地說：「張老爺，那蛇蔓菊長什麼模樣？我家後面的山裡有好多菊花，如果我看到，就幫老爺摘來。繡兒最會種花了，到時候種出一大園子，張老爺想要多少就要多少。」

張央聞言，咯咯咯地笑道：「那種花可不是山裡都能長的。據說此花長在高山之巔、人跡罕至之處，花瓣如絲、花蕊似玉，色彩豔若朝霞，每年只開一次，每株只開兩朵……」

張仲昆打斷了他。「先祖只是記上一筆，說古書提過此花……」頓了下，對錢亦繡說：「至今從未有人看過蛇蔓菊，也不知是真是假？妳年紀還小，切莫為了尋花誤入深山。」

真是個大善人！錢亦繡感激地點點頭，心想，等到三年後的六月，猴哥大些，花也開了，就讓牠在那個特殊的日子試著爬爬那處峭壁，看能不能把蛇蔓菊摘下來？

飯後，錢亦繡等人準備告辭，張仲昆又給錢三貴配了幾包藥讓他們帶回去，還送錢亦錦兩刀紙、四條墨、四枝筆，勉勵他好好發憤，以後來縣裡讀書，他可以幫忙找好先生。

錢亦錦感動不已，又作了個揖。

張老太太捨不得，卻不得不放人，捏捏錢亦繡長了些肉的小瘦手，送了一條小琉璃手串和一條小瑪瑙手串。

「好孩子，小小的人兒卻那麼有心，知道我喜歡鄉裡的吃食，經常幫我送來。以後常來張家陪陪老太婆，你們來了，家裡才熱鬧，我也喜歡聽你們說的那些鄉野趣事。」

宋氏則送了兩疋布跟幾包點心糖果，其中一疋還是綢緞，又讓自家車夫把他們送到宋氏糧鋪，領到高良跟前。上次她聽說戲班強搶小女娃的事情，好一陣後怕，況且梁錦昭還發了話，讓他們多照顧這個小女娃。

自家的兩罈酒釀換了這麼多好東西，吳氏極不好意思，上了車，還在唸佛感謝。

路上，錢亦錦極懂事地從張老太太給他的荷包裡取出一個銀錁子送給車夫，車夫推了兩次，便高興地收下了。

錢亦繡有些汗顏。上次也是這位車夫送她們回去的，因為當時嚇壞了，人家趕了那麼遠的路，都沒送點東西。

車夫在宋氏糧鋪門口停下車，又把他們送進去。糧鋪的人好像都認識他，笑著跟他打招呼。

接著，車夫領祖孫三人進了後院。高良剛好在裡面，見車夫把他們送來，有些吃驚。

車夫告訴高良，自家主子讓他把兩個孩子送到他跟前才放心。高良才知道，原來錢家人跟張家的關係也這麼好。

張仲昆的夫人宋氏雖只是宋家的遠房族親，但因為他的醫術高超，連京城的達官貴人都會千里迢迢來尋醫問藥，所以宋家對張家向來是高看一眼。

幾人坐著高良的車回村，送他一包張家給的點心；路過蒙溪村時，吳氏還下車在村口買了兩條肉，又送高良一條。

路過大榕村時，方家肉鋪還沒收攤，遠遠瞧見方老大和方斧子站在攤位前，錢亦錦遂站起身，爬到高良背上，大聲說笑起來。

錢亦繡也啐了一口，最好氣死方家那幾個王八蛋。

下午的陽光格外刺眼，程月正坐在院子裡的棗樹下，焦急地等著一雙兒女。

陽光透過枝葉灑下來，照得她的臉一道明、一道暗，花瓣似的唇抿得緊緊的，身子微微發抖。雖然錢三貴和錢滿霞不時勸解兩句，但都不能寬慰她的心。

奔奔和跳跳拉長了身子，趴在程月腳邊曬太陽，時而扭扭圓滾滾的小屁股，時而哼哼兩聲，愜意而舒適，大山則在一旁溫柔地看著牠們。

猴哥早竄上了桃樹，不時丟顆桃子下來，往院子裡扔。錢滿霞吼半天都不管用，只得去廚房拿兩塊冰糖哄牠，牠還嫌棄。

錢滿霞道：「不是我捨不得，飴糖都被我娘和繡兒鎖上了。」

猴哥聽了，只得勉為其難地下來吃冰糖，不再往院裡扔桃子，卻朝院子外的那棵榕樹上丟。見榕樹上有小鳥飛去，牠就打，偶爾還真能打下一隻來。牠不知道自己正是在練準頭，以後又多了一樣看家本領。

其實，猴哥更想爬上棗樹，既可以吃，又可以拿棗子打鳥。不過錢亦繡拎著牠的耳朵告誡過，如果牠不爬棗樹，每天可以吃兩顆飴糖，等棗子熟透後，每天給牠吃五顆。若是敢浪費棗子，以後不僅沒棗子吃，連飴糖都沒有。

這時，蹲在樹上的猴哥看見小主人回家了，但牠還在生氣，所以不下來。

離院門還有一段距離時，錢亦錦就開始叫：「娘親、娘親，我們回來了！」

程月聽到叫聲，趕緊起身去開門，把小兄妹抱進懷裡。「你們怎麼現在才回來？娘好想你們，想得吃不下飯，想得心口痛。」

錢亦繡摟著她的腰。「我和哥哥也想娘，好想好想，想得難受……」

母女倆的「傾訴衷腸」，聽得其他人紅了臉。

猴哥在樹上弄出不小的動靜，偏還不下來，傲嬌地繼續打著鳥玩。

錢亦繡見狀，拿出撥浪鼓搖幾下，抬頭道：「這是給你的，若你不稀罕，我就給奔奔、跳跳了。」

猴哥聽了，趕緊跳下樹，竄到錢亦繡身上，把撥浪鼓搶過去。

大山見狀，瞥白胖寶寶兩眼，眼裡有掩飾不住的失望。

錢亦錦笑著，拿出兩個撥浪鼓放在奔奔和跳跳面前。「你們也有。」

大山欣喜地衝牠們叫幾聲。奔奔和跳跳睜開眼睛，先用黑黑的小鼻頭聞聞，才用小腳巴著撥浪鼓玩。

扣除今天花的錢，祖孫三人交上一百零二兩銀子及錢亦錦得的七個銀錁子，加一加，家裡的存款已經有三百多兩。

錢三貴先誇了程月，程月激動得小臉通紅，直說：「月兒能幹，月兒不吃白食。」

接著，錢三貴重提買田的事。「我瞧那盆君子蘭是珍品，少說也能再賣一百多兩銀子。這樣，咱們家的銀子就有四百多兩，買個二十畝水田，再買二十畝地賃出去收租，今後的日子就好過嘍。」想到以後的好日子，高興得笑出聲。

吳氏、錢滿霞和錢亦錦也笑得見牙不見眼，憧憬著未來。

錢亦繡倒不覺得一定要現在買田，她現在最想買的，是能給自家壯膽的下人。若是別人買花，或許會壓價，但崔掌櫃買，肯定會給個公道價錢。所以，錢亦繡篤定那盆君子蘭至少能賣個二百兩。依她當鬼魂時的多年觀察，崔掌櫃是精明有眼光的商人，為人也不錯，似乎還有強硬的靠山，絕不會被小利蒙蔽雙眼。

這樣算起來，家裡將有五百多兩，甚至六百兩的存銀。

於是，錢亦繡開口道：「繡兒想買幾個下人，男人最好壯實些，這樣既能幹活，也能護著家裡。」

吳氏和錢滿霞聽說要買下人，都嚇一跳，像看瘋子一樣看著錢亦繡。

吳氏愣了好一會兒，才大聲道：「繡兒還在作夢吧？下人可是有錢人家才用得起的，不僅買時要花錢，還得養著他們。汪里正家的日子那麼好過，也沒見他家買下人，只請長工做活。」

錢滿霞更像是聽了天大的笑話一樣，咯咯笑道：「繡兒真逗，咱們家還買下人，那我不就成了小姐？真是笑掉大牙。」說完，又哈哈笑起來。

錢亦繡聞言，氣得翻個大大的白眼。當慣最底層的人，連一點想法都沒有了。她氣呼呼地說：「我的話很好笑嗎？」又撲到錢三貴懷裡道：「爺爺，世上沒有不透風的牆。咱家若買了田地，總有一天會傳出去，如果別人知道咱們買了這麼多田，就會認為咱們還有更多的錢。大奶奶、二奶奶不都是這麼猜的嗎？

「咱們家現在這麼弱，只要有人打壞主意就能壓垮。上次范二黑子欺負咱們，若沒有大伯他們幫忙，我們怎麼打得過？更何況方閻王那麼恨咱們家，時時刻刻都在想著怎麼害人，咱們家又住得偏，真遇到半夜來偷襲的人怎麼辦？連去村裡或高管事家報信的人都沒有。雖說有大山和猴哥，但來的人多，再帶著武器，牠們就不是人家的對手了。」

聽錢亦繡這麼一說，一家人的興奮之情又跌落下來。

錢亦錦若有所思。「我覺得妹妹說得有理。如果家裡再多幾個大人，別人也不敢貿然欺上門，即使有事，也多個幫襯，不至於毫無反抗之力。最起碼能拖延時間，或有個去報信的人。」小男娃讀幾天書，說話似乎又增加了見識。

錢三貴也覺得有道理。「你們說得都對。但是，哪裡容易買到適合的人呢？如果買到奴大欺主的奴才，也頭痛得緊。」

錢亦繡說：「咱們先慢慢找，實在不行，去張府求求老太太或張老爺，請下人幫咱們去牙行看看，他們的眼光比較準。」

買下人的事情就這麼說好了，五天後把君子蘭帶去霧溪茶行，再順路去牙行看看田地和下人。

因為這幾筆巨額進項都離不開猴哥，錢滿霞又特地為「功臣」單獨蒸了一碗雞蛋。今天更是不同往日，在錢亦繡的建議下，蒸蛋裡加了點碎肉，還撒蔥花。

錢滿霞極心疼，邊做邊說：「雞蛋和肉都是最好的吃食，分開吃都香得不得了，還要放一起，這不是浪費嘛？」

錢亦繡道：「不浪費，把猴哥的胃伺候好了，好處可是大大的。」

碎肉蒸蛋果真討了猴哥的喜，香得牠蹲在椅子上直翹小屁股，連碗裡的湯都舔了。

吃飯前，錢三貴還是讓錢亦錦跟錢亦繡上錢家大院一趟，送去一小碗溜肉片和一包張家送的糖果，孝敬錢老太。

小兄妹倆來到錢家大院，把東西奉上，錢老太自是把重孫子一陣猛誇。

當汪氏聽說程月繡的繡品竟然賣了五兩銀子，不太相信，問道：「兩塊小繡品怎麼可能賣到五兩銀子？我家蝶兒的手那麼巧，十條繡工精細的帕子也賣不到兩百文。」

錢亦繡說：「是真的。我們去的是九絲繡樓，那裡的金掌櫃說，我娘繡的是蘇繡。」

錢老太咧著嘴直樂。「嗯，那程氏吃錢家這麼多年的白飯，是該做些活計掙錢。」話雖不中聽，但也算是肯定程月的貢獻了。

晚上，程月在小屋裡欣喜地翻著吳氏買回來的綾緞和繡線。即使在昏黃的燈光下，月白色綾緞也閃著亮眼光澤，五顏六色的繡線更是鮮豔奪目。

她攤開綾緞輕輕摸著，抿著嘴直樂。

錢亦繡問道：「娘，這是咱們縣城最好的素綾，您覺得怎樣？」

程月回答：「嗯，雖然比不上祥雲閣的，但還算不錯……」

錢亦繡一陣激動。小娘親現在的思緒非常清晰啊！但她不敢繼續問下去，等著小娘親自己往下說。

「繡什麼好呢？」程月冥思苦想。「百鳥朝鳳的大插屏好看，八仙賀壽的圍屏也好看……可是，月兒只看過這些大件，沒有繡過啊……還有那幅雙面繡……」因為思考，呆滯的目光似是有了些神采。

錢亦繡沒有吱聲，繼續偷偷用眼角餘光瞥著小娘親，看她能想起什麼？

不一會兒，程月扶額喊道：「哎喲！頭痛，頭好痛！」

錢亦繡聞言，趕緊爬上床幫她按摩。

伏案寫字的錢亦錦也放下筆，過來勸道：「頭痛就不要想了。」

「想？想什麼啊？」程月茫然，頓了下，又說：「哦，娘想起來了……」

「娘想起什麼了？」錢亦繡緊張地問。

「娘想起江哥哥說，門口的花謝了又開，再謝了再開，他就該回來了。可是，門外的花謝了又開好多次，也不見他回來。他為什麼騙娘呢？是不是不喜歡看到娘，才不回家？」

程月說著，嘴癟起來，杏眼裡湧起水霧。

得，傻得更厲害了。

看到程月難過的樣子，錢亦繡不由自責。小娘親有病，她竟還誘導她想以前的事情，真是不該。

於是，小兄妹倆又哄她半天，說爹爹或許被上峰派去外地辦差，所以才沒來得及回來看她，勸著她去洗漱，服侍她上床歇息。

第三十六章

第二天，程月似乎沒有往日清醒，目光更加呆滯，幾乎一直守在門口，從門縫看外面的野花，嘴裡不停念叨「花謝花開」之類的話。

錢亦繡和吳氏見狀，不敢再讓她做繡活。錢亦繡又試著勸程月去縣城的保和堂，請張仲昆幫她看病。

可程月就是不出門，含著眼淚說：「不出去，怕。」

錢亦繡曉得她是想起之前被范二黑子欺負的事才不肯出門，心裡無奈，只好小心翼翼地陪著她。

下午，錢老太帶著汪氏和錢滿蝶，還有小跟屁蟲錢亦多來了。

汪氏難得上門。見來了這麼多人，吳氏跟錢滿霞把張家送的糖果和點心全拿出來待客。

汪氏笑道：「我昨天聽錦娃和繡兒說，滿江媳婦繡的兩塊小繡品賣了五兩銀子？」見吳氏點頭，又說：「真看不出來，滿江媳婦竟然這樣能幹。」

錢老太也得意。「她繡的小東西能賣這麼多銀子，在咱們附近幾個村裡還是頭一個呢。」

汪氏笑著說：「既然程氏有這個手藝，就請她教教咱們錢家的閨女，讓霞兒、蝶兒、繡兒、多多都跟著學學，將來去了婆家，會掙錢，腰桿子也硬些。」

錢老太點頭。「沒錯，不僅要教錢家閨女，還要教錢家媳婦，讓滿川媳婦、滿河媳婦都來學。」

吳氏聽了，為難道：「月兒是什麼性子，婆婆和大嫂也知道，她平時連話都說不清楚，怎麼教人呢？」

這倒也是。

汪氏便說：「那讓蝶兒她們在旁邊看著她繡，時日久了，也能學些皮毛。」

吳氏愁道：「若是以前還行，可現在怕是不成。也不知道她怎麼了，今天開始，竟然更加不清醒，除了吃飯睡覺，就一直站在門前從門縫裡往外看，剛才見妳們來了，才回屋。」

汪氏不相信，怎麼可能才要跟著她學繡活，人就病了？

錢老太也有些狐疑，起身去了左廂房，果真見程月癡癡呆呆地坐在床邊，望著窗外發呆，也沒理闖進來的她。

錢老太出去，對坐在堂屋裡的汪氏氣道：「真是扶不起的阿斗！才覺得有些用了，怎麼又傻了？哎喲，我三兒命苦，家裡養著這麼個天天吃閒飯的人……」

錢亦繡在一旁解釋。「或許是我娘想繡品太費神才這樣的，說不定歇歇就好了。」

汪氏母女與匆匆地來，沒想到會這樣，極為失望，只好帶著錢亦多回錢家大院去。

翌日，程月一起床就去院門邊往外看野花。新修的大門縫隙很小，她看得不甚清楚，便著急了，精神更加不好。

錢三貴想著，現在家裡不像原來那樣勢弱，閒漢不敢來附近尋事，便讓錢亦繡打開院門，讓她看個夠。

錢亦繡看著癡癡呆呆的程月，又內疚、又難過。

三天後的上午，程月依舊頂著熱辣辣的太陽，斜倚在開著的院門邊，呆呆地凝視前方。荒草中的野花萬紫千紅，不畏陽光地傲然綻放。

但程月比荒地裡的野花嬌弱得多，錢亦繡怕她中暑，說了一筐好話，才把她勸回小屋喝水，又用大蒲扇幫她搧風。

看到程月這樣，坐在房簷下的錢三貴和吳氏不住地唉聲嘆氣，商量著明天去霧溪茶行賣完君子蘭後，再去保和堂請張仲昆給程月開些藥吃。

突然，正和奔奔與跳跳玩著的猴哥聳了聳鼻子，像瘋了一樣大叫起來，也不耐煩拔起門閂開門，而是急吼吼地直接竄上院牆，再跳出去。

見牠的動作如此奇怪，錢亦繡跑去把大門打開一看，離院子十幾尺之處，小和尚弘濟正抱著猴哥說笑，身邊還站著幾個華服公子。

這幾位小爺把錢亦繡嚇了一大跳。為首那個一身雲白軟緞繡滾雲紋蘭花長袍，腰間繫秋香色絲絛，頭戴白色羊脂玉簪子的，竟然是「大叔」——梁公子，另兩個是穿明藍提花軟綢長袍的張央和著藕荷色提花錦緞的宋懷瑾。他們後面有小廝牽著馬，其中一個是錢亦繡的救命恩人梁高。

弘濟拍拍猴哥，抬頭笑道：「我想來看小猴子，恰巧梁師兄和宋施主、張施主也在寺裡，想來鄉下玩玩，我就帶他們來了。」

錢亦繡有些懵，半張著嘴，沒反應過來。這些少爺來她家幹麼？她跟他們也不熟啊。

張央開口笑道：「怎麼，看到我們，高興得傻了？」

錢亦繡飄出的靈魂瞬間歸了位，看到小神醫張央，忽然笑得眼裡直閃光，趕緊道：「哦，真是貴客臨門，快請進。」

於是，抱著猴哥的弘濟笑咪咪地先進了院子，梁錦昭踱踱地邁著大長腿跟上，宋懷瑾、張央緊隨其後。

弘濟在院裡站定，四下望望煥然一新的院子。「你們家修建後，果然好多了，我都快認不出來呢。」

錢亦繡客氣地笑道：「這還得感謝小師父和各位公子啊。」

弘濟聽了眉開眼笑，很是為自己的一時善舉給錢家好生活而高興。

宋懷瑾卻道：「小丫頭這麼一說，我還挺汗顏。妳家這院子，本小爺好像沒幫什麼忙吧？」

錢亦繡聞言，氣得心裡翻白眼。知不知道她是在客氣啊，原來還以為這位公子比梁錦昭厚道些，原來也不是個省油的燈。鴨子嗓的變聲時期，果然是男人一生中最討嫌的階段。

坐在房簷下的錢三貴見到人，嚇得拄著枴杖站起身。他認識張央，而另外兩位公子，從孫女跟他們的對話中聽得出，是曾經幫過家裡的貴人；而程月在他們進院子之前，就躲回自己的小屋；吳氏跟錢滿霞聽到動靜，也跑出房來。

錢亦繡介紹道：「這是我爺爺。」

三位公子很有禮貌地拱拱手，喊道：「老丈。」

錢亦繡又對向他們哈著腰的錢三貴說：「爺爺，這是梁大——哦，是梁少爺，這位是宋少爺。至於張少爺，您已經認識了。」

錢三貴趕緊躬身道：「請小師父和貴人們去堂屋歇息。」

梁錦昭擺了擺手中的摺扇。「我們就在樹蔭下坐坐，這裡涼快。」

有些嚇著的吳氏和錢滿霞趕緊進屋拿凳子，梁高和幾個小廝把馬拴在院子外面，到堂屋裡幫著搬桌子、搬椅子，擺在枝繁葉茂的棗樹底下。

見吳氏特地把留著招待貴客的茶葉拿出來，錢亦繡心想，這種粗茶，連那幾個小廝都不見得愛喝，便悄聲道：「給他們喝今早熬的酸梅湯吧。」

「那湯是山裡摘的梅子熬的，貴人們會喜歡嗎？」吳氏不確定地問。

「山裡的東西他們才稀罕，那些費銀子在鋪裡買的，他們還不喜歡呢。」

說著，錢亦繡繞進廚房，看看裡面的東西，讓吳氏趕緊去鎮上買菜籽油、糯米粉、豆皮、芝麻等材料。弘濟來了，必須做素食，那三位公子一看就是嘴刁的，便想做些不一樣的東西，又要吳氏快去快回。

如今吳氏也非常信服錢亦繡說的話，答應道：「奶奶走快些，不到半個時辰，就能來回一趟。」

接著，錢亦繡請錢滿霞去私塾把錢亦錦叫回來。跟弘濟和這幾位公子多接觸，比上一天學的收穫大得多。

再來，路過錢家大院時，若錢滿蝶在家，就請她來幫幫忙，再看看她家有沒有新鮮的山貨？錢滿川夫婦經常去山裡摘霞草，能撿些稀罕物，若有的話，先借來用。

將工作分配完後，錢亦繡把酸梅湯端出去。

「這酸梅湯剛剛放涼，少爺們喝了，去去暑氣。」

現在還沒出三伏天，幾位公子的臉曬得通紅，背後的衣裳也濕了，喝下酸梅湯，果真感覺涼快許多。

錢亦繡見狀，又把家裡做的五香花生米用碟子裝好遞上，給他們配著酸梅湯吃。

猴哥一看，趕緊跳上桌子，抓起一把，跑到一邊去吃。滑稽的樣子，把大家都逗笑了。

接著，錢亦繡又給幾個小廝倒水，尤其對小恩人梁高，更是笑得燦爛無比。梁高也極有眼力，不時幫著她服侍幾個小主子。

「嗯，好喝，再給小爺倒一碗！」宋懷瑾放下碗道。

梁高聽了，乾脆進廚房，把裝酸梅湯的罈子抱出來。

樹蔭下涼風習習，梁錦昭坐在椅子上，愜意地伸直長腿。舉頭四望，寬大的院子，三隻狗、一隻猴，兩棵枝葉茂盛的果樹、一截爬滿薔薇花的院牆，簷下擺著農具和草籃、草鞋，新瓦片在陽光的照射下閃著青光。院子後面是連綿的山脈，延伸到遠方，連著蔚藍寬闊的天空。

他深吸一口氣，花香、草香、果香混合泥土的芬芳在鼻間環繞，再喝一碗酸酸甜甜的酸梅湯，真是別樣的滋味。怪不得太爺爺在世時，一直遺憾沒有在鄉下老家養老。

梁錦昭想著，又看看緊張得大汗淋漓的瘸腿老人，還有不停忙碌張羅的小小女娃。這個家連個壯年人都沒有，怪不得錢亦繡想方設法地掙錢找靠山，便對宋懷瑾道：「附近不是有有座你家的莊子嗎？讓莊子裡的人過來服侍，哪有咱們來了，他們還躲閒的理兒？」

宋懷瑾聽了，嘀咕一句：「那高管事又不是什麼二八佳人，來了還嫌他礙眼呢。」但仍吩咐自己的小廝：「去莊子上把高管事叫來。那老小子的架子真是越來越足，還要小爺派人去請他。」

錢亦繡感激地看梁錦昭一眼。她絕對相信，梁錦昭叫高管事來，不單是為了服侍他們。這個大個子的智商跟他的個子一樣高，心思比宋懷瑾和張央深沈得多，他是在變著法給她家找撐腰的人哪。原來一直想不通高管事怎麼會對他們那麼好，現在想通了，梁大叔的為人還真不錯。

梁錦昭等人逗了猴哥一會兒，又對房簷下的兩隻小狗生出興趣，起身走過去。

大山通人性，見客人是猴哥和主人帶進來的，便沒有理睬他們。但見他們過來，立即起身，護在奔奔和跳跳面前，一副誰敢搶牠孩子，牠就跟誰拚命的架勢。

錢亦繡連忙跑過去，抱住大山的脖子說：「這幾位公子是好人，不會搶妳的孩子，放心吧。」

猴哥也跳到大山身邊，吃了牠幾口奶，意思是：我也是妳兒子，妳兒子的朋友，就是妳的朋友啦！

大山這才放下戒備，半趴在地上。

奔奔和跳跳跟猴哥一樣，都是人來瘋。見人多了，又打滾、又撒歡，可愛的樣子，逗得幾個半大小子哈哈直樂。

不久，錢亦錦跑回來了。他本與弘濟和張央熟稔，手腕又頗高，沒多久，就跟大他許多的梁錦昭和宋懷瑾搭上話。

有錢亦錦陪客人，錢亦繡就可以做些別的事。錢三貴也鬆了口氣，讓他陪這些小貴人說話，實在太累了。

這時，錢滿霞也領著錢滿蝶進院子，手裡都拿了裝滿東西的草籃，姑姪三人便一起去廚房做午飯。

到廚房後，她們把東西拿出來，有地耳、蘑菇、核桃、一大串野葡萄、一捧楊梅，竟然還有半盅野蜂蜜。

錢滿霞笑道：「大伯母把她家廚房裡的好東西全給我們了；錢亦多因為捨不得蜂蜜，還哭得不行。」

汪氏雖然有些自私、好強，可著實是個聰明人，怪不得家裡過得好，兒女孫子又教得好。

錢亦繡高興地對錢滿蝶道謝。先讓她們把糯米泡上，發些白麵，把菜揀好；她則把葡萄和楊梅洗淨，拿去招待客人。

這時，高管事領著兒子和媳婦，趕著牛車來了，還帶上許多吃食。知道這裡有和尚，聰明地沒帶葷菜，居然還捎來幾節藕和兩顆西瓜。

錢亦繡看著這麼多好東西，心裡直樂。這可省了她不少事呀。

高管事一進來，就對宋懷瑾和梁錦昭哈腰賠罪。「老奴該死，不知大少爺和表少爺在此，來晚了。」

宋懷瑾揮手。「囉嗦，去一邊候著。」

另一邊，錢亦繡指揮高家的人把吃食送進廚房，先把西瓜切了，讓高良拿出去招待小主子，又忙著泡紅豆，煮藕和南瓜等物。

正做著，吳氏進門，把錢亦繡讓她買的東西全帶了回來。

錢亦繡看看這些材料，決定做素菜包子、紅豆糕、薯餅、南瓜餅、芝麻球、梅花餅乾等素食點心；再做豆皮地耳薺菜卷、素炒雙色菇、素肉茄餅、珍珠素菇圓子、蜜汁糯米藕、涼拌蕨菜、撥絲土豆等幾樣素菜，最後再煮個三色珍珠甜湯。

有些點心和菜品，吳氏等人會做，就先讓她們做；有些不會的，錢亦繡就領著她們一起做。這些菜色，除了蜜汁糯米藕和梅花餅乾比較費功夫，其他的都不難。

高良的媳婦看到幾個大人心甘情願聽錢亦繡的調派，十分納悶。

錢滿蝶也有些奇怪地問道：「繡兒怎麼知道這麼多吃食？」

錢亦繡回答：「有幾樣是之前在張老爺家吃過的，我喜歡吃，就多問了廚子幾句。還有兩樣是自己瞎想的，也不知做出來好不好吃？」

吳氏知道孫女早慧，聽她這麼說，也點頭稱是。

看這些人都上了手，又跟吳氏交代清楚後，錢亦繡便去左廂房看程月了。

程月在客人們進院子前，就飛快地跑進小屋，還把門窗都關上。密不透風的小屋悶熱難耐，錢亦繡一進屋，就感覺一股熱浪撲來，遂道：「娘，太熱了，把窗戶推開一點吧。」

程月正透過窗紙看外面的人，聽見錢亦繡說話，轉過頭，呆呆地道：「繡兒，娘頭痛，心口也痛。」臉色蒼白，一隻手撫在胸前，很難受的樣子。

錢亦繡嚇一跳。「肯定是太熱了，讓娘中了暑氣。」說完，爬上桌子，把小窗打開，再倒半碗水給她喝，又讓她躺下，拿起一把大蒲扇為她搧風，看她好些了，就想請張央進來給她把脈。

程月不喜歡生人靠近，但經常聽家人說張仲昆是大善人，那麼他的兒子也是好人，便點頭答應。

錢亦繡見她如此配合，非常高興，便跑出去找張央，請他為程月把把脈。

張家治癇症、痰症的醫術，在大乾朝名列第一。錢亦繡一直覺得，癇症和失憶都屬於腦疾，應該有共通點。

所以，見張央來家裡，錢亦繡就想請他為小娘親診脈。張仲昆不好請，他兒子兼徒弟來了，怎能放過這個好機會？正所謂名師出高徒，張央雖然年紀小，但從懂事起就開始背醫書、學醫術，由張仲昆手把手地教授，可比林大夫厲害得多。

張央非常痛快地答應，跟她去了左廂房。

兩人一進屋，張央便道：「這麼悶熱，好人也會待壞的。」說完，便用一張帕子搭在程月的腕上，幫她把脈。一邊診治、一邊聽錢亦繡說了大概症狀。

看到程月，張央不自禁地紅了臉。他從小跟著父親給許多世家大族裡的女眷看病，自認見過各色美人，但似乎沒有哪個像程月這樣清麗出塵。如此美好的女子竟然得了癡症，真是沒天理。

他定了定神，不敢再多看程月一眼，診完脈才道：「錢家娘子會失憶，很可能是因為前些年傷了腦子造成的，但過去這麼久，想恢復之前的記憶怕是不太容易……最近她是不是有些焦躁？」

錢亦繡趕緊點點頭。

張央又道：「像她這種病人，切忌思慮過重，要儘量保持愉悅和輕鬆……我回去把她的病症和脈象跟我爹說說，開的藥也請我爹過目，明天你們來保和堂拿藥便是。」又掏出隨身攜帶的銀針給程月施針，程月便安穩下來，慢慢睡著了。

錢亦繡感激地對張央道謝，又深為自己操之過急而內疚。她總想讓程月為家裡做點貢獻，卻沒想到，程月是不能過度勞神的。

她把張央送出門，再回頭看程月，瞧她安然熟睡著，又去廚房忙了。

第三十七章

飯菜做好，已是午時末。

錢亦繡讓吳氏拿幾樣菜，端進小屋給程月吃，她則帶著錢滿霞、錢滿蝶和高良媳婦，把吃食一一擺上桌。

幾位公子看到桌上花花綠綠的吃食，極為好奇，沒想到農家也能做出精緻好看的小點和菜品。本來就餓，加上樣子好看，更是胃口大開。

於是，弘濟和三位公子、猴哥吃一桌，旁邊一桌是高家父子和幾個小廝。梁錦昭幾人邀請錢三貴一起坐，錢三貴卻極力推辭，讓錢亦錦陪著他們，自己去另一桌。

眾人對點心和菜品大為讚賞，蜜汁糯米藕、豆皮地耳薺菜卷是三位公子的最愛，而弘濟更喜歡梅花餅乾和珍珠甜湯。

錢亦繡終於知道，為什麼弘濟這麼胖了。他真的很能吃，飯量比錢亦錦還大，甚至不比那幾位公子小，而且特別嗜甜。

有點短處的小和尚更容易拉關係，錢亦繡竊喜，笑著對弘濟低聲說：「我們做的梅花餅乾有些多，你可以帶些回寺裡吃。」

弘濟忙點頭笑納。

飯後，幾個人依然不走，在棗樹下摘棗子玩。此時的棗子還沒有熟透，只有極少數的外皮生出細細一圈的紅色。他們專找這種棗子摘，酸中帶甜也能吃，邊摘邊嚐，吃的不是棗子，而是樂趣。

雖然錢亦繡心疼棗子，但這幾位小爺必須服侍好，姑且把他們當成來農家樂遊的客人，讓他們吃好、喝好、玩好，然後看心情，給自家打點賞。

錢亦繡抬頭看看，太陽已經偏西，便把放在後院背陰處的君子蘭搬回自己的小屋。下午的陽光強，不能曬著它。

她吃力地抱著君子蘭，剛來到前院，便被梁錦昭叫住。

梁錦昭大步走過來，驚喜地看著君子蘭，道：「這盆君子蘭長得可真好，賣給我吧，價錢好說。」

錢亦繡遺憾地說：「這可怎麼辦？這盆花，我已經答應賣給別人，說好明天拿去縣城的。」這位小爺給的價錢肯定不會低，但她是跟心儀已久的合作夥伴崔掌櫃說好，不能失信。

梁錦昭一陣失望。「我爺爺最喜歡君子蘭，說它是花中君子。我們府裡養了許多盆，像這麼好的，卻是不多見。這盆君子蘭的葉子多不說，還厚實又帶光澤，上面的紋路也好看，像綠色的寶劍……妳賣給誰？到時我去問問，看他能不能割愛？」

錢亦繡回答：「我已經跟霧溪茶行的崔掌櫃說好，他說他家公子下個月初就要回京……」

梁錦昭聽了，哈哈大笑，甩開摺扇搧起來。「霧溪茶行啊，那是我娘的鋪子，崔掌櫃是我家的下人。」

原來他們是一家人，崔掌櫃嘴裡要回京的少爺竟然就是梁錦昭。

錢亦繡笑道：「真是巧，原來你們是一家人。」

接著，她又說起這盆君子蘭的出處。是錢亦錦和她被猴哥引著誤入深山，在一處如仙境般的美麗幽谷看到的，便不畏艱險爬到谷底，把它挖回來。她覺得自己也不算撒謊，熱風谷可不是美得像仙境，而且也在山裡面。

她的話，讓一旁的錢三貴有些臉紅，也讓三個少年對仙境般的幽谷無限嚮往。

梁錦昭看得出，這株君子蘭絕對不是凡品，的確是在深山中尋到的，若生在淺處，還沒長大前，肯定就被人挖走。

於是，他笑得咧大嘴，如果把這盆幽谷中的君子蘭帶回去，他爺爺可要樂壞了。又想到愛花的娘，遂問：「還有沒有別的花？我娘也極喜歡花，我想給她帶盆好花回去。」

錢亦錦聽了，便去後院把那盆墨蘭端出來。

錢亦繡道：「這盆墨蘭跟君子蘭是在同一個地方找到的。」

梁錦昭看出這盆是蘭花，因為沒開花，不知道好不好？不過，從深山幽谷裡尋來的，總不會差，也能對自家娘親交差，便點頭，打算一起買下，伸手對梁高道：「把銀票拿來。」

梁高不知要拿多少，便把裝錢的荷包遞給自家少爺。

梁錦昭從裡面拿出兩張銀票遞給錢亦繡。「這麼多，夠了嗎？」

錢亦繡一看，一張是二百兩的，一張是三百兩的。原本在溪山縣只能賣得二百兩的花，如今卻翻了倍。地域之間的物價差別還真大，京城世家的購買力真真不能小覷啊。

「夠了。」她壓制住內心的狂喜，臉蛋紅紅的，趕緊把銀票塞進自己的荷包裡。

梁錦昭見她收下了，道：「剛剛那些那是買君子蘭的。」又掏出一張銀票。「這是買墨蘭的。」

還有?!錢亦繡激動地接過銀票，是一百兩。

發了發了，真是發了！她激動得小心肝撲通撲通亂跳，還得佯裝平靜地收好銀票。

梁錦昭是世家公子，但絕非紈袴。在京裡時，經常跟著他爺爺侍弄君子蘭，自然知道買賣的價錢。

這種名品，在京城的確值五百兩，但他也知道，在冀安省，這些花絕對賣不到如此高價。

他之所以給這麼多銀子，一是想幫幫錢亦繡——為國捐軀卻屍骨無存的將士遺孤不該被朝廷漠視。還有一個原因，就是他想看看這個拿著銀角子都能激動得放進嘴裡咬的猴精小女娃，若拿到這麼多銀票，會是什麼樣子？

孰料，錢亦繡卻只是平靜地把銀票塞進荷包，讓他有些失望，忽然想起，這女娃或許不識字兼不識貨，不曉得她拿的是多值錢的東西，遂說：「看來小娃不太喜歡那幾張紙啊。爺剛才弄錯了，不如妳把紙還回來，小爺給妳幾個大銀錠子？」

真當她是傻子呀？

錢亦繡忙把荷包攥緊了，藏在背後。「君子一言，駟馬難追，何況已經給出去的東西，豈有收回去的？」

她這副緊張樣子，讓梁錦昭開懷起來。這才是她的本性嘛！便嘻嘻笑了起來。

接著，梁高囑咐高管事，讓他明天用帶篷的馬車把花運到霧溪茶行交給崔掌櫃，千萬別碰壞，別讓太陽曬著了。高管事忙點頭應允。

時近黃昏，弘濟和幾位公子盡了興，準備回去。

「小爺今天玩得盡興，吃得也不錯。明年回西州府，再來你們家玩。」說完，梁錦昭向梁高揮了下手。

梁高便給錢家人和高家人每人各發一個荷包，在場的見者有分，連程月都沒落下，讓錢亦繡轉交。

宋懷瑾和張央也讓小廝打了賞。

宋懷瑾還說：「小丫頭記著，明年我們來時，多弄些蜜汁糯米藕，爺喜歡吃。」

錢亦繡自是滿口答應，同時又提了個不情之請，想讓他們騎馬帶著錢亦錦在花溪村和大榕村走上一圈，暗示這兩個村子有地痞，見她家勢弱，不時便欺負他們。

宋懷瑾一聽，豪爽道：「哪家那麼可惡？小爺直接去拆了他的窩！」

張央笑道：「這可不成，咱們走後，萬一他們報復錢家怎麼辦？咱們還是帶著小兄弟走上一圈，讓他們知道怕就行。」

梁錦昭聽了，又吩咐高管事。「這兩個小娃的父親是為朝廷陣亡的，卻沒得到該有的補償。今後你們幫著多照顧些，若有辦不成的事，就去宋家找我四表叔。」

高管事馬上哈腰應道：「是，小的記住了。」

說好後，梁錦昭抱起弘濟，宋懷瑾則抱著錢亦錦，一起上馬走了，高管事父子也跟在馬後頭步行。

等弘濟和幾位公子一走，錢滿蝶就趕緊把荷包打開，裡面是四個二錢的銀錁子，三個荷包都一樣。沒想到，她只來幫了小半天的忙，竟然掙到二兩多銀子，還是富貴人家給的精緻玩意兒。她知道自家娘親一直羨慕奶奶得了個銀錁子，這回可好，她一次得了十二個。

錢滿蝶樂壞了，喜得眉眼彎彎，對錢滿霞說：「霞妹，以後有這種好事，記得再叫我。」

錢滿霞笑著點點頭。吳氏則把沒吃完的點心裝進碗裡，讓高良媳婦和錢滿蝶各拿一碗，帶回去吃。

她們走後，錢亦繡先進小屋把程月拉出來，又跟錢三貴和吳氏說了請張央給程月看病的事，老倆口極為高興，吳氏答應明天就去縣城拿藥。

接著，錢亦繡從荷包裡拿出那三張銀票。

結果，除了程月的反應比較正常，老倆口和錢滿霞的嘴都張成了圓形，眼睛瞪大，好半天說不出話來。

等他們的表情恢復正常，才爆出一陣歡快淋漓的大笑聲。

錢滿霞見狀，趕緊把食指豎在唇邊，噓了一聲，急道：「爹娘小聲點，你們想把壞人招過來嗎？」

錢三貴和吳氏立刻摀住嘴，壓低聲音，卻繼續笑著。

錢滿霞無比幸福地小聲說：「咱們家竟有這麼多銀子了！天哪，原來是連作夢都不敢想呢。現在，咱們豈不是比汪里正家還富？」

吳氏也笑道：「嗯，我看也是。」又緊張道：「當家的，等錦娃回來，讓他趕緊把銀票藏進床底下的罈子裡。以後也不能讓大山和猴哥進山，得把家看好。」

錢三貴直點頭。「看來得趕緊多買些田地，把銀子花出去。守著這麼多錢，咱們連覺都睡不踏實。」

吳氏聽了，連說應該。

錢三貴又道：「今天來的幾位客人，都是咱們家的貴人，要記著他們的大恩。咱們家窮，沒有什麼拿得出手的，既然妳的酒釀做得好，再多做幾罈，每家送兩罈，包括要回京的梁公子。雖然不值什麼錢，也是咱們的一番心意……」

幾人正說著，傳來敲門聲，是錢老太的聲音，後面還跟了好多人。

吳氏一聽，嚇得趕緊把銀票拿進臥房的櫃子裡鎖起來，再把房門鎖上。

錢滿霞看吳氏把門鎖好後，才跑出去開門。

原來，上午幾位公子帶著小廝騎馬從村裡招搖經過，已讓村民驚奇不已。村裡還是第一次有這麼多騎馬的人來，其中幾人的穿著氣度更是不同凡俗，而且去的竟是村西頭的錢家三房，過沒多久，高管事父子也跑過去。

許多人都在村口眺望，不知錢三貴怎麼結識這些貴人的？等到下午，更不得了，錢三貴的孫子居然被貴公子抱著騎在馬上玩，高管事父子還跟在馬屁股後面，跑前跑後地服侍。

等那幾位公子離開後，大家便去問同在外面看熱鬧的錢老太和錢大貴一家。錢大貴也不清楚，只知道錢滿霞說家裡來了貴人，請錢滿蝶去幫忙做飯。說完這話，大房一家人與有榮焉，極為得意。

有多事的人聽了，對錢二貴兩口子笑問：「三房有這好事，怎麼沒把你家叫上？」

唐氏氣道：「人家的眼睛長在頭頂，怎麼看得見我們家？」

沒多久，錢滿蝶回村，這些人又圍著她問。

錢滿蝶說：「我在廚房裡幹活，也不曉得他們是誰，只知道是有錢人家的少爺。」

大房一家和錢滿蝶回家，唐氏還厚臉皮地想跟他們一起進去，卻被汪氏不客氣地關在門外。

錢滿蝶喜孜孜地把荷包裡的銀錁子拿出來，一家人傳著看，愛不釋手。

汪氏歡喜過後，道：「蝶兒說每人有份，三房六個人，豈不是得了十幾兩銀子？」又瞥了錢亦多一眼。「之前只要有人去三爺爺家，妳就鬧著去，今天怎麼不跟？如果妳去了，也能多得些銀子。」

錢大貴聽了，出聲嗔她。「妳這個婆娘真敢說，多多這麼小，萬一討了貴人的嫌怎麼辦？貴人的脾氣都大，惹著是要打人的。」

錢滿蝶羨慕地說：「繡兒和錦娃真能幹，他們在山裡挖了兩盆花，有位貴人看見喜歡，出錢買下，說是要帶回京城去。」

汪氏忙問：「賣了多少錢？」

錢滿蝶搖頭。「不知道，我離得遠，沒看清楚，只瞧見貴人給了繡兒兩張紙。」

「傻丫頭，怎麼不過去看看？」汪氏嘀咕。

錢老太道：「那兩個小人能找到什麼好花？賣個幾百文就不錯了。」她心裡一直在幫三房提防這個精明又好強的大兒媳婦。

汪氏聞言，撇撇嘴，不吱聲了。

錢滿川卻開口道：「奶奶說笑話呢，怎麼可能是幾百文？那紙是銀票。但凡銀子多了、不好拿，就到錢莊把銀子換成銀票。」又嘖嘖讚嘆了幾聲。

錢大貴聽見，嘴張得老大。「我的天，那不就有上百兩銀子？只有這些多銀子才不好拿呀。」

聽說能賣這麼多銀子，錢老太更是不信。「大兒說笑話呢，兩盆破花能賣上百兩銀子？除非腦袋壞掉。」

汪氏羨慕得眼睛都紅了。「滿川和你媳婦天天往山裡跑，怎麼只知道摘霞草？以後留意些，看到好花就挖回來，也能賣些錢財。」

幾人說來說去，還是對那兩張銀票感興趣，更想知道那幾個貴人是誰？可錢滿蝶又說不出個所以然，遂決定去三房問問。

於是，錢老太領著錢大貴兩口子和錢滿川，還有想湊熱鬧的錢亦多出了門。剛到門口，就碰到錢二貴父子，他們也對這件事感到好奇，便一起往村西頭走。

汪里正一直在錢家大院的附近打轉，見這些人去錢家三房，也厚著臉皮跟上。

這下，其他看熱鬧的人再好奇，也不好意思過去，遂散了。

錢三貴看見來了這麼多人，趕緊請他們到院子裡坐。

錢亦繡鬱悶不已。好不容易那幾位走了，小娘親終於可以出屋放放風，這些人又來，把她嚇回了小屋。

錢老太等人七嘴八舌地向錢三貴打聽那些貴公子的事，特別是汪里正，生怕他有一點隱瞞。而汪氏等人想問他們掙了多少銀子，但當著外人的面，又不好開口。

錢三貴滿足了汪里正等人的好奇心，解釋道：「那三位公子，一位是保和堂的少東家，另一位是宋家少爺，還有一位是宋家的表少爺，好像住在京裡。他們是弘濟小師父帶來的貴客，我連跟他們說話都害怕，哪敢多問。」

他頓了頓，又道：「不過，那位京中的梁公子好像出身武將之家，聽說滿江為國捐軀，又看到我們家裡老弱病殘，對兩個孩子頗為憐惜。」

這些身分已經讓在座的人倒吸一口涼氣。幾位公子的來頭都驚人，尤其是宋公子和梁公子，那是大官家的少爺啊。

正說著，把客人送出大榕村的錢亦錦回來了，是高良陪他的，還稱錢三貴為錢三叔，請他以後多去宋家莊串門子。然後，才小心翼翼地把那兩盆花捧上車，蓋上篷子。

汪里正羨慕得不得了，看錢三貴的眼神又多了幾分敬重，不停向他豎著大拇指。「三貴兄弟，你行！老哥哥佩服你，這麼有身分的少爺居然會來你家作客，還玩了一整天。」

錢亦繡暗樂。沒想到那幾位公子來此一遊，無意中竟給家裡帶來這麼多好處。

吳氏感激汪氏送來的山貨，把她拉進屋裡，送了幾尺張家送的綢緞。這綢緞是豆綠色的，比較鮮豔，適合給年輕小娘子做衣裳。

汪氏喜道：「明年春天蝶兒就要出嫁，正好可以給她做套春衫。」轉過頭，眼神卻黯下。

看來，三房徹底起來了。

原本錢家四房中，數大房最好過，其他三家都比不上她家，如今看來，不僅在省城的四房越來越好，連三房都比自家強了。汪氏心裡酸溜溜的，有些埋怨老實的錢大貴，只曉得種地討生活。

但她再仔細一想，自家雖然比不上他們，但顧好情分，自己和兒女們也能沾些光。望望院子裡錢大貴和錢滿川滿臉榮光的樣子，她可不能像唐氏那個傻婆娘，明著算計人家，沒算計成，還被當眾打臉。偷雞不著蝕把米，把兄弟間的情分也弄淡。

想到這裡，汪氏笑得真誠了幾分，本來想問那兩盆花到底賣得多少銀子，便沒問了。

到了吃晚飯的時辰，這些人還捨不得走，錢三貴只得讓吳氏進廚房弄些吃的，汪氏難得地跟進去幫忙。

汪里正聽說今天沒有肉，便讓錢滿川去他家裡拿些肉來。錢三貴又給了他四十文錢，讓他去村口打兩斤好酒，再順道把汪里正的大兒子和謝虎子、柳先生請來吃飯。

酒足飯飽後，這些人才盡興而歸，不再追問那些貴公子的事。

第三十八章

等這些人都走了，已是星光燦爛時，喧鬧一天的花溪村西頭終於安靜下來。

錢亦繡趕緊去屋裡把程月拉出房，錢亦錦拿著大蒲扇猛幫她搧風。程月是天生的美人，哪怕再熱，出的汗也極少，汗出不來，更容易中暑。

不耐人多的大山也領著猴哥與奔奔、跳跳來了前院。

錢亦錦一邊給程月搧風，一邊笑著跟錢亦繡講他騎在馬上威風凜凜跑了兩個村的事，尤其是路過方家肉鋪時，他是如何趾高氣揚地從方家祖孫三人面前經過。

錢三貴和吳氏端了一天的笑臉，此時卻嚴肅起來，顧不得聽孫子炫耀，直接去了臥房，片刻後，又把錢亦錦叫進去，讓他鑽進床底把銀票藏好。然後出來低聲囑咐一家人，包括大山和猴哥，晚上一定要警醒些。

睡覺前，錢三貴不僅帶著錢亦錦和大山繞著院牆底下巡視一圈，還把菜刀放在枕頭下，以防萬一。

他的緊張影響了全家人，除了程月外，幾乎所有人都沒睡好。

第二天，不僅錢三貴和吳氏頂著黑眼圈出了屋，錢滿霞和小兄妹倆也哈欠不斷。

錢亦繡忍不住暗笑。原來錢多的壓力也不小啊。

吃早飯時，錢三貴嘆道：「床底下放這麼多銀子真是睡不踏實，若天天這樣睡不好，這把老骨頭可得散嘍。咱們還是早些把銀子變成田地，這樣才放心。」見錢亦繡眼巴巴地望著他，又道：「至於買下人的事情，咱們去看看，有適合的就買，沒有適合的，就再緩緩。」

錢三貴又讓吳氏趕緊多做些酒釀，再做些點心。幾位公子都喜歡吃，到時分別託人，給宋公子、梁公子、張公子跟弘濟小師父送去。因為他們，自家不僅賺進巨額進項，腰桿子也壯了不少。人得記情，雖然大戶人家不稀罕這些東西，但也是自己的心意。過幾天去縣城，再請張老爺派個下人跟他們一起上牙行。

錢亦繡笑道：「昨天趕得急，再加上小和尚不能吃葷，所以只能做那幾樣。繡兒還琢磨了一樣更好吃的點心，叫蒸蛋糕。」這是她前世常做的甜點之一，又香又軟，肯定能得到他們的喜愛。

中午，吳氏依約去了保和堂，拿了十包藥回來，說張仲昆特別交代，程月要少費神、少忙碌，總讓她想過去，很可能適得其反，加重病情。這種病得慢慢調養，想得起來最好，想不起來，也不能強求。

錢亦繡聽了，有些內疚。之前是她太急切，遂把給小娘親熬藥、監督她喝藥的事情接過來做。

程月喝了幾次藥，再加上張央曾給她施針，第二天起，精神便稍微好些，又拿出素綾，想繡繡花。

錢亦繡不敢讓她再勞神，勸道：「娘再歇歇吧，咱們家現在也不靠娘的繡活過日子。」

程月搖搖頭，固執地說：「娘要掙錢，不吃白食。」

見她堅持，錢亦繡只得說：「實在要繡，那就繡簡單些的，別太費神。」

於是，程月在紙上畫起來，片刻工夫，便描出一幅雙鴨戲水圖。

錢亦繡看了看，兩隻鴨子、幾滴水珠、幾株小草、幾朵小花，似乎比之前繡的那兩幅繡品還簡單，便點點頭。「嗯，這幅還行，簡單。」

程月看著圖。「嗯，兩隻小鴨子，一隻是錦娃，一隻是繡兒。」

錢亦繡聞言傻住，好在只是把他們比作鴨子，要是比作鴛鴦，可就麻煩了。又囑咐她：「娘不著急，慢慢繡。」

程月答應了。

看到小娘親稍微好些，錢亦繡才放下心。

歇過午覺後，錢亦繡勸程月到屋外，坐在簷下繡。

外面亮得多，空氣又好，而且現在家裡銀子多了，吳氏不會再念叨她浪費綾緞和繡線。

程月向來聽閨女的話，便出來了。

吳氏見狀，讓錢滿霞在程月旁邊看她繡花，幫著打打下手、分分線。

繡活是古代女人非常重要的才藝，要是做得好，更是找好夫婿的本錢。錢亦繡也希望錢滿霞能學得絕活，將來嫁得良人，但想到程月的病情，遂告訴她，在一旁看就是，別多問。

錢滿霞高興地坐在旁邊幫程月分線，可是程月根本不用錢滿霞分，還說：「不好，毛了。」

錢亦繡和錢滿霞沒聽懂，程月就拿起她分的線，對著光道：「線毛了，不好。」

原來是錢滿霞的手太粗糙，把線刮毛了。

錢亦繡拉過錢滿霞的手細瞧，骨節粗大、皮膚粗糙暗黃，還有厚厚的繭子，根本不像一個十二歲女孩的手。哪怕在鄉下，這雙手也應該是嫁作人婦、長年持家才會有的。

可憐的小姑姑，從六歲起就幫著吳氏分擔家務、照顧老小，竟把一雙手弄成這樣。

錢亦繡覺得鼻子有些發酸，想著過兩天去縣城，買些香脂回來讓她搽手，也要給程月和吳氏用。家裡的日子好了，不只得注重吃食，還應該保養。

這下，錢滿霞不敢再幫忙，只在一旁看程月怎麼繡花、怎麼分線。

錢亦繡又欣賞起美人來。她最喜歡看小娘親繡花時的樣子，沈靜、優雅，美得像湖中的蓮花。

看她的這個模樣，吳氏又念叨了。「難道看妳娘的臉還能看出朵花來？要看她怎樣繡花，把繡藝學好，將來也好找個好人家。」

錢亦繡嘴硬道：「繡兒這麼聰明，繡藝不好，也能找個好人家。」

錢滿霞聽見，用手刮臉取笑她。「繡兒的臉皮比咱們家的土牆還厚。」

錢亦繡也笑。「小姑姑的臉皮再薄，也不能不說親啊。」

正鬧著，一陣敲門聲傳來，傾耳細聽，是上次來說媒的媒婆。

程月趕緊起身回小屋，吳氏幫她把繡架拿進房後，錢滿霞才去應門。

錢滿霞開了門，卻擋在門口不讓媒婆進來，罵道：「妳還敢來我家？走吧，我家不歡迎妳！」

媒婆趕緊把門抵住，咧著大嘴笑道：「哎喲，霞兒怎麼不請老婆子進去呢？這次我可是來做好事了。」

錢滿霞氣怒。「妳哪裡是來做好事，分明是來催命。快走！」

媒婆厚著臉皮，使勁抵住門。「我今天真是來做好事呀。」又大著嗓門喊道：「三貴兄弟、錢家弟妹，有人家託老婆子來給霞兒說親了。放心，這次不是方家，是個好後生。」

聽她這麼說，錢滿霞的臉騰地紅起來，既不好意思攆她走，又不好意思讓她進來，站在門邊，左右為難。

錢亦繡見狀，跑過來攆人。「好走不送，我姑姑現在不說親。妳這樣黑心肝的人，能說什麼好人家？」想把這個媒婆氣跑，以後別再來。

媒婆罵道：「妳這個小豆子，妳姑姑的親事，有妳作主的分兒？」

吳氏雖不喜歡這個媒婆，但聽說是來給錢滿霞說親的，又不是方家，便過來把錢亦繡拎到一邊，笑道：「嫂子請進。」

為女兒和孫子孫女著想，吳氏不願意得罪媒婆，畢竟她們幹的是這個營生，長了一張巧嘴，死人都能被她們說活。得罪她們，晚輩們今後就不好說親了。

她把媒婆迎進門，倒上茶水。

媒婆坐定後，笑道：「這次要說給霞兒的後生是我們村里正的姪子，家裡有十幾畝田地，住的是大瓦房……」

一聽是大榕村的人，條件再好，錢三貴兩口子都不願意，婉言謝絕，客氣送人。

接著，又來了兩個給錢滿霞說媒的人，無人問津的錢滿霞一下子變成搶手貨。半天之內竟有三家求娶，創下花溪村之最，比當年的村花還搶手。

見來說親的人多，錢滿霞是人逢喜事精神爽，臉上的紅暈沒有褪去過。

古代人真是早熟，六年級的小學生就知道思春。

錢亦繡潑起冷水。「說不定猴哥還能幫咱們尋到更值錢的寶貝，到時小姑姑就是有錢人家的小姐，怎麼能隨便嫁人呢？我的姑姑這麼好，既水靈又勤快，還出身於大富之家，得嫁個城裡人才行。」

錢亦繡的話逗得眾人笑得不行，笑過後，錢三貴和吳氏覺得孫女說得也有道理。之前因為閨女無人求娶，他們急瘋了，所以媒人一來說親，他們就激動。但仔細想想，等自家買了地，也是個小地主，該給女兒找個家境好些的後生才對。

錢亦錦放學回來，聽說這件事後，也同意妹妹的想法，覺得錢滿霞的親事可以再等等，或許以後會找到更好的。

晚上，錢老太來了，低聲對錢三貴道：「聽蝶兒說，你們挖的兩盆花賣得不少錢，大貴猜測，既然給的是銀票，肯定不會少，至少有上百兩。」

錢三貴點頭，笑著說：「嗯，還多了點。」

這下，錢老太的嘴巴也張成了圓形。「老天，那花是棵搖錢樹吧！」又道：「那可得看好銀子了，別被人搶去。」

吃完晚飯後，錢老太還不想回大院，說要幫他們一起看家。

錢三貴哪肯讓她這樣操心，好說歹說，才讓錢亦錦把她送回去休息。

第二天一早，錢老太又來三房守著。見她頂著黑眼圈，一副神色委靡的樣子，肯定是夜裡惦記三兒家的銀子，沒有睡好。

見她這樣，錢亦繡對她經常欺負程月的怨氣也小了些。

錢三貴無奈，拿出一個小銀錁子送錢老太，勸她去錢滿霞的小屋裡歇息。

錢老太又稀罕得不得了，上次得的銀錁子是小花生的形狀，這次的是朵小梅花。她把玩好一會兒，才去歇息。

下午，錢二貴又來了。他沒有別的事，就是跟錢三貴話話家常、絮叨絮叨小時候的事情。

這個時辰，錢二貴都在田裡忙，現在卻到這裡來閒聊。

錢三貴猜到他的意思，定是怕自家有好事，卻只惦記大房一家，忘了他們，便給吳氏使個眼色。

吳氏還沒明白過來，錢亦繡已經懂了，拉著吳氏進他們的臥房，讓她裁幾尺新買的棕色細布給錢二貴做衣裳，又讓她拿出一個小銀錁子，送給錢二貴。

錢二貴收下布，卻不好意思收銀錁子。「那是銀子，三弟留著慢慢用。」

錢三貴勸道：「這東西值不了多少錢，就是玩個稀罕，二哥拿著便是。」

錢二貴聽了，這才笑咪咪地接過小銀錁子，把玩有錢人家才有的稀罕玩意兒。

錢老太瞧見這一幕，心裡也高興。父母都偏疼最弱的子女，如今三房好過，她又有些心疼這個老實的二兒子了。二兒子跟孫子都好，就是唐氏那個敗家婆娘討嫌。

晚上，錢三貴又留錢老太和錢二貴在家裡吃晚飯，還喝了兩盅酒。

這天，吳氏做的酒釀好了。

天剛矇矇亮，錢亦繡就和吳氏、錢滿霞起床，開始忙碌。

今天不只要送酒釀，還要做之前說過的蒸蛋糕，帶去縣城。

昨天吳氏到綠柳村買了兩斤牛奶，怕天熱放壞，還用盆子裝好，擱在涼水裡鎮著。另外又買了雞蛋、上等白麵、白砂糖、油，以及權當模子的十二個蓋碗。

等天大亮，四鍋蛋糕也蒸好了，四十八個小蛋糕黃黃的、胖胖的，看著極為討喜。

這種蒸蛋糕，就算在前世，許多人也做不好，若細節出錯，不是不好吃，就是蒸出來像蛋餅。當初為學這道點心，錢亦繡費了許多工夫。

因為蓋碗有限，每鍋還蒸幾個用小土碗裝的。蓋碗裝的蛋糕好看，準備送人；土碗裝的則留給自家吃。

鬆軟香甜的蒸蛋糕得到全家人的喜歡，包括猴哥和奔奔、跳跳。大山真是個偉大的母親，看到兒女喜歡，把自己的分也給牠們。

錢亦錦吃得差點把舌頭吞進去，直說：「這蛋糕比縣城裡的點心還香、還好吃。」

錢三貴也道：「何止縣城，爺爺走南闖北，去這麼多地方，連京城都到過，也沒吃過這麼鬆軟好吃的點心。」

吳氏詫異地問：「繡兒怎麼會做這稀罕的點心，還取名叫蛋糕？」

錢亦繡厚臉皮地說：「繡兒沒事瞎琢磨，就琢磨出來了。因為是用蛋做的嘛，才叫蛋糕呀。」

說著，她看看沒有開口的程月，問道：「娘，好吃嗎？」

「嗯，好吃。味道有些像奶油松黃卷，就是長得不像。」

程月一邊說、一邊用帕子擦拭嘴邊的蛋糕屑。她極注重儀態，不像其他人，嘴唇黏上渣屑，就用舌頭舔。

雖然大家對從沒聽說過的奶油松黃卷極感興趣，但怕程月再犯病，不敢多問。

真好吃！錢亦繡也伸出小粉舌舔嘴唇，大口吃著。

程月見狀，皺眉道：「繡兒，妳又不是奔奔和跳跳，怎麼用舌頭舔嘴呢？娘給妳做了幾條帕子，用帕子擦。」

她這麼一說，大家都不好意思了，連錢三貴都紅起臉，趕緊掏出帕子擦嘴巴。

辰時三刻，換上新衣的錢三貴懷裡揣著銀票與碎銀子，帶著孫子跟孫女走出院門。他們要去縣城送東西，同時去牙行一趟，想買些田地，再去看看有沒有適合的下人。

猴哥被兩塊蛋糕收買了，很乖地沒有鬧著要跟，跟大山一起留下來看家。

接著，小兄妹倆又跟程月說：「娘莫擔心，我們跟爺爺一起去，下午就回來。」

在程月心目中，錢三貴是這個家最厲害的人，兒子與女兒跟他在一起，她就放心，遂囑咐道：「早些回來，娘想你們。」

因為這次要帶六小罈酒釀、三盒草編食盒的蛋糕，所以吳氏幫忙，把祖孫三人送到村北頭的牛車上，再折回家。

今天吳氏也不下地幹活了，只有錢滿霞陪程月，實在不放心，便待在家裡照顧她們倆。

第三十九章

到縣城後，錢三貴帶著錢亦錦與錢亦繡下牛車，又叫輛驢車，把東西搬上去，坐車走了。

趕牛車的車夫對還沒下車的人嘖嘖道：「有錢就是不一樣，進了縣城，還捨得坐驢車。」

另一邊，祖孫三人先去了同安街的霧溪茶行。

茶行的外觀也是青磚黛瓦、朱色雕花門窗，有八扇門，雅致中透著大氣和奢華，在整個溪山縣算得上是最頂級的鋪面之一。

霧溪茶行跟許多茶行不太一樣，是集製茶、茶鋪、茶肆於一體。一樓賣茶葉，二樓是茶行，還請了說書人，三樓則是雅致的包間。

因為鋪子裡有製茶高手，霧溪茶行只收新鮮茶葉，自己炒茶。霧溪峰尖在京城也是搶手貨，甚至連皇上、太后都喜歡喝。

為了偷師學藝，錢亦繡還是鬼魂時，來過霧溪茶行多次，對這裡的一桌一椅極為熟悉。

崔掌櫃看到錢亦繡小兄妹，立即笑著迎上來。「怎麼，除了那盆君子蘭，還有好花要給我嗎？」

錢亦繡笑道：「以後有了好花，再送來給崔掌櫃。今天倒不是為了這個。」接著，介紹錢三貴給他認識。

因自家少爺梁錦昭去過錢家作客，又讓他關照錢家，崔掌櫃自是高看他們一眼，趕緊把人請進客房，喝茶敘話。

錢亦錦說明來意，又表達了對梁公子的感激之情，託崔掌櫃送上兩罈酒釀與一盒蛋糕，還送他一份。

崔掌櫃笑著道謝，說明天會去省城送梁錦昭，定把他們的東西和心意帶上。

錢三貴幾人還要去保和堂，說幾句話後就告辭，崔掌櫃還回贈了一斤茶葉。

出門前，錢亦繡問道：「崔掌櫃，這裡哪家牙行好些？我家想買些田地。」

崔掌櫃是個熱心人，看到這一殘兩小，想著牙行的人大多狡詐，便說：「我認識一個牙人，這就陪你們走一趟。」

錢三貴自是感激不盡。本來還想求張仲昆派個下人幫著瞧瞧，現在有閱人無數的崔掌櫃幫忙，更好了。

崔掌櫃有馬車，遂帶祖孫三人坐車到保和堂，把吃食送給張仲昆後，再一起去牙行。

牙行在城西，離他們進縣城的西城門不遠。

崔掌櫃跟牙人打了招呼，牙人聽完他們買田的條件，道：「我這裡有八十畝的水田，一畝七兩八錢，等這次的水稻收完，就把田地交給你們。位置在蒙溪村外，離你們花溪村不近，但也不算太遠。」

幾人聽了，都動了心，打算先看看田地再說。

縣城離蒙溪村不遠，坐車大概小半個時辰就到了。田地一邊挨著蒙溪村，一邊挨著洪河，稻子的長勢好，土質不錯。

賣田的地主也來了，因為他們要等到一個月後收完稻子才能交田，又降了十兩，再加上去縣衙辦契書的錢，共需六百一十五兩。錢三貴沒帶這麼多銀子，崔掌櫃便幫著墊上一些。

議定後，幾人便回縣城的牙行，請崔掌櫃當中人，先寫好契書，付了銀子，買賣就算完成了。

因下午還要去縣衙辦契書，牙人又認識崔掌櫃，就請他們留在牙行吃飯。牙人的婆娘炒了幾個家常小菜，還沽了一斤酒。

飯桌擺在院子裡的老槐樹下，幾個大人上桌喝酒，錢亦錦與錢亦繡則坐在一旁的小几邊吃飯。

錢三貴見氣氛不錯，便說起想買一房下人的打算。

牙人道：「這個好辦，我家隔壁就是賣人的，吃完飯就領你們去看看。」

幾人正吃得高興，隔壁院子卻忽然傳來一陣撕心裂肺的哭喊及喊打喊殺的聲音。

牙人搖頭。「都是牙人，我這個買賣還能憑著良心做，可他們……哎，時不時就會鬧出這動靜來。」

崔掌櫃也嘆氣。「若是心不硬、不狠、不黑，也做不了賣人的生意。」

他們繼續吃飯，卻聽隔壁的哭喊和吵鬧聲更大了，好像還有人撞牆自盡。

這要鬧出人命了！

除錢三貴腿腳不便留下外，大家全趕去門口一探究竟。

隔壁牙行裡，一道尖利的女聲道：「喲，前額都撞破了！破了相，即使沒死，我們也不要了。」

接著，一個塗脂抹粉、頭戴紅花的中年婦人氣沖沖地帶著兩個男人走出來。

隨即，院子裡傳來男人的大吼。「不願意去青樓享福是吧？那就去最下賤的窯子裡！把人綁起來，拖去窯子！」

又有一個婦人跟著怒罵。「給臉不要臉，敢在這裡撞牆，老娘讓妳生不如死！」

另一個男聲哭道：「求老爺行行好，太太行行好，給孩子一條活路吧……」接著又是女人和男孩悲慘揪心的哀求聲。

世上受苦受難的人何其多，錢亦繡聽得小心肝快承受不了，抱著錢亦錦，身子微微發抖。

錢亦錦感覺到妹妹害怕，便使勁捏了捏她的小手。

聽到那撕心裂肺的哭叫，崔掌櫃也不忍心，沒遇到就算了，遇到可不能不管，便提腳進了院子。

牙人只得跟進去，勸著院子裡跳腳的男人。「兄弟，別這樣呀，有話好好說。」

錢亦繡也拉著錢亦錦走進去。

但她不知道的是，他們進的這個院子，正是吳氏當年買下程月的地方。程月被吳氏領出這個院子，繼而改變了命運，讓她脫離萬劫不復的深淵。

只見兩個漢子正在綁一個頭上流著血的小姑娘，一個中年男人和一個婦人被制著不能過去；還有兩個分別是十一、二歲和八、九歲的男孩，一邊哭、一邊想去拉那個姑娘。他們顯然是一家人，皆披頭散髮、破衣爛衫，不停地出聲哀求。

一個精瘦的男人和一個胖胖的婆子正在跳著腳罵人，男人見牙人來了，迎上前道：「今天真是晦氣，碰上這麼個尋死覓活的姑娘。本來要把她賣進青樓裡享福，她竟然不願意。」

那個哭著的男人聽見，磕頭說：「求老爺把我們一家賣去山裡吧！我閨女願意去山裡受苦，不願意去那個地方享福。」

牙人聞言，啐他一口。「賣去哪裡，由老子說了算，還有你們挑揀的？」又對崔掌櫃笑道：「您是來買人的？我這裡的貨都不錯，要什麼樣的？」

崔掌櫃指著那個撞牆的小姑娘。「就買她。」

牙人上下打量崔掌櫃兩眼，笑著說：「喲，她可不行。我們還有幾個長得不錯的黃花閨女，您再瞧瞧？」

崔掌櫃不悅。「為什麼她不行？怕爺給不起錢？」

牙人趕緊哈腰道：「您誤會了，我也是沒法子，才不能賣給您。他們得罪原來的主家，才從京裡被賣到這種偏遠地方。賣他們的牙人特地交代，要把他們賣到深山裡受苦。老爺一看就是有錢人，把他們賣給您，豈不是跟著您享福？我做這種生意，更要講規矩，不然以後誰還願意給我好貨？」

崔掌櫃明白，原來涉及到人家的陰私了。遂問那個男人：「你們原來的主家是哪家？」牙人見狀，立刻出聲阻止他。「這位爺，這些事可不能在我這裡問。禍從口出，我們還要吃這碗飯哪。」

崔掌櫃忙說：「是我的不對。」

那男人見有人願意買他們，趕緊對崔掌櫃磕頭。「求老爺買下我們吧。我們一家不是惡奴，不過是忠於原來的主子，討了新主子的嫌，才被賣到這裡……」

牙人聽了，罵道：「還敢胡說？信不信我把你的舌頭拔出來！」又指著血流滿面的小姑娘。「快把她拉走。到了窯子裡，想死也沒那麼容易。」

於是，兩個漢子把小姑娘往外拖，兩個大人和兩個男孩哭喊著向她撲去，卻被幾個凶惡的人連踢帶打，倒在地上起不來。

錢亦繡親眼看見這種慘絕人寰的事情發生，早已生出同情心，沒有多想，大聲喝斥道：「住手！真是太不像話，還有沒有王法了？」

這些人聽見一道稚嫩童聲說著義正詞嚴的話，都吃驚地看著瘦弱的錢亦繡。

錢亦繡斥完，見所有人都看著她，才反應過來。現在是在沒有人權的封建社會，她只是個六歲的鄉下小女娃，有些害怕了。

錢亦錦見狀，馬上挺起小胸脯，站到妹妹前面。想打他妹妹，得先從他身上踩過去。

牙人回神，氣得笑出聲。「哪來的鄉下土包子，竟敢在這裡放肆！」

錢亦繡識時務，趕緊說：「這位老爺，我沒有別的意思，就是想把這家人買下來。呵呵呵呵……」傻笑起來。

牙人看看一身布衣的錢亦繡，罵道：「誰家的小娃在這裡搗亂？再不把她領走，信不信老子把她一起賣了！」

崔掌櫃忙拉著錢亦繡解釋。「這是我朋友的孫女，剛才正好去隔壁買田地。」向她使眼色。「繡兒，快回去，妳爺爺還在那裡等妳呢。」這些人牙子陰損，可別得罪他們。

錢亦繡對崔掌櫃說：「我不是胡鬧，是真想把這家人買下來。」又跟牙人說：「你們不是想把他們一家賣進山裡嗎？我家就住在山腳下，剛買了幾十畝田，想把他們帶回去種地。」

崔掌櫃聞言，覺得不錯，他想幫這家人幫不了，正好錢家住在鄉下，又窮，符合人牙子的要求，而錢家也想買一房下人，遂點頭道：「各取所需，如此極好。」

錢亦錦雖然不想買這家人，直覺他們可能有些麻煩，但妹妹都這麼說了，那人牙子也不是能隨便得罪的，只得買下。

於是，他故意怪罪錢亦繡。「妹妹，妳真是說一齣是一齣的，沒聽出來這家人原本是大戶人家的下人嗎？咱們家那麼窮，住的是土房，一個月難得吃一次肉，他們享慣了福，怎會願意去咱們家受苦？」

錢亦錦這麼說，是一箭雙鵰，既告訴牙人他家很窮，符合讓這家人去受苦的條件，又試試那家人，是不是真想去鄉下過苦日子？

那男人聽了，趕緊給錢亦錦和錢亦繡磕頭。「奴才願意，只要一家子不分開，我們做牛做馬都願意。」其他幾個人也跪下點頭。

崔掌櫃忍不住讚許地望了錢亦錦一眼。怪不得自家少爺對這家的兩個小娃頗多誇讚，的確是有膽有謀。

牙人見狀，陰笑道：「你們騙鬼呢？既然窮，怎麼買得起幾十畝田地，還買下人？」

崔掌櫃見他不信，低聲把錢家意外從山裡挖到幾株好花，賣錢後買地的事情說了。一旁做土地買賣的牙人也作證，這個牙人才相信。除了那家女兒外，同意把其他的人都賣給錢家。

錢亦繡最想幫的就是那個小姑娘，一聽這話，便拉拉崔掌櫃的袖子。

崔掌櫃也想幫那個姑娘，遂道：「既然這姑娘不想去那個地方，強行弄進去，若再撞牆，你們還不是得把到手的銀子退回去？她值多少錢，你說個價，咱們當做做好事，放這姑娘一條生路。」

牙人想，之所以要把那姑娘賣去妓院，也是為了多賺些銀子，既然現在有人願意出錢，還能如客人的願，便點了頭，道：「青樓出二十兩買姑娘，其他四個人，加起來剛好也是二十兩。」

崔掌櫃低頭看看小兄妹，問道：「這個價錢怎麼樣？你們只出二十五兩即可，多的十五兩，由我出。」

錢亦繡搖頭。「謝謝崔掌櫃，我們出得起。」

雖然崔掌櫃為人不錯，但自家的下人，最好不要受別人的恩惠。

既然說好，小兄妹倆便與崔掌櫃回隔壁院子了。

此時，錢三貴正靠在椅子上歇息，錢亦錦過來說，他和妹妹買了一房人。

錢三貴聽了緣由，直覺這家人有些麻煩，不想要，可想想又不敢拒絕。牙人大多黑心，如果他不同意，怕牙人記恨，找機會報復他的孫子孫女，只得咬牙認了。

這次來縣城，錢三貴只帶了五百多兩銀子，買田不夠的錢是崔掌櫃幫著墊付的，現在買人的銀子，也是崔掌櫃先拿出來，說好過些日子從省城辦事回來再還他。

錢三貴付完銀子，簽下契書，這家人就過來給錢家祖孫跪下磕頭，認了新主子。

這一家共五口人，男人叫晉華，媳婦魏氏，閨女晉曉雨，還有大兒子晉曉風與小兒子晉曉雷。

錢三貴看到這樣一家人，搖頭直嘆氣，抖著聲音道：「我家老弱病殘，就是想買兩個壯丁回去幹活和護家，可他們……哎，只有一個壯年男人，身子還單薄，其他四個不是婦人就是孩子，真是……」虧大了。

他雖然沒把最後三個字說出來，但其他人都知道他要說什麼。

錢亦繡不好意思地低下頭。她想幫幫小姑娘，孰料卻買回一房用處不大的下人，若因此把爺爺氣得犯病，罪孽可就大了。

崔掌櫃也紅了臉。買這家下人時，他也幫著小兄妹倆拿主意，人家的大人明明說了要買壯丁，能幹活、能護院，卻讓兩個孩子買回這樣一家人。

這下，如果錢三貴被氣出個好歹來，他如何過意得去？

崔掌櫃極不好意思，但契書都簽了，說什麼都沒用。況且，人牙子不是能隨便得罪的。

見錢亦錦要和牙人去縣衙辦買田和買人的契書，崔掌櫃不放心，跟著一起去。

錢亦繡見錢三貴的臉色不太好，加上晉曉雨前額的傷口一直在流血，魏氏拿帕子捂，仍止不住，遂喊輛驢車，讓晉華揹著錢三貴坐上去，一起去了保和堂。

第四十章

到了保和堂，張仲昆給錢三貴把脈施針，說他累著，又生了氣，回去要好好靜養一段時日，切忌操勞憂慮，又開了五服藥給他吃。

另一邊，給晉曉雨包好傷口的大夫說：「姑娘額角的傷有些大，怕是要留疤了。」

小姑娘頭上纏了一圈白繃帶，卻輕輕道：「無妨，留了疤才好。」

接著，晉曉雨過來給錢亦繡跪下磕頭，含著淚說：「謝謝小姐。若小姐沒有出手，奴婢生不如死。以後就是上刀山，下火海，也要報答小姐的救命之恩。」

小姑娘清秀可人，有種小家碧玉的氣質。

見舉手之勞就救下一條鮮活美好的生命，錢亦繡還是有些竊喜。「我要妳上刀山下火海幹什麼，只要以後盡自己的本分，好好做事就行。」

半個多時辰後，錢亦錦回來，拿著契書對晉華說：「我把你們的姓改了，以後你們不姓晉，跟著我家姓錢。」

為讓這家人跟原來的主子徹底斷絕關係，忠心自家，他在上契時，把晉姓改成錢姓。

錢亦繡讚許地看看小哥哥。他是真正的六歲小男孩，卻如此聰慧，真是心思縝密，智多近妖。

得了新名字的錢華等人又給新主子磕頭，表了忠心。

錢亦錦一直對他們的過去有些介懷，問道：「你們原來的主子是哪家，為什麼搞成這樣？」

錢華說：「是太常寺少卿家，我管著大奶奶的陪嫁鋪子……」

原來，這位大奶奶是太常寺少卿的兒媳婦，生完閨女後就得病死了，大爺娶他的表妹當繼室。這個繼室精明厲害，為霸占表姊的嫁妝，找了各種藉口，把忠於舊主的下人打死的打死、發賣的發賣。

錢亦繡不解地問：「那個繼室這麼囂張，不怕妳大奶奶的娘家找麻煩？」

錢華嘆道：「大奶奶的娘家是商家，在大人最困難時幫過他，所以才結親。民不與官鬥，哪裡惹得起？」

聽了錢華的話，錢亦繡還是暗喜，忠於原主子，說明他們赤誠；錢華當過掌櫃，以後恰能為她所用。太常寺少卿雖然是四品官，但遠在京城，而且只是得罪他的兒媳婦，手應該伸不到這裡來。

錢三貴和錢亦錦想著，他們的麻煩不是之前想像的那麼大，便也鬆了口氣。

這時，崔掌櫃又來了，還帶著一個十七、八歲的青年。

青年高大壯實，長得也不錯。

崔掌櫃指著他道：「他叫黃鐵，是我家的下人，就送給你們了。」

見錢三貴要推辭，他又說：「錢兄且先聽我說完。我聽我家少爺提過錢家的情形，黃鐵有幾分功夫，能徒手對付三、四個男人，有他在，你們也安心些。」黃鐵幼時就被他買下，還特地把他送回梁府，請護院調教幾年，身手十分不錯。

錢亦繡暗樂不已，自家又撿著寶了。雖然不知道梁家到底是什麼官，但知道崔掌櫃是他家下人時，就猜出官不會小了。

黃鐵是崔掌櫃的下人，肯定認識一些差爺或衙役，以後更不用怕方閻王。只是，當她家的下人，不知黃鐵委不委屈？以後得想辦法收收他的心。

錢三貴不敢要黃鐵，為難地說：「我家窮，這位小兄弟一直跟著崔掌櫃享福，我不忍心讓他到我家受苦。」

崔掌櫃笑道：「你家有這兩個伶俐孩子，起來是早晚的事，他跟著你們，或許比跟著我更有前程。我再好，也是下人。」便把黃鐵的身契交給錢亦錦。

錢亦錦知道自家確實需要這麼一個人，也猜出崔掌櫃是看把錢三貴氣著了，心裡過意不去，才送人來，遂謝過崔掌櫃的好意，接下身契。

黃鐵磕頭認了新主人，表了忠心。

接著，張家和崔掌櫃家幫著準備些用物給錢華一家人，把下人們的舊衣裳、舊被褥送他們，還多給兩個舊櫃子。張仲昆又讓他們在保和堂後院的房裡擦擦多日沒洗的身子，換上乾淨衣裳。

如此打理完，錢三貴祖孫向張仲昆與崔掌櫃道謝後，便帶著黃鐵與錢華等人告辭，回花溪村去。

當黃鐵趕著牛車回到村裡時，已是夕陽西下。

這輛牛車和牛是下午離開縣城時，錢亦繡提議買的。買牛用了九兩銀子，板車則是二兩銀子，加上買田的六百一十五兩及買人的四十兩，今天一共花了六百六十六兩銀子。

牛車轆轆過了村，駛上西邊那條顛簸的小路。

祖孫三人坐在牛車上，隔著一片長滿野草野花的荒原，遠遠瞧見一個美人倚門眺望，正是擔心兒女未歸的程月。

錢亦繡感慨頗多。來到這個家近四個月，掙了銀子、修了房子，如今又買下人、買田地、買牛車，終於能讓一家良善的人過好日子，護著盼望丈夫歸家的小娘親，她的運氣真是好得不得了。

猴哥許久不見主人，也著急了，騎在桃樹杈上往遠處看。見小主人坐著大車回來，激動地從樹梢跳到院牆上，再跳下去往牛車跑。緊接著，牠竄進牛車，從坐在錢亦繡前面的錢華肩上爬過，鑽入錢亦繡懷中，嚇得魏氏和錢曉雨驚叫不已，牛車也停下來。

錢亦繡咯咯笑著，抱起猴哥。「瞧你猴急的樣子，把人嚇著了。」

見錢亦繡無事，黃鐵才繼續趕車，駛進錢家的院子。

眾人進家門，吳氏看錢三貴臉色不好，還被一個青年後生揹進堂屋，又見來了這麼多人，慌道：「當家的怎麼了？哪兒不舒服？」

錢三貴擺擺手，虛弱地說：「無事，歇歇就好。」

吳氏想問問小兄妹，可此時卻搶不過程月。

程月想孩子心切，顧不得有外人，直摟著兩個孩子親熱，訴了番別情。

錢亦錦安撫好程月，才把張仲昆的話說了一遍。「……爺爺沒有大礙，是累著了，這段時日要好好靜養。」不好把「氣著」兩字說出來。

錢華一家和黃鐵知道主家可能要說些悄悄話，非常有眼色地退出去，站在院子裡候著。

當吳氏聽說家裡買了八十畝水田，又買一房下人，還買牛車，三筆花費加起來近七百兩。尤其是花四十兩銀子，才買五個人，其中兩個是孩子、兩個是女人，心疼得臉皺成包子，捶著胸口道：「咱們家能有多少活兒，需要買這麼多人？就算有活兒，這些人又能幹多少？」

錢亦錦輕聲安慰她。「現在活兒不多，以後就多了，他們肯定閒不住。那幾個孩子也不算太小，一下子就成年。」

錢亦繡也說：「奶奶別急，咱家還有猴哥，以後說不定又能找些值錢的寶貝給咱們賣銀子。」

錢滿霞有些發懵。自家買下人，那她不就成了小姐？激動得小臉紅成一片。

接著，錢亦繡見家裡人多起來，屋子不夠住，又跟錢三貴與吳氏商量買下附近的地建房，以及下人的分工和月錢。談妥後，她把黃鐵和錢華一家叫進來，讓他們磕頭認主子，叫了老爺、太太、大奶奶、小姐、小少爺與小小姐。

除了程月和小兄妹倆面色如常之外，其餘人聽了，都被鬧了個大紅臉。尤其是錢滿霞，不僅臉紅得像猴哥，還捣著嘴咯咯笑不停。

錢亦繡暗道。家裡太窮，地位太低，陡然富貴起來不習慣，也能理解。

錢三貴擺手。「快別這麼叫，別人聽了，會笑掉大牙。」讓他們按輩分叫，把稱呼改成大叔、嬸子，喊程月為錢家娘子，至於錢滿霞跟小兄妹，就喚哥兒、姊兒。又硬撐著身體，分派好活計。

之後，黃鐵和錢華蓋房兼做農活，魏氏幫吳氏煮飯、洗衣、打掃；錢曉雨現在還有傷，就先幫著餵雞和做針線；錢曉風上山砍柴，放牛。至於錢曉雷，暫時不安排事情，以後給錢亦錦當小廝。

錢華和黃鐵的月錢是二百文，魏氏、錢曉雨、錢曉風則是一百文。錢曉雷沒有活計，暫時不發月錢。

分配完，錢亦錦補充一句。「現在我家比較貧困，只能給這麼多月錢，但咱們齊心協力，日子總會好起來的。」

錢三貴想了想，又安排好旁邊三間空房暫時給下人們住。這三間房都是獨立的，錢華兩口子一間、錢曉雨一間，黃鐵和錢曉風、錢曉雷共用一間。

吳氏領魏氏進廚房做了一大鍋拌著碎肉的麵條，端到堂屋。雖然主子跟下人吃的都一樣，但分成兩桌，一桌主子，一桌下人。

飯後，吳氏帶幾個下人去收拾房間，錢亦錦拿一包點心，領著錢華去汪里正家談買地的事。

他們剛走，錢老太和錢大貴聽到消息，就趕來了。

他們直接闖進錢三貴的臥房。聽說三房買了幾十畝田，還買這麼多下人時，吃驚地張開嘴，半天合不攏。

「能買這麼多東西，那兩盆花得多值錢哪！」錢大貴感嘆道。

「嗯，那花是珍品，本來就值錢，再加上梁公子體恤我們貧困交加，給了高價。」錢三貴虛弱地說。

在縣裡時，錢三貴就和孫子、孫女商量好，村裡的人都曉得幾位貴公子去他家，錢滿蝶和高管事一家也看到他家賣花給梁公子，得了一大筆錢。既然這筆錢瞞不住，不如把買田和下人的事說出來，當個名副其實的小地主。況且，家裡有了這麼多人和一個練家子，後臺非常強大，沒必要再藏著、瞞著，繼續裝窮。

除了沒提家裡還剩下三百多兩銀子的事，其他的，錢三貴都說了，還說家裡剩下幾十兩，正好可以買點地，修幾間房子給下人住。

錢老太聽了，心疼得臉皺成包子，數落他。「有那麼多錢，該留著慢慢花啊，買那麼多下人幹什麼？」

錢三貴笑道：「家裡的人多了，那些欺負我們家勢弱的人就不敢再打壞主意。娘放心，他們閒不著，等田地交到我們手上後，事情多得很。」

過沒多久，錢亦錦回來了，說汪里正答應明天上午來量地，村西頭的荒地不值錢，一畝只賣一貫五百文。

於是，幾個人商量起蓋房子的事。錢三貴的身子不太好，錢亦錦要上學，有些事得請錢大貴父子出面。

另一邊，由於起得早，又忙了一天，錢亦繡覺得小身子骨已經疲憊不堪，便早早回了小屋歇息。

錢亦繡進了屋，卻看見程月悶悶不樂地坐在床上。今晚，小娘親好像一直不開心。

錢亦繡過去，摟著她的胳膊問：「娘怎麼了？誰惹您生氣？」

程月嘟嘴道：「公爹說讓曉雷給錦娃當小廝，可是都沒給繡兒買個丫頭，怎麼能這樣！」

原來是為她抱不平。

錢亦繡把小腦袋靠在程月身上。「曉雨就是丫頭呀。」

「可曉雨是咱們全家人的丫頭，不單是繡兒一個人的丫頭。」程月固執道。

錢亦繡勸她。「娘，咱家現在沒有那麼多錢，再買人，養不起的。」

程月聞言，心疼地把女兒摟進懷裡。「繡兒放心，等娘把雙鴨戲水繡完，再繡一幅更好的，多賣些銀子給繡兒買丫頭。」又道：「單給繡兒一個人買。」

錢亦繡聽得心中滿滿都是感動，湊過去親她兩口。「娘親真好。不過，繡兒現在還不需要丫頭，娘千萬不要太勞累。」

這天晚上，睏極的錢亦繡還是睡得不踏實。家裡只剩下三百多兩銀子，得想辦法再掙些才安心。

但另一邊的房裡，床底下沒有那麼多銀子，又有八十畝的水田契書，自家終於成為小地主，院子裡又住了練家子和幾個壯膽的下人，錢三貴兩口子倒是睡了個安穩覺。

第二天，吳氏、錢滿霞早早醒來，開始做第二批蒸蛋糕，打算給高管事家送去。

錢亦繡不放心，也頂著黑眼圈起床。

錢華一家和黃鐵忙碌著。錢華和黃鐵先給牛搭個簡單窩棚，魏氏去松潭挑水；錢曉雨進廚房幫忙，錢曉風拿掃帚掃院子，錢曉雷給錢華跑腿遞東西。

等錢亦錦起來後，便拉著黃鐵教他學武，又讓曉雷跟著一起學。

錢家三房迎來七年以來最熱鬧的清晨。錢亦繡看著這熱鬧的景象直樂。人多好啊，自家終於不是以前那個只有老弱病殘，被人伸指頭按按就趴下的錢家三房了。

蛋糕放涼後，吳氏和錢亦繡便帶著四罈酒釀的魏氏、拎著兩個食盒的錢曉雷，一起去宋家莊子。

幾人從宋家莊子回來後，錢大貴已經陪著汪里正來量地，錢三貴也被黃鐵揹出房。錢華還拿了把椅子，隨時讓錢三貴坐下歇息。

汪里正看得直搗腮幫子，真讓他酸得牙疼。但再不服氣，也只有忍著。

其實，不是錢三貴故意炫耀，實在是昨天連累帶氣，身子又不太好了。

起買下。

錢亦繡沒去湊熱鬧，昨晚已經悄悄把她的意思跟錢三貴說清楚。這次買地，得連松潭一

起初，錢三貴和吳氏聽說要買那麼大一塊地還不願意，錢亦繡便說了松潭的好處，把自家酒釀、蛋糕的美味，以及錢三貴重病卻能存活至今，還有松潭旁那棵茂盛百年老松的好處，全算在松潭上。

錢亦錦聽了，也幫著妹妹說話。

錢三貴本就通透，又覺得孫女早慧，再聽松潭有這麼多好處，的確該先下手為強。

不過，要買下松潭，便只能把那裡到自家的整塊地全買下來。這塊地雖然不能種糧食，但可以挖塘種藕養魚，進項肯定更多。

吳氏道：「但咱們家只會種地，又沒人會種藕和養魚。」

錢亦繡說：「不要緊，我去求崔掌櫃幫忙找人來教咱們；而且錢華大叔說，他年輕時種過蓮藕，懂些門道。家裡買進這麼多人，這下有事做了。」

這些地加在一起，大概有十六畝。汪里正只收十五畝的價錢，但也要二十二兩銀子又五百文。

買了這些地，不說汪里正，連錢大貴都吃驚不已，勸錢三貴：「三弟買這麼多荒地幹什麼？就算再建個院子，只買兩畝便夠了。」

汪里正也好心地說：「你有那個錢，還不如買幾畝水田，雖然貴些，但總能產出糧食來。這荒地是便宜，但買了幹什麼？種草嗎？」

錢三貴笑道：「不種地，到時候挖塘，栽藕養魚。」

量好地，汪里正回村，村裡便鬧開了。花溪村裡最窮的錢三貴家，竟然一夜之間發達起來。

錢三貴家的孩子誤入深山，竟然找到兩株值錢的好花，賣給京城貴公子，得了幾百兩銀子。

之後，很長一段時日裡，有許多村人跑去山裡碰運氣。特別值錢的名品沒找到，卻真有人挖了些不錯的花，賣了幾兩銀子，便是後話了。

第四十一章

八月二日破土動工。

說是修房子，其實就是把這塊地用土磚圈起來，在她家小院子西面修兩排土磚瓦房，給六個下人住；再挖扇小門，來往方便，又能相互照應。

等以後農閒了再挖塘。到時錢掙得多了，再把整個院子拆掉，建大房子。

八月三日，奔奔和跳跳滿月，大山又要進山，猴哥也跟著去練本事。猴哥跟大山進山，錢亦繡舉雙手贊成，不僅因為想讓牠練本事，還因現在蓋房子，家裡人多，怕誰招惹牠而被報復。

另外，還有個最重要的、不能為人言的原因。

錢亦繡把猴哥抱到沒人的地方，把之前悄悄跟牠說過無數遍的話再重複兩次。

「猴哥乖乖，你還記得上次咱們摘靈芝的地方嗎？到了那裡，再往左走，翻越一座山頭，然後向前過一個椏口（注），看到一個大大的瀑布就停下來，挨著瀑布的右側有幾棵大樹，你到最大那棵樹下，樹底有許多草，你在草裡找啊找啊，便能看到這樣的葉子。」

她頓了頓，在地上畫幾片葉子給猴哥看，繼續說：「你小心地把周圍的土扒掉，裡面是根像蘿蔔一樣的東西，把它帶回來。若你辦到，有重賞。」怕猴哥不懂，又仔細解釋椏口、

注：椏口，此指交叉口。

瀑布等幾個不常見的詞。

錢亦繡讓猴哥去的那個地方有支大人參，但離得太遠，地勢又陡峭，以她現在的小短腿，根本去不了。

這麼做，雖然連她都覺得是在癡心妄想，但總要撞撞南牆再死心不是？況且，赤烈猴極聰慧，鼻子又極靈敏，說不定真有意想不到的收穫呢？

接著，她又把從錢三貴藥裡找出的參片給猴哥聞了又聞，讓牠記住味道。

錢亦繡囑咐完猴哥，又囑咐大山。「大山，請妳跟著猴哥走，若猴哥走不動，就揹著牠。如果猴哥能把大人參帶回來，我就給妳的兩個小寶貝買銅項圈。嘖嘖，那項圈好看得很呢；還會天天幫牠們洗澡，洗得乾乾淨淨，白得像天上的兩團雲。」

大山溫柔地看在地上打滾的小寶貝兩眼，似是同意，起身跟著猴哥出門了。

把大山和猴哥送走後，錢亦繡抱著兩朵白雲玩。現在有了下人，許多事不用她做，錢滿霞也閒下來，到左廂房看程月做繡活。

自從家裡人多後，程月更不願意去外面繡花，錢亦繡就讓魏氏把小屋窗前的桌子挪到屋中央，繡架擺在小窗下，又將窗戶和門打開，保持通風。

錢亦繡在旁邊瞧，發覺錢滿霞或許為自己那雙粗糙的手感到不好意思，羨慕地看著程月上下翻飛的纖纖柔荑，卻把自己的手攥得緊緊的，交叉著藏在袖子裡。

錢亦繡的心隱隱作痛。錢滿霞為這個家、為她和錢亦錦，六歲起就開始帶孩子、做飯、洗衣、下地、砍柴……什麼活都幹，弄得手粗糙得像個老婦，自己捨不得花一文錢，卻願意給她與小哥哥買饅頭和糖人……

本來，上次去縣城想給她買香脂，可因為買人事件沒顧上。

恰好，現在有許多人幫她家蓋房子，得準備不少吃食，吳氏幾乎每天都要去鎮上採買。

錢亦繡在廂房裡聽見吳氏對魏氏交代家事的聲音，曉得她要去鎮上，趕緊跑出房，說要一起去。

吳氏禁不起她廝纏，只好點頭答應。

錢亦繡懷裡揣著全部的私房錢——三個銀錁子，興奮地和吳氏到二柳鎮。

她先陪吳氏採買完，然後拉著她進了鎮上唯一一家賣小飾品的鋪子。這家鋪子是從省城或縣城進貨，東西比那些小販賣的好得多。

她不聽吳氏的勸阻和嘮叨，給程月和錢滿霞各買一把雕花小木梳、一小盒桃花香脂，又單買一面小銅鏡給錢滿霞。這個時代也有玻璃鏡子，不過要價高昂，不是他們能買的。本來還想給吳氏買香脂，但吳氏堅決不同意，只得作罷。

幾樣東西花了近六錢銀子，錢亦繡的私房錢只剩下二十六文。

錢亦繡沒理一路念叨的吳氏，回到家，把東西送給程月和錢滿霞，兩人都高興地說著「好漂亮，謝謝」之類的話。尤其是錢滿霞，第一次拿著這些女孩子用的奢侈物品，高興得小臉紅撲撲的。

吳氏見狀，勸錢滿霞：「這木梳和小銅鏡精巧又好看，現在用可惜了，留著以後當嫁妝。」

錢亦繡不同意，翹著小嘴說：「小姑姑的嫁妝應該由爺爺和奶奶置辦，我買的是給小姑姑現在用的。」

吳氏拿這個孫女沒轍，敲她的頭一下，便出去忙了。

於是，錢亦繡樂陶陶地跟著錢滿霞回她的小屋，巴巴地看著她對鏡梳妝，把頭髮打散再重新梳好，還簪了兩朵平常捨不得戴的黃色絹花，再把香脂搽在臉上，真真是人比花嬌。其實，錢滿霞本就長得好，只是少些小女兒的嬌態。

錢亦繡看了，抿著嘴直樂。這才是小姑娘該做的事嘛，閨女要嬌養，爺爺奶奶沒有嬌養小姑姑，她就想辦法把她養得嬌嬌的、美美的。

看看小娘親，都傻得不知道自己姓什麼，窮得穿麻袋一樣的衣裳，還知道時時對鏡理妝，把自己收拾得美美的。之前那段時日，不知道小娘親遇到什麼事，竟然搞得那樣狼狽，傻得那麼厲害。

錢滿霞見錢亦繡眼巴巴地看著她，不覺紅了臉，用食指點了點她的前額，嗔道：「小鬼頭，看什麼呀？」

錢亦繡得意地呵呵笑。「我的姑姑長得可真俊。」

錢滿霞聞言紅了臉，瞪她一眼。

最後，錢亦繡提醒她，護手也同樣重要，香脂不僅要搽臉，更要搽手。她現在的要務除了護手，還是護手。

但錢滿霞不願意。「那麼好的香脂，搽手多可惜。」

為讓錢滿霞重視護手工作，錢亦繡嚇唬她道：「只有把手養嬌嫩了，以後到婆家，人家才會覺得小姑姑在娘家受疼愛，不然，讓人家覺得連娘家人都不疼妳，還會把妳放在心上嗎？」

錢滿霞聽了，又紅起臉，瞪她一眼，罵道：「小鬼頭，心眼比山上的石子還多。」

說雖這樣說，但她還是用食指從小木盒裡蘸一點香脂出來，搽在了手上。

另一邊的堂屋裡，吳氏正跟錢三貴小聲埋怨孫女亂花錢、用銀子買香脂的事。

錢三貴想想，感到愧疚不已。錢滿霞小小年紀就被當大人用，從來不叫苦、不叫累，總是一臉笑咪咪的樣子，正因如此，他才沒有多為她著想。

他虧欠媳婦，思念兒子，心疼孫兒，憐惜孫女，卻很少顧及這個懂事又勤快的閨女。錢滿霞已經十二歲，在家裡待不了幾年，該嬌養著她、享享娘家的福才對。

於是，他勸吳氏：「繡兒做得對，是咱們疏忽女兒。這些事本來是當父母該做的，卻讓她一個小人兒做了去……」

吳氏是秀才的閨女，年少時也曾嚮往「手如柔荑、膚如凝脂」，纏著娘親給她買香脂、買水粉。但十幾年的苦難生活把她的性子磨得粗糙而剛直，沒再想過女兒家的心思。

聽丈夫這麼說，再想想當閨女時的愜意和舒心，吳氏也覺得對不起女兒，開始盤算如何給錢滿霞置辦嫁妝，當作補償。

錢滿霞開始搽香脂護手後，不同程月學繡活了，改為跟著錢曉雨學。因為，她發現錢曉雨的繡活也做得極好，還會講解，告訴她什麼針該怎麼繡，什麼針法適合繡什麼，怎麼搭配繡線才好看等等。

之前錢曉雨在京城時也是當副小姐養著的，還跟繡娘學過繡活，雖然沒有程月繡得好，但比吳氏、錢滿蝶這些鄉下人強得多。而且，錢曉雨幫她梳的髮型好看，衣裳經她搭配，也好看多了，又能跟她講許多京城的趣聞，這樣學起來，極為有趣。

因此，錢滿蝶也經常來跟錢曉雨學繡活。

吳氏看著高興，就讓錢曉雨少做些事，多教教她們。幾個姑娘無事就在棗樹下繡花，有時候還咬耳朵說悄悄話，不時傳來銀鈴般清脆的笑聲，氣氛歡快而美好。

荳蔻之年是女孩最美好的時候，有悸動的心跳、蓬勃的朝氣、初綻時的美麗……只可惜對古代女孩來說，這麼美好舒心的日子太短暫了，不久的將來，稚氣未全脫的她們便會嫁為人婦，在婆家小心翼翼地生活，孝順公婆，相夫教子。

身為小屁孩的錢亦繡知道自己跟她們有代溝，不忍去破壞畫面，只在一邊樂呵呵地看著，也覺得開心而滿足。

買香脂那天，錢亦繡奢侈一回，所以手上沒剩多少錢。吳氏因為最近一下花了那麼多銀子，又開始把錢捏得緊緊的，根本要不過來。

於是，她天天盼著大山和猴哥有所收穫，可牠們天天都一無所獲，只好失望地勸著猴哥，也勸著自己。「沒關係，來日方長，繼續努力。」

這天，吳氏坐著黃鐵趕的牛車去縣城還向崔掌櫃借的銀子，又給張老太太和崔掌櫃各送二十個蛋糕，結果竟得到兩個荷包，一個是梁錦昭賞的，一個是張老太太賞的，崔掌櫃還送兩刀紙給錢亦錦。

晚上，高良來錢家，他剛從省城回村，拿出宋懷瑾賞的荷包給吳氏。又暗示，宋老太太喜歡這種蛋糕，說是鬆軟甜糯，適合牙齒不好的老年人吃。

這三個荷包都裝著四個二錢的銀錁子，錢亦繡撒嬌耍賴也沒討到一個。錢三貴幫著說情，吳氏也堅決不給，說她專挑沒用的東西花錢。

錢亦繡鬱悶一會兒，就撂開了，程月卻傷心好一陣子，又對錢亦繡說：「繡兒不難過，娘快把雙鴨戲水繡好了，賣得銀子，就讓婆婆給繡兒。」

之後，凡是高管事父子要進省城，都會提前幾天來打招呼，吳氏便會做些酒釀和蛋糕給他們帶去。當然，也會得到一些回報，有時候是幾個銀錁子，有時候是兩包糖果或幾朵頭花等等，也算是一筆進項了。

時間一下滑到八月十七，錢家三房的房子和院牆終於建好了。馬上要到農忙的季節，這些人趕著把屋子蓋完，好去忙自家的農活。

錢家三房供的伙食好，頓頓都有肉，還有吃到飽的糙米飯及白麵混玉米麵蒸的饅頭，所以這些人更是使足了勁幹活。

因為以後要挖塘，院子裡的荒草和土暫且不收拾。黃鐵和錢華又加蓋了豬圈和雞窩，搭座牛棚，還闢出一小片菜地。

等房子整理好後，卻下起雨來，錢華一家便和黃鐵冒著小雨搬進去住。

錢家人住的小院裡又恢復往日的寧靜。這樣最好，自家有私密空間，有事叫一聲，那邊的人就過來了。

只是，不知為何，到了晚上，大山和猴哥還沒有回家。

大家都進了自己的屋子歇息，錢亦錦在油燈下苦讀，程月靠在床上發呆。

錢亦繡坐在小凳子上，聽著窗外的雨聲。雨勢雖然不大，但雨滴打在瓦片、樹葉上，也有啪啪響聲。奔奔和跳跳沒等到娘親，也不自在了，哼哼嘰嘰窩在錢亦繡的身上，不肯下去睡覺。

大山只有懷孕那陣子回來得晚些，其他時候都是天黑前就到家了，可今天，錢亦繡一直等到亥時，都沒等到牠們。要上床休息時，只得把兩個耍賴的小東西放進猴哥睡覺的籃子，讓牠們待在左廂房裡睡。

夜裡，雨越下越大，本來就睡不好的錢亦繡更沒了睡意，擔心大山跟猴哥，後悔讓牠們冒險去找人參。

第四十二章

大雨連下了兩天兩夜。

有下人真好，有壯丁更好，除了能安心睡覺，吳氏和錢滿霞不需要再冒雨去地裡排水，家裡也有許多備好的乾柴，不擔心沒木頭生火煮飯。

而且，家裡到村裡那條路泥濘不堪，有些地方一踩，整隻腳都會陷進去。錢亦錦上學由黃鐵揹去私塾，放學再揹回來，再也不需要已經被生活壓彎了背的吳氏去接送。

什麼都好，就是擔心還沒歸家的猴哥和大山。

二十日下午，大雨終於變成小雨，接著放晴。天色由深灰轉淺灰，再化為一片明淨的藍。

突然，一道彩虹橫空出世，在天際間畫了一條七色弧線，如同一座彩橋架在蔚藍空中。

「天晴了、天晴了！」錢亦繡高興地大叫。

奔奔和跳跳受到小主人的感染，也歡快地吠起來，期盼娘親和猴哥哥快點回家。

到了晚上，或許星星也在屋內悶久了，今夜竟是全部出來，密密麻麻地布滿天際，璀璨無比。

雨停了這麼久，猴哥和大山卻還沒歸來，錢亦錦和其他人開始著急了，程月也問：「猴哥呢？大山呢？雨都停了，該回家了。」

一家人坐在院子裡聊天，等著一猴一狗。

突然，奔奔和跳跳翹高尾巴，豎起了耳朵。

黃鐵拿著一把斧頭，快步從側門跑進院子。「錢叔，遠處好像有狼的叫聲。」

吳氏和幾個女人與孩子聞言，都緊張起來。

錢三貴也仔細聽了聽。「嗯，好像是狼。」

錢華一家人聽見動靜，也驚慌失措地趕來院裡。

錢三貴安慰道：「不用怕，狼離這裡還很遠；而且，咱們家的院牆高，牠是翻不進來的。」

漸漸地，連錢亦繡等人也能隱隱聽到狼嗥。

這時，不可思議的事情發生了。

奔奔突然跳上院子裡的石桌，昂起頭，鼓起腮幫子，開始長嘯起來。「嗚……嗚……嗚……」

跳跳見了，也爬上石桌，蹲在奔奔旁邊，跟著長嘯。

兩個小傢伙的樣子可愛得不能再可愛，白白的毛在星光下閃著銀光，雖然鼻子和嘴尖尖地凸出來，但臉形卻是胖乎乎、圓嘟嘟的，給人嬰兒肥的感覺。牠們一邊叫，還一邊使勁鼓著腮幫子，顯得臉更是飽滿可愛。

樣子可愛，但這叫聲卻太嚇人。

雖然圓潤的樣子像極大山，但錢亦繡終於知道牠們的爹是誰，其他人也猜到了。

錢亦錦忙阻止道：「快別叫了，是要把你們的爹叫來嗎？」

錢亦繡也瞪著牠們。「我們不歡迎你們的爹，再叫，就把你們的嘴捆上。」

奔奔、跳跳聽了，便止住叫聲，委屈地趴在桌上，小聲嗚咽起來。

錢三貴又讓黃鐵去看看後門有沒有關好，並讓錢華一家待在這邊，大家聚在一起，以防萬一。

突然，門外響起一陣腳步聲，越來越近，眾人戒備著。接著是一陣撞門聲，還有大山和猴哥的吠叫。

錢亦繡一陣欣喜，卻不敢馬上開門，隔著院門問：「就你們兩個，還是帶了一個？若是大山的相公也來了，請牠回去吧，我們害怕。」

又是撞門聲，還有猴哥的叫聲，聽得出來，牠快急哭了；奔奔和跳跳也跑到門口，猴急地撓著門。聽到孩子們的叫聲，大山也著急地撞起門。

錢亦繡想開門，錢亦錦伸手把她拉到一旁。「妹妹去旁邊躲著，讓哥哥來。」

錢華趕緊過去。「我來開，錦哥兒靠後些，黃鐵站在門邊，如果有狼，立刻砍牠；曉風和曉雷拿好棍棒，保護主子。」

門一開，大山和猴哥就竄進來。

還好沒有狼。眾人都鬆了口氣。

猴哥一進來，就四腳並用地爬入錢亦繡懷裡。

錢亦繡顧不得髒，拎著牠的耳朵轉了幾圈，罵道：「這麼多天不回家，知不知道我們很著急呀？」

忽然，錢亦錦驚道：「快看，那是什麼?!」

眾人擠去門邊，只見一頭白色大狼正蹲在離院門口偏西二十幾尺的地方。牠沒有要過來的意思，只靜靜往這邊看著。即使離得這麼遠，也能瞧見牠那雙眼睛閃著藍瑩瑩的光。

大山用頭拱拱奔奔和跳跳，帶著兩個小傢伙過去白狼那裡。

白狼低頭，溫柔舔著奔奔和跳跳，一家四口甜蜜溫馨地依偎在一起。

這一幕讓院門口的眾人吃驚不已，傻站著注視牠們。

這時，花溪村裡卻忽然燃起許多火把，又傳來喧鬧聲。大概是聽到狼的長嘯，所以村民聚集，準備打狼保衛家園。

錢三貴喊道：「大山，快讓白狼回去，不然牠可危險了。」

錢家人見白狼沒有傷害他們的意思，還這麼有情有義，都不忍見牠被打死，催促大山讓牠快走。

白狼和大山望望村裡，村口的火把越來越多。白狼萬分不捨地又舔了舔兒女和大山，長嘯一聲，向溪石山跑去，消失在夜幕中。

大山帶著奔奔、跳跳目送牠，直到看不見白狼的身影，才快快地回了院子。都走到門邊了，似又想起什麼，回頭跑到白狼剛才蹲的地方，叼了隻梅花鹿過來。

這鹿長著長長的角，是隻雄鹿。

眾人圍著死鹿嘖嘖稱奇，錢華道：「這白狼莫不是感謝主子們養育牠的兒女，報恩來了？真是不可思議！」

錢三貴驚嘆。「以前聽說極寒地帶才有白狼，沒想到這裡的深山中也有這稀罕動物。都說白狼比灰狼更記仇、更厲害，卻沒想到牠還記恩。」

錢亦繡玩笑道：「我倒覺得白狼不光是報恩，還是來給岳家送禮的。」

她的話，讓眾人笑得更是厲害。

錢亦繡一高興，又口無遮攔，稱讚起大山來。「大山很有本事嘛，竟然找隻狼當相公，還是罕見的白狼。白狼身手厲害，知恩圖報，長得俊俏又威武，還有種憂鬱和孤傲的氣質……」

話還沒說完，她的背上就挨了吳氏兩巴掌。「姑娘家怎麼能說這種話？丟死人了！」

程月瞧見，立刻難過，慌道：「求婆婆別打繡兒。」

錢亦繡趕緊住嘴，又安慰小娘親。

男人們討論著，明早把鹿收拾好，拿去縣城賣，肯定能賣個好價錢。

吳氏和魏氏則進廚房幫猴哥蒸雞蛋，又把剩飯和剩菜熱給大山吃。錢滿霞領著錢亦繡和錢曉雨，為猴哥和大山母子洗澡、擦毛。

錢亦錦和錢曉風兄弟在死鹿身上尋找狼咬的傷口，除了腦袋與脖子有傷，其他地方都完好無損。看來，皮毛也能賣得不錯的價錢。

奔奔、跳跳洗完澡，跟大山撒完嬌，又開始吃奶，猴哥也借光一起吃著。

錢亦繡笑著對程月說：「娘，我怎麼覺得牠們一家三口特別像娘親、我和哥哥呢？」

程月看大山一眼，又摸摸自己的臉，不太高興了，皺眉道：「不像。娘不像大山。」

母女倆正說笑著，便聽到許多人往院子靠近，大概是來看看他們家有沒有出事。

錢亦繡拉著錢三貴道：「爺爺，大山本來就讓村人忌憚，若是再把牠跟狼扯在一起，以後牠和奔奔、跳跳在這裡更不好立足，說不定，村民還會想辦法打死牠們，或把牠們趕上山呢。」

錢三貴想了想，道：「白狼不是普通的狼，即使是獵人，見過牠的也少之又少。許多老人甚至把白狼看成和白虎一樣的靈獸，說牠只生活在冰雪紛飛的北地。

「今天看到白狼，的確與普通狼有異。既然牠如此重情重義，咱們就想個說法，改變村民對牠的印象，希望奔奔與跳跳長大後，如果村民看出牠們是白狼的後代，也能不怕牠們、不傷害牠們。」

這時，村民到了錢家院門外，錢滿川和錢滿河的聲音傳來。「三叔，剛才有狼下山了，快看看狼進你家院子沒有！」

錢三貴讓錢華開門，指著死鹿，對幾個後生笑著說：「剛才發生了一件百年難遇的稀罕事。幾年前，有隻白色狼崽受傷來到我家，我讓孩子的娘給牠一口吃食，還幫牠包紮傷口，然後放牠歸山。沒想到，那白狼長大了，竟然叼隻鹿來我家門口，還擔心我們害怕，連門都沒進，大概是來報恩的吧。」

這些人聽聞這個傳說，又看到二百多斤的死鹿，都驚訝不已。見錢家三房平安無事，嘖嘖稱奇幾句，便各自回去。

第二天早飯後，黃鐵和錢華把鹿收拾好了。

鹿角、鹿皮、鹿肉和鹿骨都是好東西，讓黃鐵趕著牛車帶去縣城賣，再順道給張家和崔掌櫃各送五斤鹿肉，自家只留了鹿下水（注）和幾斤肉。

吳氏領著魏氏把鹿下水洗淨，放進鍋裡滷。

錢亦繡兩輩子都沒吃過鹿肉，即使是鹿下水，也很是嚮往，站在灶邊眼巴巴地看著。

吳氏笑罵：「看妳饞的，要等到中午才能好。」

接著，錢三貴又讓錢亦繡和錢曉風給高管事家和林大夫家各送兩斤新鮮鹿肉。林大夫對錢家三房幫助頗多，這個情，錢三貴一直記著，有了好東西，自是要報答的。

另一邊，花溪村的錢家三房無意中救了白狼，白狼竟然知恩圖報，叼著梅花鹿前來報恩的故事迅速傳開，很快便傳到大榕村等鄰村。

方閻王聽了，冷笑著說：「扯淡！老子當了二十幾年獵人，當初還跟師傅去過深山，也沒見過白狼。我師傅曾說，世上的白狼都在北邊韃子的地界裡，咱們這裡根本沒有，可見是錢家瞎編出來的。依這麼看，錢家的許多事都是吹出來的，沒那麼嚇人。」

方老大說：「不管他家嚇不嚇人，昨天您那遠房姪子不是說了嗎？縣尉金大人除了喜歡

注：下水，此指動物的內臟。

聽戲，就喜歡絕色的小娘子。等他把錢家傻寡婦貌若天仙，甚至比紅雲戲班的花無心還俊的話遞過去……嘿嘿，那個傻寡婦，咱們要不起，自然有人要得起。」

方閻王點點頭。「等金大人把那家人收拾了，咱們再把錢滿霞弄進門。聽說，他家又來了個細皮嫩肉的小丫鬟，到時主僕一起服侍老子。」

方老大勸道：「錢家也不完全是吹牛，高管事仍是護著他家，還有那幾個貴公子，咱們都親眼見過。金大人不怕他們，但咱們家還是躲在後面的好。」

見兒子又畏畏縮縮，方閻王氣不打一處來，但想了想，他說得也沒錯，遂冷哼一聲，算是應下了。

下午，黃鐵回來，把賣得的二十四兩銀子交給吳氏。主要是鹿角跟鹿皮值錢，賣了二十兩，其他東西總共才四兩。

吳氏拿著意外的銀子直樂。家裡雖然還有些存銀，但現在這麼多人要吃飯，她還是十分擔心。

半個月後的夜裡，大山、猴哥又把白狼帶來了。

這次，白狼送上一隻羊，把東西放在院外，並不進門，等著兩隻小崽出去，與牠們親熱一番才走。

院子裡的棗子熟了，現在家裡的日子好過，不需要再賣這些棗子掙錢，就請親戚朋友嚐嚐，又給宋家莊子、弘濟小和尚、張家、崔掌櫃送去。

給張家送棗子時，錢亦繡還親自上門，把滿天星種子播在後花園一隅，又教主管花草的婆子怎麼照顧，同時，又孝敬二十個蒸蛋糕給張老太太。

張老太太樂得直稱讚她。「這孩子的性子合老婆子的心，連做出來的吃食都合老婆子的口味。」

錢亦繡倚在她身邊撒嬌賣乖，講了些鄉下的笑話，包括白狼重情重義的故事。面對張老太太，當然沒隱瞞白狼是大山相公的事，但也沒否認自家曾「救過」白狼，聽得張家幾人唏噓不已。

這回，張老太太依舊留她吃了中飯，而跟她一起來的吳氏被請去另一間房吃。

從張家人的談話中，錢亦繡聽出張央已經訂親。兩年後，張央滿十六歲，女方及笄，便會成親。

給張央訂的姑娘姓黃，是省城西州府首富黃萬春的閨女黃月娥。

黃家是皇商，黃萬春還在戶部掛了個虛職，做的生意有酒、糧食、錢莊等等。其中最主要的是酒，有自己的釀酒坊，酒鋪遍布大乾朝，其青花釀不僅深得世家大族青睞，更是貢品，老百姓喜歡的老糧醇也是他家釀的。

錢亦繡是鬼魂時，曾經去過黃家，當真是富得流油，連家裡的柱子都塗上金粉。

據說黃月娥美貌異常，又知書達禮，可她到黃家時，只去過黃萬春的書房，沒進後宅，所以不清楚她的為人和稟性，不過卻把黃萬春了解得徹底，連他家的寶貝藏在哪裡、他有什麼嗜好、最喜歡哪個粉頭、養了兩處外室都知道得一清二楚。

這門親事，好像還是黃家先看上張央，主動求人來說的。張仲昆並不是太願意，覺得黃家跟自家不是同道中人。但張央聽說黃月娥人如其名，美得如月宮中的嫦娥，十分心動。

老太太和宋氏愛子心切，既然張央喜歡，便成全他。

錢亦繡暗道，這種出身商家的姑娘跟心思良善、一心懸壺濟世的張央還真不一定是良配。不過，這種事不是她一個鄉下小娃能說嘴的，或許有意外之喜呢。

吃完飯，她要告辭時，又央求張仲昆給程月配了幾服藥。

程月吃了藥後，心情穩定些，雖然依舊想不起前事，卻不像原來那樣，除繡花之外，絕大多數時間都站在院門口，一站就是一個多時辰。現在每天依然會去門前眺望幾次，但花的工夫明顯比原來短了些，算是極有進步了。

緊接著，農忙的季節到了，家家戶戶開始收玉米、花生跟番薯。

錢亦錦放了三天假。現在不用吳氏和錢滿霞、錢亦錦下地幹活，只需要在旁邊指點一番即可。總共才兩畝地，黃鐵和錢華沒多久就把事情做完。

收完莊稼，地也沒租出去，打算過些日子種冬小麥自吃。

接著，蒙溪村的田交來了。

那天，錢三貴在黃鐵和錢華的陪同下去了蒙溪村，同那邊的佃戶訂租契，還被佃戶們稱為錢老爺。以後，這些田裡的產出就有六成是自家的了，把錢三貴激動得面色微紅。

回家路過蒙溪村口時，錢三貴讓錢華下車割兩斤豬肉，他坐在牛車上等，聽見路過的村人議論錢地主如何如何。

錢三貴止不住地笑。現在他在別人嘴裡也成了地主，真像作夢一樣。

回到家後，錢三貴讓人把錢老太、錢大貴和錢二貴請來喝酒吃肉，黃鐵和錢華坐在旁邊的小几上陪著一起喝。

成了地主婆的吳氏也高興。從明年開始，地裡的產出大半歸自家，這真是家有餘糧，心中不慌。

錢三貴高興，破例喝了酒，臉變得紅撲撲，錢亦繡就打主意，趁他高興時討要新衣。

等錢亦錦把錢老太等人送出院門後，她就扯著錢三貴的衣裳說：「錢地主，別家的地主都穿綢子衣裳，可咱們家的地主連件細布褂子都沒有。嘖嘖，沒有一點地主的模樣。」

現在入秋，天氣漸漸轉涼，如今錢亦繡只有兩套能穿的單衣，都是今年夏天做的，做得有些大，不僅長高、長胖還能穿，若冷了，裡面還能加件舊衣。但舊衣裳小，上面的補靪又磨人，之前她說了幾次想再做兩套夾衣，可吳氏都沒同意，說家裡除了錢亦錦之外，她的新衣裳還算多的。

錢三貴知道孫女的心思，笑道：「繡兒這就不懂了。絕大多數的地主，錢都是節省出來的，爺爺可比他們大方多了。爺爺天天吃肉，但他們半個月也不見得能吃上一次葷腥。綢子衣裳大多是撐面子用，只有出去時才穿。」

錢亦繡鬱悶不已。家裡不是還有那麼多存銀嘛，怎麼只想著把物質生活過好，卻沒想著提高精神生活呢？

程月見女兒嘟起小嘴，便出了堂屋，片刻後拿著一塊綾緞走進來，道：「爹、娘，月兒的鴨子繡好了，若賣出去，就給繡兒一兩銀子，再給繡兒做兩身綢子衣裳。」

吳氏嘆道：「給她一兩銀子，還要做兩身綢子衣裳？兩隻鴨子的繡品能值多少錢？」

錢亦繡接過程月手裡的繡品，見圖樣雖然不算複雜，但色彩淡雅，繡工精細，小鴨子栩栩如生，不由讚道：「這麼好看，還是能賣幾兩銀子的。」

說著，她把綾緞翻過來看，突然結巴起來。「竟竟竟竟竟……竟然是雙面繡！天哪，我的娘親好能幹！」

吳氏聽了，趕緊接過繡品，反覆看了看，也驚喜地說：「真好看！真厲害！月兒能幹，還會雙面繡，這繡品肯定能賣個好價錢。」

程月點頭。「嗯，賣了銀子，給繡兒一兩，再給她做兩身綢子衣裳。」還怕吳氏拒絕，又趕緊說：「月兒和錦娃都不要，只給繡兒一個人。」

兩身衣裳可以考慮，反正家裡還有料子，但吳氏不想給銀兩。「可以給繡兒做衣裳，但她一個小娃子，要那麼多錢幹什麼？」

程月見婆婆不同意，急得眼淚湧上來。「月兒喜歡繡兒，看見繡兒難過，月兒心痛，連覺都睡不著。」

錢三貴見狀，遂說吳氏。「兒媳婦嫁進來這麼久，從來沒要過任何東西，只想給自個兒閨女要點銀子、做兩身衣裳，就如她的願吧。」

吳氏無奈道：「好、好，我這就去拿。」說完，大方地去屋裡拿了幾個銀角子遞給錢亦繡。「給妳，可別再亂花了。」

錢亦繡捧著來之不易的銀角子，心裡滿滿都是感動。小娘親辛苦這麼久，還是流淚才討到的；這不是銀子，是她對女兒的愛。便抱著程月說：「謝謝娘。」

程月綻開笑容。「繡兒高興，娘就高興。」

錢三貴見媳婦跟孫女開心，也微微笑了起來。

第四十三章

第二天下午，去縣城賣繡品的吳氏樂呵呵地回來了。

錢亦繡幫她開門，笑道：「瞧奶奶高興成這樣，我娘的雙面繡定是賣得好價錢。」

進屋後，吳氏喝了水，才從懷裡掏出荷包說：「嗯，賣了三十五兩銀子。金掌櫃誇那雙面繡精緻好看，面料也好，大小正好可以做個小插屏或炕屏。」

錢老太知道今天吳氏去賣程月繡的雙面繡，特地來這裡等著看熱鬧，聞言嘴張得極大，驚道：「再好，那也只是繡品，賣的錢竟然比農家十年進項還多！」

錢三貴笑著說：「娘不知道，我跑鏢時，還押過一幅價值千兩的繡品，據說那繡品有半間屋子那麼大。」

錢老太嘖嘖半天，轉頭看程月，第一次露出真誠的微笑。「嗯，不錯，咱們錢家娶到一個巧媳婦。」

除了把兒女和三房的人放在心裡，程月是無視其他人的。沒理會錢老太的示好，又跟吳氏講條件。「月兒再繡幅更好的，賺了銀子，單給繡兒買丫鬟。」

錢老太被她忽視已經不高興，聽見這話更是不喜，罵道：「作夢！已經買了那麼多個吃閒飯的，還買什麼？一個小泥腿子還要人伺候，笑掉大牙了。」

程月固執地說：「月兒喜歡錦娃，也喜歡繡兒；錦娃有小廝，繡兒就要有丫鬟。」

錢老太見程月頂嘴，更是生氣，怒道：「傻子說什麼胡話，是不是又沒吃藥了？那丫頭片子能跟我的錦娃比？」

錢亦繡見狀，怕程月再說出招罵的話，趕緊起身拉她回了左廂房。

回房後，程月從櫃子裡拿出綾緞，對錢亦繡道：「娘想好了，繡一幅『國色天香』，肯定能賣個好價錢，給繡兒買丫鬟。」

錢亦繡感動得眼圈發熱。小娘親都傻了，還生怕女兒受委屈，遂抱住她。「娘，繡兒真的不需要丫鬟，您莫要太費神。」

「不，娘的繡兒要有丫頭。」

程月沒聽閨女的勸，開始在紙上畫花樣。大概圖案有些複雜，她一時不能全想起來，畫得很慢，而且畫了又改，改了又想，想了又畫。到晚上，連一朵牡丹都沒畫成，便著急了。

錢亦錦回來瞧見，和錢亦繡勸解半天，才讓她上床歇息，不再多想。

第二天，錢亦繡讓去縣城買東西的黃鐵帶了張牡丹花樣回來，拿去左廂房獻寶。

「娘，是牡丹呢，國色天香。」

程月接過，看了一眼，嫌棄地還給她。「不好看，不是娘想繡的牡丹。」又在紙上畫起來。

見程月這樣，錢亦繡怕她又犯病，急得不行，可無論怎樣勸，程月都不聽。

錢亦錦也心疼地說：「娘莫要太辛苦。大不了，兒子也不要小廝，讓小雷做全家人的小廝。」

程月愣愣地看著兒子。兒子都沒小廝了，女兒似乎也沒理由非要有丫頭，但又覺得這麼想不對，卻不知道哪裡不對。想不通其中關鍵，更是糾結。

錢亦繡見她實在苦惱得厲害，寬慰道：「娘慢慢想，不著急。等以後繡兒買了丫頭，再讓哥哥有小廝，這樣行不行？」

程月就是這個意思，聽女兒幫她說出想說的話，便笑起來，也不著急了，慢慢想、慢慢畫。

可畫出圖樣後，她還是不滿意，難受得不行。「繡兒，怎麼辦？娘畫得不好，繡不出好繡品，會不會連錦娃的小廝都弄沒了？娘好沒用。」

錢亦繡安慰她。「那不要繡牡丹了。繡什麼好呢？」想了想，說：「就繡娘最喜歡的花吧。娘覺得什麼花好看，便繡什麼。」

程月若有所思地點點頭。之後，便開始在紙上塗塗抹抹，試著畫出心目中最喜歡的花。

程月忙著畫花樣子，錢亦錦忙著發憤讀書，其他人也各自忙碌，好像只有錢亦繡是閒著的，無事便跟奔奔、跳跳或偶爾來家裡的錢亦多玩。

她也如願以償得到兩套新衣裳，一件是綢緞的，另一件是粗布的。

程月還有些不高興，錢亦繡便安慰她。「繡兒喜歡粗布衣裳，厚實、暖和。」

閒下來的錢亦繡又想起洞天池。只要拿到那裡的東西，就能賺得大筆進項，可惜現在赤烈猴正待在山中。想到赤烈猴大肆搜刮那些寶貝，她的心都流血了。

因為花期過去，大房和二房斷了賣霞草的掙錢路子，不提唐氏，連汪氏上三房串門子的時候也多起來，話裡話外更是羨慕三房的富足。那天錢大貴、錢二貴來喝酒時也說，沒有賣霞草的財路，日子又過得有些緊了。

錢亦繡想讓那兩家的日子好過些，便能讓他們少惦記自家；同時，也覺得錢大貴和錢二貴父子不錯，在自家最艱難時伸手幫忙，現在自家日子好過，該讓他們賺些錢。

她想了大半夜，決定開點心鋪子。

前世，她就喜歡做點心，手藝也好，之前當鬼魂時，又在省城有名的點心鋪裡偷學了幾招，加上之前做素餅乾、蒸蛋糕都頗為成功，正好試試。

第二天，錢亦繡頂著黑眼圈，把她的想法告訴錢三貴和吳氏，又說已經琢磨出幾道好吃的點心，能不能和錢家其他幾房一起開個點心鋪子？

經過這段日子的觀察，錢三貴和吳氏知道孫女已變得聰慧過人，又有主意，十分值得信賴，便同意了。

商量好，就開始行動。

這個時代也有烤箱，其實就是燜爐。有錢人家用銅製燜爐，一般點心鋪子則用鐵製或泥製的。

錢亦繡花三兩銀子，讓人在縣城買個簡單的燜爐，放在院子裡的空屋內，那間屋子就權當點心房。接著，她同吳氏和魏氏母女天天過去做點心，錢滿霞偶爾去幫忙，順道學學手藝。

幾個人忙碌好幾天，真做出一些稀奇又好吃的點心，還取了好聽的名字，像方形的桃酥便叫黃金酥；綠豆糕上壓些花紋，改名為翠花糕；白色水晶糕裡加了玫瑰露，就是琉璃凍。

可惜，前世製作某些美味點心所需的食材，這個世界卻沒有，只好改良一下，古今合璧，琢磨出新的甜圈圈、棒棒糖、餅乾等等，算是特色。

但錢亦繡不準備在這時候試做奶油蛋糕，要留著以後驚豔省城乃至京城。在這種鄉下地方，鋪子裡賣十幾種點心已經綽綽有餘。

魏氏年輕時在原主子的小廚房做事，嫁給錢華後才出府，是個聰明婦人，也很有自己的想法，提出許多寶貴意見。按她的話去做，點心果然更加美味，讓錢亦繡對開店的事更有信心了。

半個月後的一個下午，等錢亦錦回到家，錢亦繡就把一家人包括幾個下人全叫進堂屋裡，把十多道點心跟糖果放在桌上，請眾人品嚐。

這些點心色香味俱全，得到所有人的稱讚。

接著，錢三貴讓人把大房和二房的人叫來家裡，先招呼他們吃了盤子裡的點心跟糖果，才問：「如何？好吃嗎？」

他們是否願意加入。

眾人都點頭，稱讚不絕，他們從沒吃過這麼美味的點心。

錢老太說：「比張家送的點心還好吃，而且模樣也討人喜歡。」

唐氏更是一口吞下一個翠花糕，噎得脹紅了臉。

錢三貴便說，這些點心都是魏氏做出來的，不想埋沒她的手藝，所以想開點心鋪子，問他們是否願意加入。

「這還用問？當然要了！」唐氏搶先道，還覺得錢三貴多此一問。

大家紛紛表示願意，尤其是錢滿川和錢滿河，還搓著手說要大幹一場。

接著，錢三貴提出，三房出地方、鍋爐和手藝，占四成股；大房、二房、四房各出三兩銀子、兩個勞力，各占兩成股。

前兩天，錢三貴已經讓黃鐵趕著牛車去省城給錢四貴送信。錢四貴看完信，當即表示願意加入，並說以後可以負責省城的買賣，還讓黃鐵帶五兩銀子回去，說他家住在省城，少出一個勞力，便多出二兩銀子，讓錢三貴請人來幫忙。

但聽自家比三房少一半的股，還要出三兩銀子、兩個勞力，汪氏和唐氏心裡就不願意了。

汪氏沒吭聲，唐氏直接說開。「三叔說笑話呢，我們出了那麼多銀子，還要出兩個人來幹活，為什麼比你家少那麼多成的股？」

錢大貴和錢二貴也覺得，他們都是親兄弟，既然一起做，就應該均分，如何還要分出等級，況且相差得實在太大。既然唐氏出頭問，遂看向錢三貴，聽他怎麼回答。

錢亦繡見狀，暗自搖頭。看來錢三貴當年一個人掙錢讓全家人花，已經慣壞了他們，連老實的錢大貴和錢二貴也習慣了。即便利字為上，也能算出他們已經占得大便宜，到底是鄉下沒見過世面的農民，連這個帳都算不來，比精明又顧及兄弟情分的錢四貴差遠了。

錢三貴道：「我們家還真不缺那幾兩銀子和勞力，完全可以自己開鋪子掙錢，不過是想讓哥哥們的日子好過些，才打算一起做……」

「都是親兄弟，你有這個心，又不缺銀子，那怎麼不均分呢？」唐氏不理解地打斷他。

錢亦繡氣得笑出來，忍不住開口。「既然是親兄弟該均分，當初我家住茅草屋時，你們為何沒把大瓦房分給我家住呢？」

汪氏聽見，也回嘴了。「喲，那怎麼能一樣呢……」

她剛說半句，便被錢滿川打斷。「娘快別說了。我覺得三叔這麼做，是誠心拉拔咱們兩家，不提他們花了那麼多錢買燜爐，還出地方，光是教咱們做這些點心的手藝，就該感謝他們。」

錢滿河也道：「那些鋪子裡的學徒要白給師傅幹好幾年活計才能學點手藝，三叔卻願意就這樣教給我們，這是再多銀子也買不來的，得感謝三叔才是。」

錢大貴和錢二貴一聽，的確沒錯，是剛剛著急才沒有想通，遂呵呵笑著同意了。

九月二十八是黃道吉日，錢氏老兄弟點心鋪正式成立。

幾個兄弟商量，點心師傅由魏氏、許氏和小楊氏擔任。為防止點心方子外傳，錢大貴與錢二貴一再告誡兩個兒媳婦，不許起小心思、不許告訴娘家人。

至於買賣，錢四貴負責省城；二房人少，錢滿河就在鎮上賣，方便照顧家裡；大房人手多，錢滿川便去縣城。目前鋪子還小，只能先在鎮上和縣城賣，等以後掙的錢多了，再買大燜爐，多請些人，做省城的生意。

錢三貴是老兄弟點心鋪的大東家，錢大貴、錢二貴、錢四貴幾人是二東家。由於錢三貴身子不好，便由錢華幫著當帳房，黃鐵當採買。

幾個人商量好，前三個月先不分紅，賺的錢讓鋪子周轉用。

接著，錢亦繡又去縣城拉關係，帶著點心上霧溪茶行，請崔掌櫃品嚐。如果茶行只用錢氏老兄弟的點心當茶點，就以八成的價錢賣給他們。

價廉物美的東西任誰都喜歡，崔掌櫃吃過點心後，極為滿意，不僅答應溪山縣的霧溪茶行只進老兄弟的點心，連省城的鋪子都會買。

一般鋪子的總店都會設於繁華的省城，分店才開在縣城。霧溪茶行之所以相反，是因為溪山縣城緊挨盛產茶葉的溪頂山，這裡的茶行不只是茶鋪兼茶肆，還是買茶、製茶、賣茶的地方，總管事崔掌櫃必須坐鎮在這裡。

不過，這是對外的藉口，還有個最重要的、不為外人知的原因，就是小主子梁錦昭每年都會來這裡，請張仲昆和悲空大師看病施針。大慈寺離茶行近，不到十里路，崔掌櫃待在溪山縣城，也方便照顧梁錦昭。

衛國公府把梁錦昭得癇症的事瞞得嚴實，根本沒幾個人知道。

為防消息走漏，去世的老國公爺還求交情頗深的悲空大師收梁錦昭為俗家弟子，每年來溪山縣是要聽大師講禪，實則治病。

崔掌櫃是梁錦昭母親的陪嫁下人，為服侍小主子，十一年前在這裡開茶行，沒想到居然把生意做大，也算是意外之喜了。

第四十四章

錢氏老兄弟點心鋪開張後，生意好得不得了，簡直供不應求，魏氏等人要從辰時做到戌時，中間只休一個時辰，才能勉強供貨。

如今魏氏專門負責做點心，錢華和黃鐵忙著各自的活計，加上買了豬和雞，家裡的人手又開始不夠，吳氏和錢滿霞也要做些事情了。

錢亦繡讓錢滿霞用粗布做了雙手套，做活時戴上，好保護手。

錢滿霞嫌麻煩，不想戴，錢亦繡便嚇唬她。

「聽說很多後生小子都在意姑娘的手，手太粗的姑娘，是不招人稀罕的。妳看，蝶姑姑和小雨姊姊的手多細嫩。」

錢滿霞聞言，紅了臉，嗔道：「真不知羞，小女娃家家的，居然說這些話。看我告訴我娘去。」

結果，她不僅沒告狀，做活計時，還乖乖戴上了手套。

因為家裡有了進項，點心鋪子的生意又十分好，吳氏不僅大方地把張家送的兩疋布找出來，又買了些粗布和棉花，讓錢曉雨給家裡人做衣裳，正好可以教錢滿霞做些繡活。

這段日子，小和尚弘濟來過一次，是由一個年輕和尚陪著來的。

因為猴哥又同大山進山，弘濟沒看到小猴子，遂給錢亦錦講了大半天的課。在錢家吃飽喝足後，又樂呵呵地帶些梅花餅乾和蜜汁糯米藕回去孝敬悲空大師。

錢亦繡看著，生出感慨，心裡歡喜，家裡的日子真的好起來了！

十月下旬的某天下午，錢亦繡坐在房簷下逗弄奔奔和跳跳，心裡卻在想著洞天池。右廂房裡不時響起錢滿霞和錢曉雨的說笑聲，正屋臥房偶爾傳來幾下錢三貴的咳嗽。

錢亦繡抬頭望去，斜陽已經墜向西邊天際，小娘親已站在門口好一陣了。她纖細的身子裹在綠色衣裙裡，烏黑頭髮隨意綰在腦後。風吹過，裙裾和幾絲碎髮飛舞起來，如弱風扶柳，婀娜而娉婷。

從錢亦繡的角度看去，只能瞧見程月側臉的輪廓，即使看不清楚，她也能憑想像，在那如玉般光潔的側臉旁勾上一筆長而翹的睫毛。

目光越過程月和那扇木門，大榕樹的樣子遠沒有春夏茂盛，柳葉已經掉光，修長的柳枝隨風搖曳，再遠處便是無盡的荒原。

這是一幅永恆而悲愴的冬日圖畫，不，應該是四季圖畫。

花開又花謝，歲歲年年……

錢亦繡的眼圈有些發熱，走過去拉了拉程月的衣裳。「娘，您一直站在風口前會生病的。」

程月繼續望著外面。

「花都謝了，一年又過去，可江哥哥還沒回家。」

錢亦繡沒接她的話，改口道：「繡兒被風吹得有些冷了，娘陪繡兒去院子裡走走吧。」一然後硬拉著程月出廂房。

母女倆走到院子裡，兩隻小狗撒歡地圍著她們跳。夕陽西下，給這片荒原鍍上一層金光。

院子裡的豬圈與雞窩早已蓋好，現在養了兩隻小豬、幾十隻雞、幾十隻鴨。菜地被籬笆圈起來，雞就放養在院裡，鴨則被趕到院外的小溪旁覓食。錢曉雷也有了活計要幹，主管放鴨。

初冬季節，雖然沒了野花，絕大多數野草也已枯黃，但院子裡的情景卻更顯出勃勃生機。

看到這些，讓心情微微低落的錢亦繡又高興起來。

晚上，汪里正拿著兩條肉、一罈酒及兩貫錢，在錢大貴的陪同下，來了三房。

原來，今天下午，范老漢帶著偷偷跑回花溪村的范二黑子去了汪里正家，請他幫著去說范家跟錢家三房的事。

如今錢三貴跟高管事交情極深，與縣城保和堂的張老爺關係也好，加上家大業大，在方圓幾十里可算得上人物，已經不是范家惹得起的。

范二黑子一回家，范老頭就拎著東西來請汪里正幫忙，還同樣送了兩條肉和一罈酒。

汪里正勸錢三貴。「這次范家賠兩貫錢，滿江媳婦母女的湯藥費也夠了。范二黑子說，如果你願意，他就上門磕頭謝罪，以後再也不敢犯渾。」接著又說冤家宜解不宜結，一個村的人，低頭不見抬頭見，既然滿江媳婦和繡兒都無事了，就大度些，對大家都有好處。

錢三貴考慮片刻。兒媳婦和孫女的確沒事了，孫女還因摔傷反倒變得聰明。范家那樣的人，最好不去惹，已經有個讓人提心弔擔的方家，再多個仇家，更是防不勝防，不如藉此下臺階，也給汪里正一個面子。

於是，他收下兩貫錢，道：「這是我兒媳婦和孫女的湯藥錢，我收下。」卻把肉和酒推給汪里正。「這肉和酒，我家不稀罕，還給范家；至於給我磕頭什麼的，我受不起，更不想看到他們。以後讓范家人離我家的人遠些，否則就請高管事來幫忙主持公道。」

錢亦繡一直蹲在堂屋外逗著兩隻小狗，其實是在偷聽屋裡的談話。既然錢三貴已經接受汪里正的說情，也沒辦法了。

他們不知道，但她可是一清二楚，范二黑子手裡欠著一條人命，小原主就是被他欺負死的。

不過，現在自家拿他沒辦法，也不宜再多個仇家。先等等吧，以後有機會，再為小原主討回公道。

與錢三貴談完，汪里正笑呵呵地回了家。辦成這事，他很有面子。之後范家沒要錢三貴退回去的肉和酒，全送給汪里正，還對他千恩萬謝。

錢三貴也感慨頗多。那個惹是生非的范二黑子，居然也開始害怕他們了。

這天下午，錢亦繡正在門口外的荒原遛著奔奔和跳跳。現在她經常跑步，鍛鍊自己的體力，為去洞天池做準備。而且，村西頭早就安全了，沒有愛惹事的閒漢在附近晃。

突然，錢亦繡看見有幾匹馬往她家跑來，旁邊好像還跟著汪里正。

是誰呢？該不會又是什麼貴人吧？

等那幾匹馬漸漸靠近，她才看清，騎在馬上的竟是幾個衙役。

錢亦繡一下慌了起來，趕緊領著兩個小傢伙回家，把門關上。雖然她自認家裡沒幹什麼壞事，但她家有財物、有美人，這些可是最讓人覬覦的好東西。

昨天一早，大山和猴哥去了山裡，現在還沒回來，黃鐵也去縣城送貨和採買。

家裡會武的都不在，錢亦繡有些害怕，卻不敢驚擾身子不好的錢三貴，遂跑到側門叫錢華。「華大叔！華大叔！」

錢華正在屋裡算帳，聽到喊聲，趕緊出來。剛跑到側門，便聽到院子的正門被拍響。

「開門、開門！」

接著是汪里正的聲音。「快開門，這幾位是縣衙裡的差老爺。」

錢華聽了，趕緊回頭悄聲讓跟過來的錢曉雷從另一道門出去找宋家莊的高管事，嘴裡應著：「來了、來了，爺等等。」

門一開，幾個衙役衝進院子，把錢華推到旁邊，喊道：「錢三貴呢？叫他出來！有人要告你們老兄弟點心鋪，說你家的點心裡有砒霜，他爹一吃就中毒，人快死了。」

錢華嚇得魂飛魄散，趕緊說：「差爺，冤枉啊，我們沒有下毒！」

衙役喝道：「有沒有下毒，去衙裡一審便知。」
錢亦繡在他們說話時，已經進了屋，讓吳氏趕緊拿銀子出來，有多少拿多少。嚇哭的吳氏哆嗦著拿出一個裝著幾十兩銀子的荷包遞給她。
錢亦繡跑出去，把荷包塞給帶頭要衝進屋的衙役。「差爺拿去買酒喝。」那衙役接過荷包一掂，笑開了花。「這小丫頭很懂事嘛。」又對錢華說：「我們也是聽命辦事，你們趕緊把人交出來，我們好回去交差。」說著，幾個衙役便沒進屋，轉身坐在院子裡的石凳上等。
錢華又哈腰道：「各位差爺，錢三叔身子不好，根本管不了事，什麼都不知道，把他帶去衙裡也沒用。這點心鋪平時是我管著，如果有事，就把小的帶去衙門吧。」
領頭的衙役搖頭。「我們只是辦差跑腿的，你也別為難我。上面吩咐要捉拿錢三貴，我們卻把你抓回去，要怎麼交代呀？」
錢亦繡聞言，趕緊道：「差爺，霧溪茶行的崔掌櫃跟我爺爺是至交好友，知道他的身子不好，還專門讓他家的下人黃鐵來服侍。」
錢華也說：「是啊，崔掌櫃和黃鐵經常說起他們跟差爺如何熟識，還一起喝過酒呢。」
領頭的衙役還真知道縣太爺跟崔掌櫃交好，也曾跟黃鐵喝過酒，遂狐疑地問：「崔掌櫃跟錢三貴是至交？黃兄弟現在在你家幹活？說笑話吧。」
錢華道：「借我們幾個膽子也不敢騙差爺啊，是真的。黃鐵來這裡已經有兩個多月，今天早上去縣城送貨，下午就回來。」

另一邊，嚇哭的吳氏和錢滿霞已經去屋裡，扶錢三貴起身，幫他穿上長棉袍。

錢三貴安慰她們。「無事，縣城裡有崔掌櫃和張老爺，他們會幫我打點，洗脫罪名的。」又道：「萬一我這把老骨頭沒挺住，就把點心鋪關了，守著那些銀子，讓錦娃讀完書，將來成器，妳們就有依靠了。」

吳氏泣道：「當家的要挺住，家裡缺不了你。」

一家人正哭著，錢華進屋把錢三貴揹出來，對衙役說：「差爺也看到了，錢叔實在病得不輕，如果他在路上有個三長兩短，差爺們也不好交差不是？能不能讓我們去借輛車，給他坐著去？」

領頭的衙役看看錢三貴的樣子，也怕人死在路上，再捏捏手中的銀兩，想想崔掌櫃與黃鐵的人情，便對錢華揮手。「快去快回！」

錢華謝過，趕緊讓錢曉風去謝虎子家借驢車。錢亦繡拿出幾個碗，給衙役們倒茶。

這時，錢大貴和錢二貴也被幾個衙役帶來了。錢老太被錢滿蝶扶著，還有汪氏和唐氏，一群人哭哭啼啼地跟在後面。

原來還有衙役去捉錢大貴和錢二貴。既然他們都是老兄弟的東家，也要一起抓走。

唐氏一進院子就大哭道：「官爺，出人命跟我當家的沒關係啊！這鋪子是三房開的，點心也是在他家裡做的，要放砒霜，也是三房的人放的呀……」

錢二貴聽了，連怕帶氣，罵道：「妳這個死婆娘，胡說什麼呢！快閉嘴！」

錢老太本來已經嚇得渾身發軟，因為擔心兒子，才在孫女的攙扶下勉強走來，聽見唐氏這話，氣得身子晃了晃，指著她罵。「妳妳妳……」話沒說完，一仰頭，倒了下去。

又是一陣哭喊聲，錢老太被抬進錢滿霞的小屋。

錢三貴看到老娘被氣暈，身子發抖，哭了起來。「都是兒子不孝，連累娘了！」

院子裡哭聲震天，但錢亦繡沒工夫哭。她讓錢曉雷去二柳村請林大夫來給錢老太看病，自己又回左廂房一趟，見程月渾身哆嗦，眼睛直愣愣地張著，抱著被子坐在床上，便安慰她幾句，出門時把門反鎖，又喊錢曉雨跟她一起去熱藥。

藥熱好了，讓錢曉雨端一碗給錢三貴喝，她把剩下的藥汁倒進一個空酒葫蘆裡，讓錢三貴帶去縣裡。無意間，她往門外一瞥，卻發現那個罵人的衙役正扒在窗戶上往裡面看，每扇窗戶都看了一遍。

錢亦繡不敢出聲，出去把裝藥的葫蘆交給錢華。

謝虎子趕著驢車來了，錢華把錢三貴揹上車，衙役帶著錢大貴和錢二貴一起走。因為收了不少銀子，倒沒把他們綁起來。

村口聚了好些人看熱鬧，范婆子也在，大著嗓門說：「差爺抓得好，大快人心啊！這家人不是東西，自家的傻媳婦摔傷，還訛了我家好多錢，這種人就該捉進牢裡去。他進了牢，也該把我家的錢還回來吧？」

有些人不齒范婆子落井下石的行為，很為錢家兄弟惋惜，覺得這家人本本分分的，不可能做什麼犯法的事。

但也有少數人議論道：「那錢三貴為何會突然那麼有錢了？還說是他家孩子找花賣的。

怎麼可能！現在看來，定是發了不義之財，被人告發……」

一行人還沒出花溪村，高管事的二兒子高平就趕來了。高管事和高良去省城，只有高平在家。

高平主要負責地裡的事，不像父兄經常跟縣城的官差打交道，但知道主子讓他們照顧錢家，如果錢家出事，父親會被怪罪的。

他聽見錢曉風報信，嚇得趕緊跑來，上前拱手道：「差爺，我是省城宋橋宋老太爺家的下人高平，我家平日與錢三叔相交甚厚，知道他是良民，不會做什麼犯法的事，其中是不是有誤會？」

宋橋曾官至巡撫，其子宋大老爺還在京城為官。宋家的人，包括下人，這些衙役不敢惹，遂道：「或許是錢家得罪了誰吧。今天一大早就有人上衙門，告他家謀財害命，我們只是奉命行事。」

高平聽了，只得跟他們去縣城，弄清楚是怎麼回事？

路過大榕村口時，方老大和方斧子站在肉鋪前，樂呵呵地看熱鬧。

此時，一個衙役突然捧著肚子說：「哎喲，我肚子疼，你們先走，我過會兒便來。」說完，便牽著馬，跑進離肉鋪不遠的小樹林裡。

等看不見錢三貴幾人後，衙役才走出小樹林，來到肉鋪前，跟方老大小聲說幾句，接過他塞過來的銀子，上馬跑了。

方老大笑咪咪地走回自家院子。院子裡拴著一匹高頭大馬，方閻王的遠房姪子方二石正坐在堂屋裡，方閻王陪他喝酒吃肉。

方老大一進屋，就對方二石笑道：「剛才差爺說了，那小寡婦……」忽然想起，若程月成了金大人的女人，就不能叫小寡婦，忙改口道：「那程娘子住在正屋的左廂房……」

方二石啃了一口肉。「行，今天夜裡就把那小美人搶出來帶走。金大人平時沒少關照那幾個地痞，難得用上他們，肯定會把事情辦好。」

方老大聽了，問道：「宋家的高二爺也跟著去了縣裡，錢三貴會不會被放回來？」

方二石嗤一聲。「錢三貴還想活著回來？就那身子骨，不需要提審，更不需要用刑，直接甩進牢裡，讓其他犯人折騰兩下就會沒命。退一萬步說，即使有命回來，那小美人是被匪人搶走的，活不見人，死不見屍，他到哪裡找去？」

方閻王哈哈大笑。「怪不得金大人能當那麼大的官，果然足智多謀。這樣一來，別說錢三貴只是個泥腿子，就是手眼通天的人物，也不會知道金大人和咱們家參與其中。」

方老大也笑道：「如今錢家只剩下幾個婦人跟孩子，那幾位大爺對付他們，還不是像捏幾隻螞蟻一樣？爹，今夜乾脆讓斧子也去，在金大人那裡露露臉，以後二石哥多個助力，咱們家的腰桿也會更硬。」又說：「錢家的人好對付，卻有一隻十分凶猛的狗，據說兩個大人都打不過牠。但這狗經常不在家，不知今夜……」

方二石擺手道：「狗再凶猛也是畜牲。牠不在家最好；若是在家，就兩斧子劈死牠。」

方閻王跟方老大聽了，更是高興，又和他商議幾句，再把方斧子叫來吩咐，決定今晚行動。

另一邊，錢家女人直到看不見自己的男人了，還在大哭不止。

男人們都被帶走，錢家的天塌了。

唐氏邊哭邊指著癱坐的吳氏罵。「都是妳家害的！做什麼屁點心，把人都做到牢裡去了！妳還我男人……」

吳氏連氣帶嚇，早沒了力氣，被唐氏抓住頭髮，還撓傷了臉。

林大夫被錢曉雨帶來，進屋給錢老太診脈、施針，說她是怒氣攻心，得了痰症，只能盡人事，聽天命。

此時，錢亦繡根本顧不上外面，正待在左廂房，抱著程月安慰她。

程月渾身顫抖，流著眼淚，不停說著：「怕……月兒怕……公爹被壞人帶走了，如果公爹死了怎麼辦？他那麼好……」

去私塾的錢亦錦聽說家裡出事，急忙跑回來，先進屋安慰程月幾句，再去瞧已經被扶回臥房休息的吳氏，又跑去看錢老太。錢老太不太好，臉色鐵青，藥是撬開嘴灌進去的。

錢滿河也被人從鎮上叫回村，來到錢家三房的院子，見唐氏還坐在地上大罵錢三貴兩口子，氣得不得了，大聲吼道：「娘，這個時候，大家應該齊心協力想辦法，妳還胡鬧！」又進屋去看錢老太。

唐氏有些怕兒子，見兒子脹紫了臉，方才住嘴。

第四十五章

晚上，汪氏母女和唐氏母子先回家，說明天來侍疾。林大夫說，現在錢老太不宜挪動，所以暫時讓她住在三房。

本來錢滿河想留下幫忙，但唐氏說自己犯了病，身子不舒服，只得跟她回去。

魏氏把錢老太和吳氏的藥熬好，餵給她們喝後，就來跟錢亦繡商量下一步該怎麼辦？她知道，錢亦繡雖然最小，卻是最有主見的。

錢亦繡想了想，讓她晚上帶著錢曉雨和錢曉風兄弟來左廂房睡，又要他們現在繞著院牆巡視一番，還要拿著柴刀跟棍子，以備不時之需。

接著，她終於把疲憊的程月哄睡了，這才鬆口氣，走出小屋。

她打開門，舉頭望去，今夜無月，連星星都沒幾顆，四周死寂。

錢亦繡突然惶恐起來，偌大的院子，只有幾個婦孺，實在有些不對勁。

一股涼風拂面，讓她的腦袋有了幾分清明，想起那個挨著每扇窗戶看的衙役，頓時緊張，趕緊叫道：「哥哥、哥哥！」

錢亦錦聽見，連忙過去。「妹妹莫怕，華大叔和黃大哥肯定在縣城想辦法，會把爺爺救回來的。」

錢亦繡拉著他，著急地說：「他們肯定能救爺爺，可我害怕的是，今天夜裡壞人會來咱們家搶娘親！」
錢亦錦雖小卻聰慧，一下子便想通，吃驚地問：「妹妹是說，他們用了調虎離山之計，把男人都弄走，再來搶娘？」
錢亦繡點頭。「嗯。怎麼辦？大山和猴哥不在家，奔奔和跳跳又太小，咱們幾個婦孺，根本不是他們的對手。」
錢亦錦說：「那咱們趕緊幫娘收拾收拾，讓她去……」想了想，自家娘親現在是個麻煩，不知道那些暗處的人會怎麼對付他們，也不知該去誰家求助？
錢亦繡嘆氣。「能弄出這麼大陣仗，讓衙役把咱們家的男人全抓去縣城，這樣的人打上娘的主意，就算有哪家願意幫咱們，也幫不了！況且現在天黑，咱們這裡又偏僻，誰知壞人是不是已經在咱們家外面藏著了，出去正好送進狼嘴。」
錢亦錦無計可施又羞憤難當，看到簷下牆角邊豎了一把斧頭，在星光下閃著寒光，遂過去提起斧頭，恨恨道：「要想搶娘親，就先從我屍體上踏過去。」
錢亦繡伸手把斧頭搶下來。「哎呀，現在不是意氣用事的時候。你死了，娘也活不成。咱們得快點想個辦法，讓你和娘都能活下來。」
忽然間，她想到一個主意，靠近錢亦錦耳邊說了幾句。
錢亦錦點頭。「這樣最好。可是，她願意嗎？」
「哎，動之以情，曉之以理吧。」錢亦繡無奈道。

片刻後，魏氏等人回了院子，魏氏和錢曉雨各拿一根扁擔，錢曉風和錢曉雷握著柴刀和鐮刀。

魏氏道：「都巡過了，沒事。」

錢亦繡把目光轉向錢曉雨。黑暗中的小姑娘，看起來依然清秀俏麗，雖然年紀跟錢滿霞一樣大，但高了小半個頭。

當初，她不忍心這個倔強美麗的小姑娘被蹂躪，才出手救人，可現在為了程月，又要把她推進火坑。

雖然這個世道是主子讓奴才死，奴才就得死，但她做這樣的事，總覺得太殘忍。可是，程月和錢曉雨，誰死誰活，這道選擇題，她不用選，結果只有一個。

哪怕殘忍，哪怕自私，她也得這麼做。

錢曉雨看到小兄妹眼巴巴地看著她，欲言又止，便問道：「哥兒和姊兒有事？」

「嗯，我們想跟華嬸子和曉雨姊姊商量一件事。」錢亦錦鼓足勇氣開口。

於是，幾人去東廂說話。小兄妹講出惡徒調虎離山的毒計，並羞慚地提了現在唯一能救程月的法子，如果壞人來，想請錢曉雨冒充程月……

錢亦繡淚光盈盈地說：「曉雨姊姊，我們知道這樣做對妳不公平，但是，我娘親有病，不能嚇著的。為了保護她，我寧可自己死。可是，我這麼小，不能代替她，只有求曉雨姊姊了……

「如果今夜平安無事最好，明天黃大哥就會回來，我們去縣城躲著；如果今夜有事，妳放心，明天一早我們便去縣城求崔掌櫃、張老爺和黃大哥救下妳，若是不行，再去求省城的宋四爺……萬一、萬一妳真的遭遇不測，我們定會照應你們一家……」

說到後面，錢亦繡已經泣不成聲，錢亦錦也哭起來。

魏氏抹著眼淚看看女兒，錢曉雨倒是想得開，視死如歸地說：「我這條命是姊兒和哥兒救下來的，還過了這麼久平靜快樂的日子，即便現在還回去，也占了便宜。

「再說，我本是奴才，主子說怎樣，就必須怎樣，哥兒和姊兒卻有商有量，還如此替我著想……我的父母跟弟弟待在這樣良善的主家，我死也放心了。」

幾人正說著，聽見院門被撞得啪啪作響，接著又是猴哥和大山的叫聲，奔奔、跳跳已經跑去門邊等著。

是猴哥和大山！

小兄妹倆一喜。有牠們在，今晚不用坐以待斃了！

兩人跑去把門打開，大山沒進屋，而是領著奔奔和跳跳去見守在離大門二十幾尺遠的白狼，白狼旁邊還躺著一隻死獾。

錢亦繡看見白狼，激動得快哭了，跑過去道：「白狼，我知道你有情有義，現在我家遭逢大難，想請你幫忙看院子。如果晚上有人幹壞事，求你幫幫我們。」也不管白狼聽不聽得懂，說完後就殷切地看著牠。

大山聽了，用頭拱拱白狼，白狼便率先走進院子，大山叼著死獾跟進來。

錢亦錦把大門關上，鄭重地對牠們說：「猴哥、大山，家裡出大事了。我爺爺被抓進縣城，男人們都不在家，我怕夜裡有惡徒來搶我娘，請你們和我們一起保護我娘，保護這個家……」

有了這幾個將士，錢亦繡、錢亦錦與魏氏等人商量好對策後，錢亦繡趕緊回屋把程月叫醒，讓她去別間房睡。

程月不敢出門，流著眼淚說：「怕、怕，娘怕。外面有壞人，不出去。」

錢亦錦也來勸程月。「娘不怕，外面的壞人都走了，只有自家人。去了別間房，妹妹和小姑姑、奶奶會一直陪著妳……」

小兄妹倆把程月扶出房，進了錢曉雨的房裡。

另一邊，魏氏去正屋，揹起錢老太，錢滿霞攙著吳氏，躲到錢曉風與錢曉雷兄弟的房間。

之後，幾人分頭準備，錢亦繡負責跟動物之家反覆講解這場攻堅保衛戰該怎樣打。

這場仗，他們非贏不可！

子夜，五個早已藏身在花溪村後山腳下樹林中的蒙面人向村西頭快速移動著。

他們來到錢家的院牆下，先爬上牆，觀察四周，其中一人還學青蛙叫了兩聲，也沒看見狗，便翻牆而過。

幾人站定，一個人拿著刀守在院子，準備砍死妄想逃出院子的人。兩個人拿著繩子和麻袋往左廂房走，另外兩人分別向有人住的正房和右廂房走去，把手中的迷煙吹進窗戶裡。

突然，一聲長嘯響起，右廂房那個吹迷煙的人大概第一次幹這事，大吃一驚，竟將迷煙吸進自己嘴裡，軟軟地倒下去。

這個意外幫了錢亦錦他們不少忙。說時遲，那時快，大山已經從簷下草垛裡鑽出來，立起身子撲向另一個正朝窗戶吹迷煙的人身上。

那人回頭，只覺肩膀一陣劇痛，啊的一聲，手中的利斧落地，接著身上又被咬了幾口，疼得他倒在地上和大山肉搏起來。

與此同時，一道紅光閃過，猴哥從樹上跳下來騎在站在院子中間的人的脖子上，用利牙咬掉他的耳朵，痛得那人舉刀往後戳。猴哥一躲，伸出利爪在他手腕上一摳，大刀落地，又亂撓他的臉，咬他的後腦勺，痛得那人倒地慘叫。

同時，發覺左廂房裡沒人的兩個人衝出門，從草垛裡鑽出的錢曉雷麻利地將手中的石灰粉朝他們兜頭潑去，趁那兩人擦眼睛時，錢曉風拿著準備好的木棒打下，魏氏也從廚房裡跑來，拿著燒紅的燒火棍往他們的臉上戳。

來的人少，又事先「犧牲」了一個，而且這幾個人的功夫實在太差，就是幾個地痞，居然沒有白狼的事。牠也從草垛裡鑽出來，蹲坐在房簷下，看哪裡需要牠就衝向哪裡，結果哪裡都不需要牠，便開始仰天長嘯。

待在院子裡的奔奔和跳跳聽見，也鼓著腮幫子使勁叫。

等那幾個人已經被咬得和被打得半死，拿著武器在側門另一邊等著的錢亦錦、錢亦繡、錢滿霞、錢曉雨才跑來，把這些人用繩子結結實實綁了，又把被迷煙迷暈的人臉上的布扯下來。竟然是方斧子！

錢亦繡氣得踢他幾腳。「混帳東西！原來是方家搞的鬼。」

錢亦錦怒道：「讓白狼咬死他，然後甩去山裡！」

錢亦繡搖頭。「那樣太便宜方家了，把他一起弄去縣裡……」

接著，錢亦錦和錢曉風又拿著棒子在他身上使勁打了幾十下，仍沒打醒他。

他們在做這些事時，白狼領著奔奔、跳跳不停長嘯，把村裡的人全叫醒，一群人舉著火把往這個方向趕來。

但所有人不知道的是，其實那五個人後面還有接應的人，他們牽著幾匹馬，準備把人搶到手後就趕緊逃跑。沒想到螳螂捕蟬，黃雀在後，被另一個武功超強的蒙面人幾下打個半死，騎著馬落荒而逃。

若非怕給錢家招禍，蒙面人早把他們全部打死。見村民舉著火把往這邊跑來，錢家應該沒有危險了，他才從村後的山腳下跑回大榕村，隱入一間嶄新的院子裡。

另一邊，錢滿河領著二十幾個壯丁到了錢家，在外面敲門。「錦娃，開門！快看看有沒有狼進院子！」

錢亦錦把門打開，卻把這些人嚇了一大跳，只見院子裡也燃著幾支火把，竟然還有五個人被五花大綁、渾身是血地倒在院子裡。

錢亦錦抱著錢滿河的腰哭道：「滿河叔，今天夜裡方斧子竟然領著這幾個賊人來我家殺人搶東西，幸好有大山和白狼，不然我們都會被他們砍死，嗚嗚……」

錢亦繡和錢滿霞、錢曉雨、錢曉雷也大哭起來，顯然是嚇壞了。再看看賊人旁邊放著的利斧、大刀，眾人也是一陣後怕。

錢滿河氣得上去踢方斧子幾腳，罵道：「混帳東西！」又安慰錢亦錦幾人。「不怕，叔叔帶人把這些賊拖回村裡看守起來，天一亮就請汪里正一起去衙門告狀，治他們一個打家劫舍之罪。」

此時，天邊現出魚肚白，最艱難的一夜終於熬過去。

家裡趕著做好早飯。錢亦錦和錢曉風吃完，趕緊去村裡和汪里正等人會合，去縣衙告狀。

此時，方閻王父子正在汪里正家，想把方斧子和那幾個人要回去。

汪里正為難地說：「如果只有我知道這件事，就賣方大爺一個面子，放了人。可全村的人都知道，還有那麼多人看守斧子他們，若我放人，怎麼交差？這個里正還當不當了？」

方老大聞言，掏出四個五兩重的大銀錠子。「就是幹一輩子里正，汪大哥也掙不了這些錢。」

汪里正很眼饞那幾個銀錠子，但他更惜命，搖頭道：「你們不要為難我，我真的不敢擅自作主。要不，你們去問問苦主，若是苦主不追究，我就放人。」

方家父子當然不會去問錢家人，只得趕去縣裡，去求方二石了。

天大亮後，汪里正帶著村裡的幾十個壯丁，和錢亦錦一起把那幾個受傷的賊人綁緊，丟上牛車，浩浩蕩蕩去了縣城。

汪氏和許氏、小楊氏來三房侍疾，錢亦善也牽著錢亦多跟來。家裡出了大事，今天便沒去上學。

錢老太還是沒清醒，稍微好些的吳氏正守著她。

汪氏等人聽見昨晚三房出事，都嚇了一跳，汪氏還過意不去地說：「昨天我被嚇壞了，身子又不好，不然肯定會留在這裡守著你們。」

不管她是真心還是假意，好歹總有這句話。

吳氏抹淚道：「大嫂留下也無用。昨天夜裡我也在，還不是什麼都做不了。是孩子們商量的法子，領著猴哥、大山和白狼，還有魏氏他們做的。」

不到中午，錢大貴、錢二貴坐著謝虎子的車從村裡招搖過街，直接去了村西頭的錢家三房。

村民們好奇地問：「錢大叔跟錢二叔回來了？」

錢大貴不高興地道：「我們沒犯事，怎麼不能回來？」

「那三貴兄弟呢？」又有人問：「難道只有他一個人犯了事？」

「沒有的事。」兄弟倆生氣道：「我三弟只是身子不太好，還在保和堂請張老爺診治。」

他們直接進了三房的院子，車上還帶著保和堂專醫痰症的大夫來給錢老太治病。

經過大夫施針，錢老太終於醒了，但仍然不能動，也不能說話，渾濁的眼珠轉了轉，又流出淚來。

汪氏趕緊說：「婆婆莫急，三叔無事，還在保和堂裡請張大夫診治。錦娃去縣裡看他，下午就會回來。」

錢老太聽了，這才好些，許氏等人又餵她半碗米粥，服侍她睡下。

錢二貴問小楊氏：「妳婆婆呢？」

小楊氏小聲道：「婆婆身子不好，我來的時候，還在床上養病……」

錢二貴氣壞了。自己老娘病成這樣，就是唐氏亂說話氣出來的，竟然還不過來侍疾?!

於是，他疾步回家，把唐氏從床上拎起來，打了一頓。

唐氏一陣哭爹喊娘，又不停說好話，錢二貴才住手，拖著她去三房侍疾。

下午，汪里正及幫忙押人的壯丁回來，同行的還有趕著牛車的黃鐵與錢華；錢三貴躺在車上，旁邊坐著汪里正和錢亦錦。

到了村裡，錢三貴起身，對汪里正等人拱手道：「大恩不言謝，改天我家會擺酒席，請各位過來喝酒。」

牛車駛到村西口，望著遠處那座大大的院子。錢三貴老淚縱橫，幸好他還是活著回來了，他只離開一夜，卻發生那麼可怕的事，若非孩子們機警，加上白狼、大山、猴哥幫忙，哪怕他能活著回來，這個家也不知變成什麼樣子？

進家門後，錢三貴被扶進東廂的屋子，撲到錢老太身上痛哭道：「兒子不孝，讓娘受苦了……」

外面，錢亦繡聽錢華和黃鐵講了在縣城的經過。

原來，錢三貴等人在去縣城的路上，正好碰見黃鐵和錢滿川趕車回村。黃鐵認識那個領頭的衙役，便請他們關照錢三貴，然後趕緊去找崔掌櫃想辦法。

崔掌櫃聽說後，立刻去找縣太爺，並動用關係查訪那個狀告老兄弟點心鋪的人；高平也找到宋氏糧鋪的人，幫著一起查。

有縣太爺發話，錢三貴雖然進了牢裡，卻有專門的人負責保護，除了擔驚受怕，倒是沒吃什麼虧，飯也有得吃。

捉到那個狀告老兄弟點心鋪放砒霜的地痞後，衙役噼哩啪啦地打他一頓板子，他才說是因手頭缺錢，想訛幾個錢花花。所以，錢家男人就被釋放了。

幾人出來時，因縣城城門已關，加上錢三貴身子不好，遂直接去了保和堂。

錢亦繡氣極。「背後肯定有人想整我們家，怎麼就沒查查？」

錢華低聲道：「查了，指使的是縣尉金大人，但他說是有人舉報，才派衙役抓人。」

黃鐵也小聲說：「這位金大人喜歡捧戲子，又特別喜歡絕色小娘子，據說他家裡的姨娘就有十幾個，還有好多個外室、相好……他有在省城當官的親戚，縣太爺又剛來溪山縣上任，所以……」

錢亦繡聞言，心裡有些了然。相信崔掌櫃和錢三貴等人也猜到幾分，定是金大人聽見方家的話，色慾熏心，才演了這麼一齣戲。但因為他有靠山，加上沒有證據，所以奈何不了他。

「方斧子和那幾個賊人呢？」錢亦繡又問。

錢華道：「已經收押，要等幾天才會知道結果。」

錢亦繡又問黃鐵。「這次崔掌櫃和縣太爺幫了我家大忙，我們定會銘記於心。尤其是縣太爺，他有什麼愛好？我們家該怎樣感謝他？」

黃鐵笑著說：「姊兒不必太介懷。縣太爺承的是崔掌櫃的情，崔掌櫃知道該怎樣做的。」

晚上，錢大貴和錢二貴等人回家歇息。

錢老太不能動，還是暫住三房，說好晚上三家輪流侍疾。今天是大房，許氏留下來陪著她。

錢三貴一家又謝了與自家共患難的錢華一家和黃鐵。此後，主僕間的感情更加緊密。

錢亦繡跟錢三貴商量。「爺爺，咱們不能再容忍方家，得想辦法收拾他們，不然，冷不防就會被他們咬一口，太可怕了。」

錢三貴咬牙切齒地說：「是該收拾他們。爺爺已經想好，這次無論如何也要把方家除掉。這事不需要我們直接出面，他們手上可還有三條人命呢，咱們只需多花些錢，讓那三家去縣衙擊鼓鳴冤，請人幫他們寫好狀紙，再花錢去找幾個推波逐瀾的人，把事情鬧大……這種壞透的人，縣太爺是不會放過他們的。」

眾人商議好，過兩天就讓黃鐵去辦這件事，非除了方家不可。

只是，還沒來得及懲治方閻王，就出了一件震驚溪山縣，乃至冀安省的大案。

兩天後，崔掌櫃派人上門，說案子已經判下來，方斧子因為牙硬，拒不認罪，沒挨過重刑，死了。

第二天中午，錢滿川突然跑來三房的院子，說了一件駭人聽聞的事。

昨天夜裡，方斧子的娘杜氏，竟然把醉酒後的方閻王和方老大殺了，刀是從脖子捅進去的，而且父子倆還被開膛破肚，完全是他們平時殺豬的手法，刀也是殺豬刀。現在衙門裡的衙役、仵作都去了方家大院。

審問杜氏那天，不只大榕村的大多數村民去了縣衙聽審，連花溪村的村民，還有被方閻王害死的幾個婆娘的娘家人都去了，把公堂堵得水洩不通。

眾人幫杜氏求情，歷數方家父子的罪孽。經醫婆檢查，杜氏身上的傷痕層層疊疊，有舊傷，也有新痕，簡直怵目驚心。

而且，杜氏已經瘋癲，不停地說她會殺豬了，還宰了兩頭大肥豬，可以自己掙錢養兒子，可以把兒子帶出那個狼窩……

大家聽了，皆掬一把同情的淚。縣太爺判她無罪，當場釋放。

杜氏被同村的幾個婦人帶回大榕村，送回方家。不久，人們看到她披頭披髮，赤腳抱著一個枕頭到處跑，還邊笑邊說：「斧子、斧子，娘終於把你帶出來了……」

眾人這才明白，為什麼別的女人進方家院子都撐不過幾年就死了，唯獨杜氏，居然在那裡活了十六年。她是因為兒子，才忍辱含恨地活下去，可惜，方斧子也被方閻王父子教成禽獸，可憐了她的一腔愛子之情。

第三天，杜氏失足掉進洪河淹死了。

由於不知道杜氏的娘家在哪裡，大榕村的村民出錢買副薄棺，把她葬了。

杜氏下葬後的夜裡，方家無故起了場大火，把整個院子全燒光。令人稱奇的是，那火只把方家大院燒了，挨著方家的地方連棵樹都沒傷及。聽說，那幾天夜裡，許多村民都能聽見空中響著婦人淒慘的哭聲，而且，方家院子裡還颳起陰風，把灰燼一圈一圈地捲上天際。

於是，大榕村的萬里正請道士來方家院子超渡亡靈，說惡人已經死去，該報的仇也報了，請她安安心心去投胎，那個哭聲才消失。

至此，方家在世上的一切，如同那座被燒掉的院子，灰飛煙滅，甚至連方家那個在縣城當衙役的親戚都不知道去了哪裡，縣衙裡的人也沒再見過他。

錢亦繡聽了心想，她都當了七年的孤魂野鬼，出現怨鬼點燃鬼火也是有可能的。

第四十六章

方家引起的喧鬧平息後，錢家三房依舊過著平靜的小日子。

冬月中旬，荒原上的草已經全部枯黃，許許多多的小石頭裸露出來。

錢三貴的身子依舊不好，卻沒有往年嚴重。他蓋著厚厚的被子倚在枕頭上，被子裡有暖暖的湯婆子，一天喝幾次補湯滋潤著，還能給吳氏和錢華、黃鐵分派事情。

老兄弟點心鋪還在開，點心依然大受歡迎，不過因為那場禍事，三兄弟心裡有了些芥蒂，尤其是錢二貴和錢三貴，兩人遠不如以前親熱。但因為錢滿河幫了三房良多，許多事，錢三貴都忍下來。

錢老太的病好多了，只是半邊身子不太靈活，走路要人扶，反應也比往常慢。已經能說話，只是很慢且含混不清，嘴角還有些歪斜，她沒癱在床上已經是不幸中的萬幸。這得感謝張仲昆，不僅保和堂那位專治痰症的大夫經常來給她施針，連張央都來過兩次。

本來錢三貴想讓老倆口以後跟著三房過，可錢大貴兩口子不同意。錢大貴說怕別人戳他脊梁骨，老人身子不好了就推給三房，他還做不做人？汪氏也賢慧地說，願意繼續照顧老倆口，大房奉養老人是義務。

不過，只有錢大貴說的是真心話，汪氏還是有些私心。她覺得，無論以後三房發達還是四房發達都會孝敬老人，便等於孝敬他們大房。

前兩天，錢老太被接回錢家大院，錢三貴還讓黃鐵在縣裡買個人送去伺候她。

汪氏沒接奴契，說這個奴才還是三房的，三房要負責給月錢和伙食錢。

這一點讓吳氏很不悅。現在那幾房也不缺錢，請人和伙食的錢，應該大家一起出。

錢三貴擺手道：「要是這樣，她們完全可以說不需要請下人，幾家人輪流去大房服侍娘就行。」

吳氏更氣。「唐氏那懶婆娘能把婆婆服侍好？」

錢三貴說：「既然知道她這樣，幹麼還讓我娘受罪？她老人家為兒女辛苦一輩子，尤其是替我和錦娃操碎了心，我希望她能享享咱們的福。」

吳氏聽了，便沒再言語，之後每個月初都會拿二百文月錢給照顧錢老太的下人，還出五十文的伙食錢。錢大貴和汪氏都說不要，但吳氏想著大錢都給了，沒必要為這點小錢讓人說嘴，還是硬塞給他們。

如今，三房一家人都在忙碌，包括每天上山的大山和猴哥，還有偶爾下山一趟的白狼。只有錢亦繡和奔奔、跳跳閒得發慌。

現在一家人都不怕白狼了，每次牠來，都會受到熱烈歡迎，請牠吃肉、喝水。

不過白狼孤傲，除了對牠的媳婦、兒女及猴兒子好，只願意讓錢亦錦兄妹靠近。

村民講著白狼報恩的事，唏噓不已。原來白狼不只記仇，還記恩，遂也不再怕牠。

錢亦繡無所事事，又想起了洞天池。

那群赤烈猴早已離開溪石山，目前她的身子也勉強還行，又有猴哥如虎添翼，不僅能找路、能壯膽，還能幫忙取東西。她還有一個奢望，若白狼能同行，不只更加安全，還能多弄些寶貝回來。可惜，此時已過了去洞天池的最佳季節。

她又想，按直線距離計算，洞天池離這裡並不遠，但位置極隱密，被幾座直立而陡峭的石峰包圍著，如果想去那裡，得翻越山崖，不僅麻煩，還極危險，弄不好就會掉下懸崖摔死。所以，這條路是人就過不去，除非有前世的直升機。

但因為特殊際遇，她當了幾年的鬼，鑽來鑽去，竟探出第二條去洞天池的路。投胎後，怕時日久了忘記，還悄悄用木炭寫在錢滿江留下的舊紙上，拐幾道彎、鑽第幾個洞、正對第幾個石頭是唯一通往前路的牆等等。但用炭條寫的字跡容易模糊，等錢亦錦上了學，她便偷偷拿他的毛筆，重新抄在紙上記下來。

五至六月是吃桃子的季節，那時赤烈猴會待在洞天池；九至十月，蓮藕成熟，赤烈猴也會在那裡吃藕。這兩段時日，不僅她不敢去跟牠們搶食，更不能讓新猴王看見猴哥這個「前朝太子」。

冬月到二月之間也不能去，山裡太冷，她的小身子骨受不了。

所以，去洞天池的最佳季節就是三月初到四月底，以及六月底到八月底，氣候也適宜。還有，來回洞天池得花兩天，她該找什麼理由離開家裡？如果鬧失蹤，會把家人嚇死。

錢亦繡想來想去，還是沒個結果，便去東廂房看程月了。

前些日子，錢亦繡讓人在新修的東廂房內擺了桌子和繡架。他們住的左廂房太暗，怕程月做繡活傷了眼睛，便布置好東廂房，專給程月繡花。

剛進屋，程月就對她招手。「繡兒來看，娘把最喜歡的花畫出來了。」

程月天天在屋裡畫花，之前錢亦繡還看兩眼，後來就沒看了，因為看著實在著急。傻傻的小娘親追求完美，每畫一筆都要推敲半天，怪不得那些科學家、學者都有些與眾不同，太執著的人讓她有些接受不了。

程月那幅「心中最喜歡的花」是畫在接在一起的幾張大紙上，大概長四尺，寬兩尺。共畫了兩幅，大概想繡雙面繡。

當錢亦繡看到那兩幅畫時，第一個反應不是驚豔和讚嘆，而是流出了眼淚。可憐的小娘親，她對小爹爹得有多癡情，對那十幾天的愛得有多刻骨銘心，才能在腦袋不清楚時畫出這樣的圖，寫出這樣的詩句。

她還不知道，她日思夜盼的江哥哥，已於兩年前死在千里之外，早成了一抔黃土。

錢亦繡抱著程月，用臉蹭著她的胸口，反覆念叨著：「娘親，可憐的小娘親……」

程月嚇壞了，慌道：「繡兒怎麼了？不喜歡這張圖嗎？怎麼辦？娘很喜歡呢。」

錢亦繡擦擦眼淚。「繡兒喜歡這兩張圖，喜歡得不得了。圖裡的花好好看，跟娘一樣好看。圖裡的美人雖然只有背影，但也能看出是娘親，對吧？我是太喜歡了，所以才哭的。」

程月這才鬆了口氣，笑起來。「繡兒喜歡就好。」

錢亦繡又道：「娘，這兩幅圖真的好美。不過，這麼複雜的圖，畫出來都不容易，要繡豈不更難？況且，有些地方是繡不出效果的。算了，還是別繡，咱們把它裱起來也一樣。」

孰料，程月固執地說：「不，這是娘最喜歡的花，娘要繡出來，肯定比畫的還好看。若是江哥哥看見了，才知道娘有多想他，早些回家。」

錢亦繡聞言，又抱著程月一會兒，才說：「如果娘一定要繡，那就繡吧。只是每天不要繡久了，太費神，也傷眼睛。」

「嗯，好。」

既然女兒同意她繡了，對於女兒提的其他要求，程月便欣然接受。

晚上，大山和猴哥又沒回來。

錢亦繡念叨著，一狗一猴的心又玩野了，把奔奔和跳跳放進兩個籃子，拎回牠們住的小屋。現在牠們長大些，猴哥的小床已經不能同時睡下兩條狗了。

第二天，錢亦繡拿出兩個銀角子給準備去縣上採買的黃鐵，讓他買來半扇豬肉和幾副小腸及一些調料。

天冷了，她想做香腸，讓姑婆家賺些銀子，自己也能解解饞。

再者，她聽說崔掌櫃要回京送年貨，正尋著稀罕東西。上次承了他那麼大的情，她想做些香腸送他；還有張家，錢老太能大好，他們幫了大忙。

下午，黃鐵便把肉和豬小腸買回家。

吳氏不知錢亦繡要做什麼新吃食，擔心浪費銀子跟肉，又念叨起來。

錢亦繡笑著安撫她，接著把錢滿霞、錢曉雨和錢曉風叫進廚房，如此這般吩咐一遍，然後看著他們弄。做完晾在房簷下，七天以後就能吃。

吳氏看見灌好的香腸，也稀罕起來。「喲，這東西紅紅亮亮，看著就好吃呢。」

她們剛把香腸掛上去，大山和猴哥便進門了。

猴哥全身是泥，紅毛變成黃毛，還是大山揹回來的。

錢亦繡不高興地說：「看這身皮，現在你比奔奔和跳跳更像大山的兒子了。」

猴哥沒理會錢亦繡諷刺牠的話，直接跳進她懷裡。

錢亦繡尖叫一聲。「髒……」後面的話還沒說出來，就噤進了嗓子。猴哥手裡拿的那是什麼東西？有些像黃白色的蘿蔔，還有許多鬚鬚……

她隨即尖叫起來。「啊！猴哥，大山，哈哈哈哈……」

屋裡傳來吳氏的罵聲。「繡兒，大晚上的，別把人嚇著。」

錢亦繡從猴哥手上接過人參，衝進他們臥房，跟床上的錢三貴說：「爺爺快看，這是猴哥和大山拔回來的人參。我在保和堂裡看過，值高價呢！」

錢三貴見了，半天才說：「這猴兒真成精了。」

錢亦繡呵呵笑道：「我把爺爺藥裡的參片給牠聞了聞，告訴牠，只要有東西發出這個味道，就把東西弄回家。」

吳氏吃驚。「猴哥只聞參片就能找著大人參？也太厲害了。」

聽見錢亦繡的笑聲，錢滿霞和錢亦錦都過來了。見猴哥和大山給家裡帶回人參，都極高興。

吳氏笑著說：「我去給猴哥蒸碎肉雞蛋羹，再給大山煮盆蘿蔔豬油飯。」

錢亦繡看到跟進來的大山瞧她的殷切目光，笑道：「大山放心，我答應妳的事肯定會辦，明天就去縣城給奔奔和跳跳打銅項圈。」見猴哥也盯著她，又道：「也給猴哥打個銅項圈，再讓我姑姑和曉雨姊姊給你們一家做身漂亮的新衣裳。」

大山聞言，這才放心地去找兩個孩子親熱。

第二天，吳氏和黃鐵一起去縣城。他們先上保和堂賣人參，還要給奔奔、跳跳和猴哥打銅項圈，再順便買些布和棉花。不僅家裡這麼多人要做冬衣，動物之家也要做小衣裳。

下午，吳氏剛進院子，猴哥就樂陶陶地迎上前。

吳氏笑道：「打銅項圈哪有這麼快，明天才能打好。」

她進了屋，早就盼著她的錢亦繡和錢滿霞也跟著進去。

吳氏從懷裡取出荷包，笑道：「賣了八百兩銀子。張老爺說那是千年老參，只是根鬚斷了些，影響賣相，不然會更值錢。」

存款增至一千一百兩，幾人欣喜若狂。

因為這次掙的錢多，吳氏買布時沒吝嗇，各買了三疋粗布與細布，也給下人做衣裳。

錢亦繡又要求給家裡的人發月錢。錢三貴是個好家長，採納這個建議，說有錢了，就不要過得太節省，以後每人每月給三百文。

程月知道女兒喜歡錢，拿到月錢後，立刻交給女兒保管，錢亦繡喜孜孜地接過來。

隔天，黃鐵從縣城把三個銅項圈帶回來，錢亦繡幫奔奔、跳跳與猴哥戴上，又給牠們穿新衣裳，讓牠們樂了好久。

兩天後，大山特地把白狼帶回家，看牠們的漂亮寶寶。

白狼咬了隻肥兔子來，瞧見漂亮寶貝，牠也高興，很給面子地在家裡住了一天。

一晃過了四天，香腸可以吃了。

錢三貴特地讓黃鐵用車去接錢老太，跟她說吃稀罕東西，錢亦多自然也跟了來。

吃晚飯時，吳氏把錢三貴扶出房，他穿著又厚又長的大棉袍，頭上還戴頂帽子。往年的隆冬，錢三貴已經躺在床上，進氣少、出氣多，可如今卻能來堂屋吃飯。

錢老太則歪嘴靠在椅背上，吳氏把菜裝進飯碗給她。她還是能自己吃，只是吃得比較慢。張仲昆也說，有能做的事就讓她多動動，對身子比較好。

一家人吃著香噴噴的香腸，不住地誇著，說從沒吃過這麼好吃的東西。

一大盤香腸，數錢亦錦吃得最多，大概吞了四分之一。

錢老太見他喜歡吃，極為高興，看著不知謙讓、使勁挾著香腸的錢亦繡和錢亦多，很不舒坦，只剩一小半時，就要阻止她們兩個再吃，但動作慢，吃到剩最後幾片時，大家才看見錢老太在瞪挾香腸的錢亦繡和錢亦多，便停了筷子。

錢老太顫抖著手，先給錢三貴挾兩片，然後又顫巍巍地把盤子拿起來，把剩下的香腸全倒進錢亦錦的碗裡。
錢亦錦看看噘起嘴的兩個妹妹一眼，笑著給她們各挾一片。
錢亦繡有些不高興。這是她弄出來的東西哪，錢老太也太偏心眼。
飯後，錢亦繡說了想讓姑婆家做香腸賺錢的事，趁現在殺豬的人多，多收些豬肉來做。香腸不僅好吃，煮起來簡單，還跟臘肉、醃肉一樣經放，可以賣到省城，甚至京城。京城的生意，可以拜託崔掌櫃，東西好，他肯定也願意賺這個錢。又說香腸做法簡單，人家琢磨琢磨就能弄出來，主要是今年賺個先機，得多做些。
錢三貴和錢老太聽了，十分高興。錢老太更說明天就去縣城，正好她也想女兒和重外孫了，乘機多住些日子。

第二天，天還未大亮，錢家三房就吃完了早飯，忙碌起來。
吳氏只留下幾節香腸送錢香家嚐嚐，其他的全裝進籃子裡，要送給崔掌櫃和張老爺。
錢亦繡穿著錢滿霞和錢曉雨剛給她做的桃紅色細布小薄襖、雪青色粗布小長裙，小包包頭上纏著紅色絲帶，更顯得小臉粉嘟嘟，如雪堆出來一般好看。
錢亦繡打扮得漂亮，最高興的就數錢亦錦。
他喜孜孜地打量妹妹幾眼，然後牽著她的小手到院門口等牛車，還不錯眼地直瞧著她。
「善哥哥還說多多妹妹長得最白嫩，吹牛！多多哪裡有我妹妹白嫩。」
錢亦繡笑起來。連這個也要一爭長短？

錢亦錦有時成熟得像個大人，有時又天真得可愛。朦朧的晨光中，她覺得他又長高長壯不少，五官也更立體分明。錢亦錦逐漸長開的模樣，曾讓錢老太說了幾句。「錦娃倒是跟滿江一樣長得俊，可就是不太像。」

吳氏趕緊笑道：「人都說甥肖舅，錦娃長得像舅舅。」反正，誰也沒見過他舅舅。

錢亦錦穿著棕色細布小棉長袍，站姿如松。除了頭頂中間那根沖天炮，腦袋周圍的頭髮已經齊耳，明年春天滿七歲，就能梳總角。她聽錢三貴和吳氏私下說，七歲時，就該讓錢亦錦獨自住一間房了。

牛車來到院子前，小兄妹倆上車，錢華又拎著兩個裝了香腸的籃子和一個裝了點心的籃子放進去。

錢滿川對錢亦繡說：「多多夜裡著涼，早上起來有些發熱，這次不能去了。」

錢亦繡心想，每次說要去縣城，錢亦多就出事，也真夠倒楣的。

牛車駛到錢家大院，錢老太已經穿著棉長衣，被下人攙扶站在門口等著了。

錢亦錦下車，把錢老太扶上去，囑咐錢老太路上當心，早些回家，然後才去上學。

路過大榕村口時，再也不會看到方家那幾人陰惻惻的目光了。

自從方閻王死後，原來學過殺豬、卻因方家蠻橫而不能開肉鋪的謝虎子終於在村北開鋪子。如今，大榕村的村民便來花溪村買肉了。

第四十七章

牛車駛進縣城，直接去了城北。

這裡是大片的民居，沒有高門大宅，也無窮酸破院，清一色磚牆瓦房的二進四合院，大多是些生意人住的。

開門的是一個二十出頭的少婦，應該是錢香的大兒媳婦，一見錢老太就笑著上前攙扶，又回頭高聲叫道：「婆婆，外婆來了。」

她雖然沒見過錢亦繡，卻已經猜出來，笑道：「妳是繡兒吧？哎喲，長得可真俊。」

錢滿川把送給李家的香腸和點心拿下車，笑著跟張氏和出來迎接的錢香打招呼，隨即告辭。他要去擺點心攤子，黃鐵也要去霧溪茶行和張家送香腸。

李家的院子比錢家大院還大些，種了幾棵樹，上房、東廂、西廂各有四間青磚瓦房。現在許多家都要宰豬，李屠夫領著兩個兒子，一早就出門殺豬收肉，小兒子去私塾，上了歲數的公爹李老頭和一歲多的孫子虎娃還在睡覺。

錢香看見香腸，又聽錢亦繡的說法，很是詫異，趕緊讓兒媳拿去煮。煮好後，吃了幾片，稱讚不絕。

李老頭醒了，請眾人去上房堂屋。老爺子已經六十多歲，長得又高又胖，留著滿臉灰白鬍子。他聽見錢香的話，也吃了香腸，不住點頭，粗著嗓門說：「這比臘肉還香，又好看，做這生意，可比殺豬賣肉賺得多。」又吩咐孫媳婦。「去攤子上把老二叫回來，今兒不賣豬肉了，再讓他去找他爹和老大，把收的豬肉都拿回來。」

錢亦繡暗暗點頭。怪不得人家的日子過得好，老爺子的確有頭腦。

不久，錢香的二兒子李占秋回來，推著裝滿豬肉的獨輪車，一進院子就大著嗓門問：「爺爺，怎麼不讓我賣肉了？」

李老頭吼道：「少囉嗦，快去把你爹和你哥叫回家，有比賣生豬更賺錢的營生，把收的生豬全拿回來。」

李占秋應下，先進屋呵呵笑著喊了錢老太，又對錢亦繡笑笑。

這時，剛會走路的虎娃也顫巍巍地進來。人如其名，虎頭虎腦、結結實實，還戴了頂虎頭帽，穿著虎頭鞋。

錢老太笑著，把他拉進懷裡逗弄。

錢亦繡見狀，就陪著錢香和大表嬸、二表嬸去廚房，教她們扯腸衣、切肉、拌肉，做起香腸了。

中午，李屠夫就領著兩個兒子，趕著裝了三頭豬的驢車回來了。

李屠夫和大兒子李占春、二兒子李占秋簡直是一個模子出來的，只不過他老些，有鬍子，兩個兒子年輕些。他們都像李老頭，個子足有一百八，體重不下一百斤。

只有三子李占冬長得像錢家人，很是俊俏的小少年，今年剛滿十一歲，跟兩個哥哥繼承父親的衣缽不同，他不喜歡當屠夫，喜歡讀書，現在還在上私塾。

他們吃了香腸，都覺得好吃，今年準能靠這個大賺一筆。

李屠夫得知香腸是錢亦繡想出來的吃食，大著嗓門笑道：「等姑爺爺賺了銀子，給繡兒扯塊紅燦燦的綢布做衣裳。」

李老頭罵道：「屁話，這香腸可是能賺不少錢，給塊布怎麼夠？起碼要給繡兒打根亮晶晶的金簪子。」

李屠夫馬上說：「好，聽爹的，再打一對沈甸甸的金耳環。」

錢亦繡又笑起來。李家的男人牛高馬大，說出的話怎麼都這麼可愛，怪不得錢香不顯老，被這幾個男人圍繞著，自是天天心情好。

正說著，黃鐵領著崔掌櫃來了。崔掌櫃吃了黃鐵帶去的香腸，直覺這是能大賺一筆的好生意，便趕過來跟錢亦繡談。

現在他可是李家的貴客，眾人忙請他坐下。

崔掌櫃讓李家趕在十天內多做些香腸，越多越好，下個月初他會去京城送年貨，正好運到京城賣，還道省城的生意會幫忙找宋四爺宋治先談。只要有貨，不愁沒得賣。

他又對錢亦繡說，給他家的香腸，他只留了四根讓家人嚐鮮，準備再帶四節去省城給宋治先，剩下的全送給縣太爺。他明天要去西州府辦事，可以先跟宋治先商量賣香腸的事。

李家大喜，請崔掌櫃在家吃飯喝酒。

眾人商量，香腸簡單好做，若是製作方法被別人弄出去，今年就賺不了大錢，只能找信得過的親戚朋友，多給工錢，讓大家辛苦，多做一些。最先灌出來的香腸讓崔掌櫃帶去京城，其次留給省城，最後才是縣城。

錢亦繡說：「不如在村裡找些親戚朋友，待在大伯家做。你們收了生豬，讓黃大叔拉到大伯家，做好後再送回這裡。」自家現在不缺銀子，就不想掙這個辛苦錢了。

錢老太聽了，立刻讓李占春給錢老頭寫信，請崔掌櫃帶去省城，讓他們快些回家幫忙做香腸，說不定比他們在省城掙得還多些。此刻也不想在女兒家住，急著回去召集大家做香腸。

於是，申時，錢亦繡幾人就帶著幾扇豬肉回了花溪村。

到村裡後，錢亦繡跟錢老太一起去錢家大院，把做香腸的事及商議好的工錢說了。錢大貴十分高興。每人每天十三文，可不是小數目，還不是賣苦力的活兒，連婦人都能做。不僅自家年前能再賺些錢，還能拉著親戚們和女婿家跟著一起賺。

錢老太說：「晚飯後，把老二一家叫過來，咱們商量商量怎麼弄，叫哪些人來弄。」

汪氏和錢滿蝶跟著錢亦繡去廚房學扯腸衣和拌肉，錢亦繡又跟汪氏說：「大奶奶辛苦些，這個活兒，只由妳和蝶姑姑做，以後四奶奶回來也可以做，但千萬別讓二奶奶和別人看到。」

汪氏笑著點頭。「大奶奶知道。唐氏那個人，就是被屎糊了眼的糊塗蟲。」

錢亦繡吃完飯便回家，剩下的事情自有大房和錢老太出面，她也不想操這個心。

現在農閒，她操心的是請人在自家後面挖湖的事。明年春天，她去洞天池把蓮子帶回來後，就可以種藕了。

洞天池的藕是深水藕，既然這樣，不如挖湖，既能種藕養魚，還讓家裡看起來更漂亮。不過這得說服錢三貴，挖湖比挖塘可多花錢了。

錢亦繡想著，進了錢三貴的臥房，商量挖湖的事。

果然，錢三貴不同意挖湖，要的錢多不說，深水藕的種植和收成都麻煩。

錢亦繡找藉口，道錢華最拿手的就是侍弄深水藕，讓一旁的錢華乾笑著，不好戳穿她。

最後，錢三貴架不住孫女的撒嬌，只得同意。

三人又商量，為了不要太招搖，就說這次挖湖栽藕，張家也投了錢，並決定把這件事交給錢華，由他出面去辦。

第二天，錢華就召集人挖塘。

現在是農閒，又是年前，許多人都想多掙些錢好過個富餘年。來問的人很多，還包括綠柳村和大榕村的壯丁，錢華就招了二十五個年輕力壯的後生。

這次因為自家人都忙，又招兩個婦人來幫他們煮飯，其中包括花大娘子。

只是，有個人的到來讓錢亦繡十分不爽。這個人叫萬大中，是大榕村萬里正的姪子，上次就是他託媒婆來說親，想娶錢滿霞。

有人來說親也正常，男未婚，女未嫁，自家不答應也就罷了。關鍵是萬大中德行不好，妄想程月，竟然還敢來求娶錢滿霞。幸好錢三貴兩口子當場回絕，否則她也不會同意。

別人不知道他的醜惡嘴臉，她可知道得太清楚了。

在錢亦繡還是鬼魂時，晚上經常看到這個人出現在她家附近，絕大多數時是跟范二黑子、花癲子和另一個大榕村的地痞一起，一個人也來過。他比那幾個閒漢狡猾，只跟在他們身後，不搭腔、不出聲，聽著那些下流調戲的話，笑得露出大白牙，有時還會出點壞主意。

因為他都躲在別人後面，又不出聲，所以錢家人並不曉得這個人跟范二黑子、花癲子是一丘之貉。

而且，萬大中執著得有些嚇人。大概六、七年前，他就來偷窺她家，那時已是十四、五歲的少年郎，現在都二十一歲，老大不小了，還不成親娶媳婦。

他求娶錢滿霞，目的肯定不單純。錢三貴夫婦沒同意，現在竟敢來她家幹活，以期離程月更近一步，真是太可惡。

錢亦繡越想越覺得可怕。不要方家人死了，又鑽出個大色胚來。

中午時，錢亦繡把從堂屋裡出來的錢華拉到一邊。

「華大叔怎麼把萬大中叫來呢？讓他走吧。」一見錢華不明白地看著她，又說：「那萬大中黑得像塊炭，居然癩蝦蟆想吃天鵝肉，妄想我的小姑姑。把他打發回去，我家不要他來做工。」

她不好提程月，只能拿錢滿霞當藉口。

錢華聞言，為難道：「雖然萬大中只幹了半天活，但身強體壯，做的事明顯比別人都多，況且他沒犯任何錯，用什麼理由攆他走呢？」他不知道萬大中跟主家之間發生這種事，否則就不會答應萬大中來幹活了。

走過來的吳氏聽見，也不贊同。「萬大中是萬里正的姪子，何苦又去得罪人？那些來做工的年輕後生，不只他跟霞兒提過親，難道還能把那幾個人趕走？小娃子真是想一齣是一齣的。」

這個萬大中不是好人！

不過，這句話，錢亦繡無論如何也說不出口。

下午，無所事事的錢亦繡向院子走去。大湖挖在後院偏西的地方，大概有六畝左右。二十幾個後生正在那裡忙得熱火朝天，還大聲說著笑話。

萬大中在東北角用一根木棒撬一塊大石頭，錢亦繡見他周圍沒有別人，便喊道：「萬大中。」

萬大中停下，回頭看著錢亦繡。「喊我？」

「嗯，你過來，我有話說。」錢亦繡道。

萬大中放下木棒，來到錢亦繡面前。大冬天的，他卻只穿了件薄薄的單衣，結實的身材把衣裳撐得鼓起，黑臉上大汗淋漓。

雖然這個人討嫌，長得又黑，錢亦繡也不得不承認，其實他長得挺耐看。或許因為他是獵人的緣故，氣質跟鄉下莊稼漢也有區別。

但人不可貌相，這人的芯子不好。

「有事？」萬大中問。

錢亦繡上下打量他，嘟嘴道：「聽說你家有田有地，還新蓋了瓦房，應該不差我家的這點工錢吧，怎麼還來我家做短工呢？」

萬大中笑道：「這世上誰還嫌錢多呢？我在家無事，冬季也不好打獵，就出來做工，賺點小錢。」

錢亦繡撇撇嘴。「你不用說得那麼好聽，我可不相信這些鬼話。告訴你，你再來我家獻殷勤也沒用，我小姑姑是不會看上你的。你也不瞧瞧自己的模樣，又黑又壯，又不俊俏，還那麼大把歲數了，哪個十二、三歲的小娘子會喜歡？」

錢亦繡說的話不好聽，就是想把他氣走，以後離自家的人遠些。

萬大中對小豆子說出這一串話有些驚訝，笑起來，顯得牙齒更白。也不吱聲，挑挑眉，繼續聽錢亦繡嫌棄他。

錢亦繡繼續語重心長道：「你該正視自己的弱點，眼光不要太高。正所謂鑼鼓配銅鈸，西葫蘆配南瓜，你這塊頭應該找個像花大娘子那樣的，別再費心機往我家跑了，跑也沒有用，我小姑姑的眼光高得很，怎麼會看上你……」

她的話還沒說完，後面就傳來錢滿霞悲憤的聲音。「錢亦繡，我要告訴我娘，妳跟外人胡說八道！羞死人了，嗚嗚嗚……」

錢亦繡吃驚地回過頭，錢滿霞已經哭著往裡面跑。錢華和錢曉雨還愣愣地站在原地，大概也被她的話嚇傻了。

錢亦繡也傻住，氣得狠狠瞪萬大中一眼。

萬大中呵呵笑起來。「原來妳也曉得妳姑姑聽到這些話會生氣啊，那為何還要說？」又嘖嘖幾聲。「都說錢家小娃聰明伶俐，果真如此，不僅嘴皮子溜，知道的還不少。佩服、佩服。」

錢亦繡翻個大白眼，對錢華說：「這個黑大漢不尊重主家，我剛才看到他試圖偷東西，不能讓他繼續在咱家幹活。」說完，就跑回院子，去找錢滿霞了。

錢亦繡來到錢滿霞住的小屋門外，裡面傳來嗚嗚的哭聲。

錢亦繡敲門，喊道：「姑姑，開門，繡兒有話跟妳說。」

「嗚嗚嗚，我再不理妳了。」錢滿霞委屈得不得了，繼續哭著，也不開門。

傷心的哭泣聲讓錢亦繡極不忍心，她這是又欺負小孩子了？

晚飯時，錢滿霞出來，眼睛又紅又腫，小鼻頭也通紅。

她這副樣子把程月嚇壞了，紅著眼圈直問：「小姑怎麼了？有人欺負妳嗎？」

錢亦錦也道，誰惹錢滿霞，他想辦法去給她報仇。

錢三貴吃驚地問：「霞兒，誰惹妳了？」

錢滿霞抽抽鼻子。「沒人惹我，是我自己走路不注意摔著了。」

吳氏嗔她。「瞧妳那點出息，都多大的人，摔個跤還哭成這樣。」

錢三貴道：「女兒一定是摔痛才會哭的。」又對錢滿霞說：「若實在疼，讓人去把林大夫請來給妳瞧瞧。」

錢滿霞搖頭。「已經沒事了。」沒出賣錢亦繡。

錢亦繡被善良的小姑娘感動，便忙碌得很，又幫她舀湯、又幫她挾肉，還幫她捶肩，狗腿得不得了。

第二天，錢亦繡去點心房，向許氏和小楊氏旁敲側擊一番。

據她們說，萬大中的爹是萬里正的親弟弟，十幾歲便出去闖蕩，前幾年才回來，說是在外面沒闖出什麼名堂，還死了婆娘，就帶著兒子落葉歸根，回大榕村安家落戶。

父子倆以打獵維生，由於功夫厲害，抓得不少獵物，日子著實過得不錯。

這兩年，萬大中年紀大了，他爹就買下十幾畝田地，又重蓋瓦房，說要給兒子娶媳婦。

萬大中雖然黑些，但人長得好看，又有本事，家裡還有些錢財，許多小娘子都想嫁給他。無奈他的眼光頗高，想找個白嫩水靈的，所以挑到現在仍未成親。

許氏說：「聽我婆婆說，她娘家的姪女看上萬大中，託人去說合，結果萬大中不願意，還嫌人家姑娘長得黑。」

錢亦繡聽了，又在心裡呸幾聲。真是烏鴉嫌豬黑，自己也不照照鏡子。

不過，萬大中已經沒來錢家幹活，也沒領昨天的工錢，讓她鬆了口氣。

中午，錢亦繡去了村北頭謝虎子家的肉鋪，讓謝虎子明天給自家送一扇豬肉來，準備再灌些香腸留著自家吃，以及送給張家。

如今錢家三房算是謝氏肉鋪最大的客人，加上兩家的關係本來就好，謝虎子笑著應是，又拿了幾根賣不出去的骨頭給錢亦繡。「回去燉蘿蔔吃。」

錢亦繡拎著骨頭離開肉鋪，剛出村口，就見萬大中追上來。

她嚇壞了。這可不是在自己家，四周又沒有人，這小身子可禁不起暴打，便尖叫道：「你別過來！我家的黃鐵比你厲害多了，若我出事，他不會放過你的。」

萬大中無奈。「妳不要害怕，我沒有惡意，只是想問問，妳是不是對我有什麼誤會？」

錢亦繡道：「你的傳言可多了。范二黑子說，他跟你是一夥的，你們不只經常在一起喝酒、打架、鬥牌，還出去調戲小娘子。他阻前，你斷後，他學狗吠，你學貓叫……」

錢亦繡把范二黑子幹的壞事歷數一遍，竟然都有萬大中的參與，還助紂為虐。

萬大中聽得直抽嘴角，直覺有一大半是錢亦繡在信口開河。不過，他的確參與某些事，小娃娃也不盡然都是胡說。

錢亦繡對他的印象糟透了，那她家人對他肯定不會好到哪裡去，那件事有些難辦啊。

萬大中解釋。「我沒有那麼不堪。有些事要眼見為憑，不能聽別人的一面之詞。」

「好。」錢亦繡乖寶寶似的點點頭，又問：「我可以走了嗎？」

見萬大中點頭，她撒開腿，一溜煙地跑了，生怕跑得慢，被他抓回去。

第四十八章

冬月二十八，錢老頭和錢四貴一家回來了。錢亦多跑來報信，讓三房晚上去她家吃飯。

錢三貴有近兩年沒見到父親和錢四貴，激動得不得了，也撐著身體過去。

十幾年了，錢老頭第一次在冬天看見三兒出門，儘管他的臉色微微暗黃，說話也有些氣喘，但已經比之前好得太多，便欣慰道：「聽說你的身子好了，果然如此。」

錢三貴拉著錢老頭大哭一陣，直說：「兒子不孝，讓爹娘擔心。」

吃飯時，錢老頭說，如今錢四貴也能在省城立足，以後他就安心在村裡養老。

錢三貴又表達想接老父老母去三房養老的願望，但錢大貴夫婦依舊堅決不同意。見兩房兒子爭養老倆口，錢老頭頗為滿意，但最後還是決定留在老大家。大房有他的長子、長孫及重長孫，他必須想辦法抬舉這一房。

錢老頭已經看出，老三和老四兩家早晚要發達，希望這兩家能把大房帶起來。至於老二，那就是個捨不得攪家精的窩囊廢、糊塗蛋，只看錢滿河能不能爭氣了。

接著，錢老頭又怪起錢三貴。「滿江小子年紀輕輕就死了，多可憐。你們該早些給他立個塚，讓他魂歸故里，享用後人的香燭紙錢才是啊。」

錢三貴嘆道：「是兒子身體不好，接著一件又一件的事，就耽擱下來。爹說得是，這件事不能再拖，過些日子就辦。」

大家商量著，決定趕在年前給錢滿江立個衣冠塚。

幾人走時，楊氏又把一大包從省城帶回的禮物送給他們，這頓飯也算吃得圓滿。

臘月初，崔掌櫃如願以償運著兩千多斤香腸去京城，還順道帶上錢亦繡送梁錦昭和宋懷瑾的年禮。

錢亦繡想著，因為梁錦昭和宋懷瑾的高看，讓她家的腰桿硬了不少，尤其是被誣下毒的事，最該感謝的人，其實是梁錦昭。若沒有他的交代，崔掌櫃不見得會傾盡全力幫忙，還因為內疚，把黃鐵這樣會功夫又有人脈的幫手送給他們。

這些豪門公子什麼都不缺，最喜歡的就是新奇，她便找出幾個錢三貴身子好時編的精巧籃子，讓錢曉雨縫上綢布點綴，裝了自家做的那幾樣新品點心，還送了幾罈酒釀。

不管他們愛不愛吃，自家也只有這個能力聊表心意。

第二天，弘濟來了，說要跟悲空大師去京城一趟，大概年後才回來，想要些素食點心帶在路上吃。

錢亦繡聽了，便去點心房做了許多素點，足足裝滿幾個大籃子，樂得弘濟眉眼彎彎。

猴哥知道舊主人要遠行，眼淚汪汪地送他回大慈寺，又同牠的救命恩人悲空大師告別後，才回錢家去。

一晃到了臘月二十，錢亦錦放假，來年正月二十才回私塾上課。

下午，來錢家大院取香腸的李占秋說，明天他娘要來錢家大院把帳結了，讓三房的人都去大院吃午飯。

今天是做香腸的最後一天，大家齊心協力，近一個月，做出六千多斤香腸，全賣了出去，甚至連鄰省都有人來買。

錢亦繡猜測，這次錢香家至少淨賺三、四百兩銀子，可是極大進項了。

第二天，吳氏帶著小兄妹倆及躺在牛車上的錢三貴，一家人去了錢家大院。

錢亦繡與錢亦錦先進屋給錢老頭和錢老太行禮。錢老頭對錢亦繡的態度挺好，不像錢老太那樣，滿心滿眼只有錢亦錦。

幾人正說著話，錢香到了，還帶著小兒子李占冬。李占冬果真長得像錢家人，俊俏清瘦、唇紅齒白，對長輩們行完禮、打過招呼，就領著錢亦善和錢亦錦，去錢亦善房裡討論學問。

錢香拉著錢老頭的袖子，抹了一陣眼淚，她也近兩年沒見著老父了。

錢家人熱熱鬧鬧地吃了午飯。

飯桌上，錢老頭決定，明天就給錢滿江訂墓碑、看墓地，再找幾件舊衣物，兩天後下葬哭墳。三房病的病、弱的弱，這事就讓錢滿川和錢滿河兄弟帶著錢亦錦辦。

飯後，錢香去錢老太的臥房，又暗暗使眼色，讓吳氏兩口子也去，錢亦繡便樂滋滋地跟上。

汪氏發現，心裡不太舒坦，被錢滿川勸走了。

房裡，錢香低聲跟老倆口說，這次她家一個月就賺了近兩年的錢，雖然快累死了，但大家都很高興。

接著，她拿出二兩銀子孝敬父母，又送了根金簪子給錢老太，同時，又硬塞二十兩銀子給錢三貴表示感謝，還兌現李家父子的諾言，送錢亦繡一根金簪子、一對金耳環。

吳氏見狀，想把錢亦繡手裡的金簪子和金耳環要過來。「繡兒還小，不能戴這些。奶奶幫妳保管著，以後給妳當嫁妝。」

錢亦繡不給，道：「姑婆給繡兒就是繡兒的了，現在繡兒戴不了，就給能戴的娘親和姑姑。」

錢香聽了直樂。

接下來，幾個人說起為錢滿江立衣冠塚的事。

錢亦繡尋思著，程月固執，始終覺得錢滿江沒死，讓她把衣冠塚當成他的墳，肯定不願意，想先去勸勸，就跟長輩們告辭回家。

到家後，錢亦繡先去錢滿霞屋裡，把金耳環拿出來獻寶。「是姑婆送我的，我還小，用不上，小姑姑拿去戴。」

這麼大的禮，錢滿霞可不敢接，還給她。「繡兒留著長大了再戴。」

錢亦繡豪爽地說：「我長大了，咱們家就更有錢，到時候買翡翠耳環戴，我喜歡翡翠耳環。」又把金耳環推過去。

錢滿霞聞言，這才開心地收下。

接著，錢亦繡回了左廂房。

程月午歇剛醒，錢亦繡把金簪子遞給她。「娘親，這個給您戴。」

程月拿著金簪子瞧，笑著說：「嗯，好看，留著給繡兒當嫁妝。」

現在小娘親越來越精明，把吳氏這套也學來了。

錢亦繡搖頭。「繡兒長大後，會有更好的東西，娘就戴著吧。」停了下，又道：「娘，別人都說爹在打仗時戰死了。」

「沒有，江哥哥沒死。繡兒不要聽別人胡說。」程月難得提高聲音說話。

錢亦繡道：「我跟娘一樣，都覺得爹爹沒死。但別人卻認為爹爹死了，應該入土為安，應該享用家裡人的供奉。如果太爺爺和爺爺想給爹立個衣冠塚什麼的，娘就答應吧，不然，太爺爺該罵娘親了。太爺爺比太奶奶還厲害，不只要罵娘，還要罵爺爺。」

「不。」程月只說了一個字，就把嘴抿得緊緊的，眼淚汪汪，坐在那裡生悶氣。

錢亦繡見狀，把小腦袋放在她的肩上。「娘，有些事情，您不能太任性，也要為別人想一想。比如爺爺和奶奶，在他們無暇顧及自己時，還護著娘，不讓娘受委屈，不許壞人欺負娘，若您在這件事上太任性，會傷他們的心……」

無論錢亦繡怎麼說，程月都沒吭聲，第一次生了女兒的氣。

錢亦錦回來後，也跟著勸程月，可程月依舊不說話，連晚飯都沒出去吃。

錢亦繡和錢亦錦跟錢三貴夫婦說了程月對立衣冠塚的抗拒。

錢三貴嘆道：「我能想到，但這是大事，必須讓滿江入土為安，不能因為兒媳不願意就不去做，好好跟她說說。雖然兒媳的腦子不算很清醒，但還是講道理的。」

吳氏也抹著眼淚說：「我的兒子……我也不想讓他死呀，可他已經死了，總不能讓他一直在外面飄著吧。」

錢亦錦紅了眼圈。「我也知道是這樣，可是我娘有病，認死理。咱們先好好跟她說，若她實在想不通，給爹爹下葬那天，由我領著妹妹去磕頭，行嗎？」

「不行！這麼大的事，不能由著她的性子來。她是我兒子的媳婦，那天必須去。」錢三貴斷然道，由於著急和生氣，又咳嗽起來。

小兄妹倆見錢三貴夫婦也固執，沮喪地回屋，見程月仍愣愣地坐在床上發呆。

錢亦繡走過去，拉著她的手。「剛才聽爺爺說，太爺爺和太奶奶因為娘不願意給爹立衣冠塚，狠狠罵了他們倆。」

錢亦錦接著說：「說不定，太爺爺和太奶奶還會打他們。爺爺的身子本來就不好，若是打壞了，可怎麼辦？」說完把嘴翹起來，難得露出委屈樣。

程月聞言，呆呆地看著他們，杏眼裡又湧上一層水霧，扯了扯嘴角，還是沒說話。

夜裡，程月翻來覆去睡不著，還不時嗚咽兩聲。自從錢亦繡穿越過來，不，應該說，自從程月來到這個家後，第一次因艱難的選擇而無眠了。

小兄妹倆看見，輪番勸慰，可都不能安撫好她。

第二天一早，錢亦錦和錢亦繡頂著黑眼圈，程月頂著桃子眼去了堂屋。

錢三貴夫婦吃驚地看著他們，然後錢三貴嘆道：「我知道兒媳心裡還有念想，只是……哎，如果滿江活著，當然最好，這是我們所有人的心願。但是，別人都說他死了，死在北邊，咱們就要給他立個衣冠塚，讓他魂歸故里，入土為安……」

程月的眼淚流出來，哽咽著問：「公爹，如果月兒不領著錦娃和繡兒去磕頭，爺爺和奶奶就要罵公爹和娘，還要打你們，是嗎？」

錢三貴愣住，看看小兄妹，點點頭。

程月便道：「那月兒就領著錦娃和繡兒去給衣冠塚磕頭。但是，我們並不是給江哥哥磕頭，因為江哥哥根本不在那裡面，他還在某個地方好好地活著。月兒去，是不想讓公爹和娘挨罵、挨打。公爹和娘是好人，都喜歡月兒，對月兒好……」說完，又抽抽搭搭哭起來。

她的話，說得一家人紅了眼圈，也如釋重負。

雖然程月退讓，但心情卻不好起來，癡癡呆呆地不說話，也不繡花，不是站在門口眺望院子前的那一大片荒地，就是坐在床上，看小窗外面的天空。

看見程月這樣，錢亦繡也十分難過。

程月記不得以前的事，所能記得的，大概是進錢家三房以後的點點滴滴。在她心中，錢滿江是她最親的人，一雙兒女是她最愛的人，錢三貴夫婦和錢滿霞是她最在意的人，她捨不得任何一個受傷害。

如今，她卻為保護錢三貴夫婦，違背心中執著多年的念想，被迫承認一直認為還活著、總有一天會回來的錢滿江已經死去，難過極了。

但沒有辦法，這是大事，不光事關全家，還關係程月以後在錢家能否立足，雖然無奈，卻必須妥協。

臘月二十三，程月、錢亦錦和錢亦繡披麻戴孝，跟著錢家人去了大墳包。那裡有一片錢家先人的墳地，起了一個新墳頭，立上石碑。

程月與兒女給新墳頭磕頭燒紙錢，小兄妹嚎啕大哭，訴說對爹爹的思念。一開始，程月沒哭，但看到孩子們難過得厲害，便跟著哭起來。他們身後也哭聲震天，尤其是吳氏，哭得幾近暈厥，被人攙扶著。

錢亦繡哭得極傷心，雖然她跟錢滿江沒有任何交集，雖然只蹲在牆角看他半個多月，但她真的真的非常喜歡俊俏精明的小爹爹。她看到他如何孝順爹娘、愛護妹妹，如何壞壞地引著傻傻的小娘親做那些肉麻又羞人的事情……

他的音容笑貌至今仍歷歷在目，卻已是陰陽兩隔，人鬼殊途。

如果他還活著該多好，這個家的日子會好過些，她不用這麼辛苦，小娘親的病或許也會有轉機。

一大家子悲悲切切，哭了大半天才回家。

回去後，程月就病了，而且病情來勢洶洶，渾身滾燙，不時說著捉蟲蟲、花謝了花開了之類的胡話。

眾人嚇壞，先讓人去請林大夫。林大夫施了針，又開了藥，但程月沒有好轉，身上依然燙得嚇人，滿嘴胡話。林大夫讓他們去保和堂請個大夫來，這個病極凶險，弄不好會沒命的。

錢三貴又趕緊讓黃鐵趕著牛車去保和堂，張央在天黑前到了，給程月診治，折騰大半夜，才退了燒，睡得安穩。

見時辰已晚，張央遂在旁邊的房內住了半宿。第二天，又給程月施針，便要回去。

錢亦錦同張央去縣城幫程月拿藥，也把張府的年禮送去，下午便帶回十服藥及張家送他們的禮。

雖然湯藥不斷，燒也退了，可程月卻是精神不濟，癡癡呆呆，有些像才來錢家時的樣子，直到過年都沒好。頭髮要人梳，衣裳也要人幫忙穿。

前兩天，是錢曉雨或錢滿霞幫她弄，之後就由錢亦繡來做。她像吳氏一樣，一邊給她梳頭穿衣，一邊不厭其煩地教她，還說些寬慰的話。

除夕早上，吳氏和錢滿霞帶著小兄妹去了錢家大院，一大家子要在錢老頭的帶領下，去大墳包給死去的人上墳。

錢老頭見程月沒來，問道：「滿江媳婦呢？」

錢亦錦回答：「我娘的病還沒好。」

錢老頭冷哼。「病還沒好？是走不動，還是躺在床上起不來？我的滿江孫子下葬才七天，闔家團圓之際，她這個做媳婦的卻不去看看他，真是太不像話！架也要把她架去，不然怎麼對得起我那可憐的孫子？」

錢亦錦流著眼淚道：「太爺爺，這次我娘病得好重，是想我爹爹想出病的，若非張小神醫來得及時，我和妹妹連娘親都沒有了……」

錢亦繡聽見，拉著錢亦錦的衣裳哭起來。「我不要娘親死，我要娘親，我要爹爹……」

錢老頭見狀，重重嘆口氣，便沒再往下說了。錢老太有病去不了，又留汪氏幾個妯娌在家做年夜飯，其他人拿著祭品去了大墳包上墳。

回來後，錢滿霞領著小兄妹直接回家，換上喜慶衣裳，拿著送老倆口的孝敬，再和錢三貴一起去錢家大院吃團圓飯。

每年團圓飯必須要去大院同老人一起吃，這是慣例，哪怕去年錢老頭沒回來，他們也要陪錢老太。往年錢三貴病重不能去，程月也不去，今年程月依然不會湊這個熱鬧，好在有錢華一家陪著她。

兄妹倆換好衣裳，錢亦繡對程月說：「娘乖乖在家待著，我和哥哥在大院吃完飯，就回來陪娘親。」

程月把不知看向哪裡的目光收回來，望向錢亦繡和錢亦錦，慢悠悠地說：「嗯，繡兒和錦娃乖，知道娘想你們，離不開你們。不像江哥哥，他都不想月兒，也不想我們的錦娃和繡兒……」說完，大眼睛裡又浮起淚水。

錢亦繡聽了，又不厭其煩地勸慰她。「娘，爹爹也跟我和哥哥一樣想著您，肯定是被什麼事情絆住，才沒趕回來看娘。」

接著，程月又問了一句不下千遍的話。「繡兒說的是真的嗎？」

錢亦繡煞有介事地點頭。「當然是真的。所以，我們不在時，娘要好好吃飯，把身子養好些、養胖些，不然爹爹回來看到娘這麼瘦，會責怪繡兒和哥哥沒照顧好娘親。」

程月聞言，抽抽噎噎地答應，心情總算好些了。

小兄妹見狀，才放心出了小屋，又囑咐魏氏和錢曉雨幾句，才跟著錢三貴與錢滿霞去錢家大院。

第四十九章

幾人坐牛車來到大院。孩子們都在院子裡玩，媳婦們和錢滿蝶正在廚房裡忙碌。

黃鐵把牛車停好，剛要來揹錢三貴，迎出來的錢滿河已經先把錢三貴揹進堂屋，黃鐵就同錢滿霞和錢亦錦兄妹一起抱著禮物進去。

錢老頭與錢老太和錢家男人們坐在裡面，兩張大桌上擺滿了菜。

今年錢家三房的孝敬特別多，甚至超過了錢三貴跑鏢的時候。兩個老人分別得了一套棉衣、一套冬衣、一套春衣，春衣是綢緞做的，以及千層底棉鞋、一罈老糧醇、兩斤橘子，還各有二兩銀子的大紅包。

錢三貴不是顯富，而是想報答父母多年對他及孫子無私的幫助，想讓老人家高興。

果然，老倆口極高興，也覺得非常有面子。

錢老太摸著綢子衣裳，眼睛笑成一條縫，但還是歪嘴道：「這麼好的綢子，該給錦娃做長衫的。我和老頭子老了，穿那麼好也沒用。」

錢三貴笑道：「怎麼沒用？爹娘穿得好，兒子臉上才有光。這是兒子一家孝敬爹娘的，爹娘穿著就是。」

錢亦繡接口道：「太爺爺、太奶奶，這棉襖是我奶奶縫的，小姑姑做鞋，衣裳則是我娘親手裁製，花也是她繡的。」其中當然還有錢曉雨的功勞，不過不用說出來。

老倆口聽了，更加高興，咧著嘴使勁笑。

中午，眾人入席，男人一桌，婦人與孩子們一桌。黃鐵也被叫上桌，一起喝酒。

今年錢家的日子好過了，團圓飯準備得非常豐富，雞鴨魚肉樣樣齊全，加上吳氏和許氏的好手藝，香味飄得老遠。

飯後，三房一家人才回村西頭的家，準備過年。

這個年，是錢家三房過得最熱鬧的一次。

傍晚，黃鐵領著錢亦錦、錢曉風、錢曉雷在門外放爆竹，爆竹聲、笑鬧聲和狗吠聲傳出去，甚至把村裡的孩子引來。

其他人待在堂屋裡，吳氏、魏氏等人包著餃子，程月坐在椅子上發呆，錢三貴也沒回臥房，而是斜靠在年前新買的羅漢床上，笑著看孩子們玩耍。屋裡燃著炭爐子，溫暖如春。

暮靄四合，錢華在院門口、房簷下掛起紅燈籠，屋裡也點上幾盞油燈。

吃飯時，幾個下人一起吃，主人一桌，下人一桌，男人們還喝了酒。桌上是清一色的餃子，卻有多樣口味，有韭菜肉餃、白菜肉餃、蘿蔔肉餃及純肉餃。

中午吃飯時，錢三貴破例喝了一杯，現在還想喝，吳氏去攔，他竟沈下臉。「妳這個婆娘怎麼回事？過年高興，我想喝點酒，妳還要攔著。」

吳氏便紅著臉，不敢說話了。

錢亦繡見狀，過去拉著錢三貴的袖子撒嬌。「張老爺特地囑咐了，爺爺不能喝酒。吃午飯時已經喝過，現在不能再讓您喝。」

孫女來攔，錢三貴便捨不得罵了，求道：「繡兒乖，爺爺高興，就讓爺爺喝一點吧。妳看看，咱們家現在過得多好啊。」

「不行，若爺爺實在太饞，只能用筷子蘸一點舔。」錢亦繡極堅持。

這句話把大家都逗笑，好久沒說話的程月竟然也開口了。「公爹，您就聽聽繡兒的勸吧，您不聽，繡兒會哭的。」

錢三貴見兒媳婦終於願意說話，很高興，呵呵笑道：「好，聽繡兒的，繡兒不讓爺爺喝，爺爺就不喝。」

錢亦繡見程月為幫她而開了金口，又高興、又感動，跑上去抱著她親了兩口。「美美小娘親，您真好。」

程月認真地說：「嗯，娘喜歡繡兒。」

「還有我呢！娘不喜歡錦娃嗎？」錢亦錦急了，跑到她身邊問。

「也喜歡錦娃。」程月趕緊答道，看了其他人一眼，又說：「還有公爹、娘、小姑，還有……江哥哥。」

大家都習慣了程月的直白，也習慣錢亦繡的胡說八道，便哈哈笑起來。

正鬧著，院外響起敲門聲，奔奔、跳跳急不可待地跑出去。

肯定是猴哥和大山回來了，錢亦繡高興地跑出去開門。

結果，不只猴哥和大山，連白狼都來了，還叼隻大野豬。

聽說白狼送上野豬這等大禮，除了錢三貴和程月，眾人都興奮地跑進院子看熱鬧。

錢亦繡見狀，又逗起單純的錢滿霞和乖巧的錢曉雨。「姑姑、曉雨姊姊，妳們看，大山的相公多會討岳父母歡心啊，以後讓妳們的相公學著點，可別被比下去。」

錢滿霞羞得直跺腳，錢曉雨則紅著臉，瞥了黃鐵一眼，黃鐵嘿嘿嘿地傻笑著。

錢亦繡的眼珠一轉，發現內情不單純。古代的姑娘真早熟，若在前世，十二、三歲的女生偷偷談戀愛，是要挨打的。

結果，錢曉雨沒挨打，錢亦繡的小屁股卻挨了兩下。

吳氏氣道：「哎喲，這可怎麼得了，妳又胡說八道了。」

吳氏打完，才四處瞧瞧。好在程月在堂屋裡沒跟出來，不然身子剛好一點，別又氣得犯病。

白狼和大山看到奔奔、跳跳穿著新衣、戴著銅項圈，頭上還紮著紅綾，極喜歡，伸出舌頭舔舔牠們。

接著，幾個小姑娘先給猴哥和大山洗了澡，擦乾毛，又給猴哥穿上新衣、紮上紅綾，才入座繼續吃年夜飯，還特地給大山一家四口擺張小桌子，放了好幾碗純肉餃子。

飯後，黃鐵又領著幾個孩子和動物之家去外面放爆竹玩；錢亦繡、錢滿霞和錢曉雨也跑到院子裡看熱鬧，程月回屋休息。

儘管天已經黑透，但紅紅的大燈籠把院裡院外照得亮堂堂的。

錢三貴聽著外面熱鬧的聲音，看著被燈籠映紅的窗紙，不禁感慨萬千。去年的除夕，村裡越熱鬧，就越顯得他家寂靜無聲，黑夜漫漫，家裡的人也越難過，越難挨。但今年，自家有錢，興旺了，若兒子還活著，該多好……

吳氏也是這麼想的，用袖口擦了擦眼淚。

錢亦繡還想跟著錢亦錦幾個瘋一瘋，但想著程月睡得早，如果沒有她陪著，怕是睡不著，玩了一會兒，便回左廂房去。

程月果真還斜倚在床邊等女兒，見錢亦繡回來，才放心地躺下睡覺。

外面的鬧聲讓錢亦繡久久不能入眠。她想起前世的除夕，那時可不會這麼早睡，不是打麻將，就是看跨年節目……

突然，耳邊傳來程月嚶嚶的哭聲。

錢亦繡轉過身，想安慰她，卻看見程月閉著眼睛。原來她是在夢裡哭，定是又想起小爹爹了吧？

程月呢喃著：「娘，又過年了，您在天上還好嗎……月兒想您，哥哥也想您……娘，娘，我好想您……」

這是程月第一次喊娘，雖然話說得有些含糊，但有幾個關鍵地方還是聽清楚了。

錢亦繡早已不敢向程月追問過去的事情，見她難得說往事，哪怕是夢話，也極感興趣，急忙把耳朵湊向她嘴邊，希望她再多說一些。

可是，除了又喊幾聲娘以外，程月便沒再繼續說下去。

錢亦繡抬頭看看程月，她已是淚流滿面。外面紅燈籠的光透過窗紙照進來，把程月蒼白的臉映得發紅，連淚珠都泛著紅光。

錢亦繡看了，便拿帕子輕輕幫她把眼淚擦掉。

從這幾句話可以斷定，小娘親的娘死了，還有個哥哥。或許正因為是沒有娘的孩子，才遭到如此陷害。

還有，原來小娘親的名字竟然真的叫月兒。

怪不得，當小爹爹叫出月兒時，她的笑容會那麼甜，似乎見到了久別的親人，放下心裡所有的戒備。原來小爹爹無意中喊出了她的閨名。

錢亦繡記得，小爹爹是依據小娘親戴的月牙墜子才幫她取了這個名字，遂翻身坐起來，伸手掏出程月的項鍊，又搓搓墜子，光滑如玉，可以斷定是極好的木質。

之前，她也玩過這墜子，知道肯定是好木頭做的，但她現在有種強烈的感覺，這不只是好木頭，還應該是最上乘的極品。

錢亦繡直直地看著墜子，朦朧中，橙色墜子泛著紅光，那個篆體月字卻如鍍金般閃起金光，再翻過來，另一面白天看不出任何異樣的月牙上似乎有隻金色鳳凰，隨著光線的不同，若隱若現。

錢亦繡驚出一身冷汗。

在古代，平常人家，甚至世家大族，都沒資格佩戴鳳凰項鍊，那麼，程月的身分或許有種可能——她是皇家的人。

大概覺得脖子被繩子勒得不舒服，程月動了動身子。

錢亦繡輕輕把項鍊塞進她的領口，也躺下來。

她被這巨大的發現震驚得睡不著，閉著眼睛聽外面的鬧聲，聽著錢亦錦和猴哥進來睡覺的動靜，直到鼾聲響起。

雖然程月不一定是宮鬥的犧牲品，但也不能完全排除這種可能。能把擁有這種配飾的人整得流落鄉野，成了傻子，可見那個勢力非常強大，程月的處境有多危險。

錢家是農家，當初若沒人幫忙，一個縣尉就能把這家滅了，如果被迫害程月的人發現，只有一個死字。

這麼看來，為了她和小娘親的小命，千萬不能暴露高貴的血統。雖然這樣有些錦衣夜行的感覺，但性命和家人安危才是最重要的。

於是，錢亦繡定了下一步的計畫，要把美美小娘親藏得更深更深，還要悶頭賺大錢，當個大財主什麼的，想辦法抓個靠山，有能力護住她不被惡人欺侮、不被外人發現。

想著想著，直到院子裡的公雞開始鳴叫，錢亦繡才沈沈睡去。

第二天是大年初一，一家人還是早早就起來。

錢亦繡也頂著貓熊眼起床。先穿好自己那套大紅細布新衣，再幫程月換上一套稍微亮麗的淺藕色襖裙。

這套襖裙是程月之前親手做的，交領上還繡了纏枝蓮花。如今穿在她身上卻寬大不少，顯得臉更小、更蒼白。

大概猜出程月真實身分的錢亦繡更加憐惜她，把項鍊塞進她的衣服裡，摟著她的脖子，靠在她耳邊說：「娘記住了，以後千萬不能讓任何人看到您的木頭項鍊，要記得喔。」

程月傻傻地問：「江哥哥和錦娃也不能嗎？」

「爹爹、繡兒，還有哥哥，只有我們幾個人可以。」錢亦繡答道。

程月摸摸胸口，點點頭。「好。」

接著，錢亦繡把猴哥的衣裳穿好，再把奔奔、跳跳的衣裳拿出去，招呼在院子裡瘋著的小傢伙過來，幫牠們打扮整齊。

收拾好，錢亦繡帶著程月與動物之家來到堂屋。

錢三貴已經在裡面等著了，身穿藏藍色大厚長棉袍，領口、袖口還繡了一圈水草紋，稀疏的頭髮用木簪束在頭頂。

錢亦繡誇張地瞪大眼睛道：「呀，我終於明白為什麼姑姑長得這麼好看了，原來是爺爺長得俊俏啊。」

這話把錢三貴逗得哈哈大笑，伸出手在小孫女的臉上捏了捏，心疼道：「妳這個小人兒，家裡的日子這麼好過了，怎麼還沒睡好覺？」

錢滿霞笑道：「小娃家家的，心眼卻多，又愛胡說八道。」

這時，錢亦錦像看到什麼奇事一樣，盯著錢滿霞問：「姑姑的耳朵怎麼這樣亮呢？」

錢滿霞喜孜孜地摸著耳朵上的金耳環。「繡兒送姑姑的，好看嗎？」

她也穿了新衣裳，是跟錢曉雨學著做的桃紅襖裙，衣領和裙邊還繡了折枝梅紋，頭上又戴兩朵緋色絹花。

看著亭亭玉立的清秀小姑娘，錢亦繡頗有種吾家有女初長成的自豪感，由衷誇道：「姑姑真美，不僅耳環好看，衣裳、裙子、臉蛋，統統都漂亮。」

吳氏也穿著一身棕色新衣走出來，還戴了支小銀簪與銀耳環，顯得年輕許多。

錢亦錦和錢亦繡又誇起吳氏，樂得吳氏臉上的笑容更多，還露出褶子來。

這個奶奶才四十出頭，卻老得像近六十歲的婦人。

錢亦繡環視一圈。這屋裡，除了紅光滿面、胖嘟嘟的錢亦錦，好像每個人都不容易，都值得她憐惜。

早飯後，錢亦錦領著錢曉風和錢曉雷去村裡拜年，村民也成群結隊來錢家三房，包括綠柳村和大榕村的人。

怕把來拜年的人嚇著，一大早就把白狼一家和猴哥打發到院外去瘋。

一直窩在小屋裡的錢亦繡待得無聊，便把錢滿霞拉到院子左邊靠側門的空地上踢毽子。

沒想到，萬大中也來了，穿著靛青色細布長袍，樣子頗有幾分英武。

他像沒跟錢亦繡發生過爭執一樣，厚著臉皮走來跟她們打招呼。大概也知道自己的牙齒長得白，嘴咧得大，笑道：「錢姑娘、繡兒。」

錢滿霞就在面前，吳氏在不遠的堂屋裡，錢亦繡可不敢亂說話，只從鼻子裡哼了聲，轉過臉沒理他。

萬大中不以為意地笑笑，目光又轉向錢滿霞。

錢滿霞跟萬大中不熟悉，之前只是見過面，曉得他是獵人，跟萬里正家有親戚關係，連他叫什麼名字都不知道。後來，媒婆來她家說親，才知道他叫萬大中，但爹娘沒同意親事，也就擱開了。沒想到前些日子小姪女竟在他面前胡說八道一大通，讓她丟盡臉面，著實氣了幾天。

現在見萬大中主動過來打招呼，錢滿霞臉紅得像猴哥，小聲招呼了句：「萬大哥。」

萬大中笑著說：「聽說有地主出錢請了縣城的紅雲戲班來鎮上唱戲，初五唱一天，連名角花無心、小玉堂都會來。我們村有好些小娘子都要去看呢。」

錢滿霞聽了，眼睛瞬間發亮，笑道：「真的？太好了！謝謝萬大哥告訴我。」

萬大中笑得更開心。「不謝。」然後轉身去了堂屋。

錢滿霞眨著亮晶晶的眼睛，對旁邊的錢亦繡道：「去年蝶姊姊看過紅雲戲班的戲，說花無心美得不得了，小玉堂則比女人還好看，唱得極好，這回我終於能看到了。不行，我得去大院一趟，約上蝶姊姊，再找幾個人一起去看。」也不理錢亦繡，喜孜孜地跑去村裡。

錢亦繡見狀，鬱悶地直跺腳。

堂屋裡，錢三貴高興地款待客人，不停讓人續茶、拿糖、拿瓜子。

這麼多年了，三房過年都是冷冷清清，除了幾家親戚來個人拜年，沒人來他家。今天，他家來了一撥又一撥的客人，讓他開心不已。

吳氏怕錢三貴累得犯病，讓他去床上歇息，他卻擺手。「我好得很，不累。」強撐半天，吃完午飯後，才回房躺下。

大年初二，錢香回娘家，錢四貴一家和錢滿川一家也陪媳婦回娘家瞧瞧。錢老頭便要三房一家去大院吃飯，人多熱鬧。錢亦繡要在家裡陪程月，就沒有去。

經過多天安慰，程月的心情平靜了些。在女兒的陪伴下，能繡繡花，但發呆的時候還是居多。

初五，吃過早飯後，錢滿霞和錢曉雨穿上漂亮衣裳，打扮得美美的，和幾個約好的姑娘、媳婦一起去鎮上看戲。她們身上有錢，說中午不回來吃飯，要直接在鎮上吃。

錢滿霞長這麼大，還是第一次跟著同年紀的小姑娘們去做喜歡的事，連錢亦繡都替她感到興奮，還提醒她。「今天鎮上肯定熱鬧，小姑姑多帶些錢，遇到喜歡的小東西，就可以買。」

錢滿霞點頭笑道：「姑姑曉得。錦娃和繡兒喜歡吃什麼？姑姑買給你們。」

錢亦繡搖頭。「家裡好吃的東西多，姑姑顧著自己就行了。」又把她拉到一邊，讓她彎下腰，湊近她的耳朵說：「如果那個萬大中跟小姑姑來個偶遇什麼的，妳千萬不要搭理他，他在打小姑姑的壞主意，不是好人。」

錢滿霞聞言，紅了臉，拍錢亦繡的小屁股一下，嗔道：「胡說什麼呀，再胡說，我就告訴我娘去。」

錢亦繡鬱悶地揉揉小屁股。人小吃虧，別人不高興了，都往她的屁股招呼。

斜陽西落時，兩個小姑娘才興高采烈地哼著小曲回來。錢滿霞還是給姪子、姪女各買了一小包冬瓜糖。

錢亦繡很想問問她，有沒有跟什麼人偶遇？但看她這樣高興，還是忍住，沒敢多問。

轉眼便過了大年十五，後院沒挖完的湖又開始動工。

年前錢亦繡就發現，這裡的地挖到四、五尺以下，土質就變了，跟上面的沙土和小碎石不一樣，絕大多數是黑土。她請來三房玩的錢老頭過去瞧，錢老頭說，底下這些土是好土，肥沃得很。

這解決了錢亦繡的另一個難題。她一直想買片小山頭種桃子，六畝地能挖出好多土呢，讓錢華帶人把土倒在西面，以後堆起來種桃樹。

又忙了半個多月，湖挖好了，還在裡面搭建小木橋，院子西邊也因此多座人工小山包。以後再買些地挖更大的湖，擁有好土的小山包就會更大，到時候蓋桃園。

第五十章

二月中旬，大地鋪上一層茸茸的新綠。錢家西邊的小山包上也被綠色覆蓋著，而且比院子前面的荒地還綠得油亮均勻，家裡的雞、牛都放去那裡覓食。

崔掌櫃也從京城回來了，帶去的香腸沒由著他做生意，而是直接被主家衛國公府徵用。衛國公府只留了一小部分自吃，餘下的都被當成年禮送出去。

衛國公高興，給了大奶奶一筆銀子，比賣香腸還賺得多。極有面子的大奶奶更高興，賞了崔掌櫃不少錢。

大少爺梁錦昭聽說這香腸是錢亦繡弄出來的，還知道記恩地送了幾罈酒釀和一些新鮮點心。崔掌櫃回去時，便讓他給錢家帶回禮，還特地準備一套銀製碗筷，讓他定要交到錢亦繡手上。

碗筷極為精緻好看，亮晶晶的，卻讓錢亦繡鬱悶不已。因為這套碗筷不是拿來用的，而是給孩子玩的。

錢亦繡翹著蘭花指，拿起比她拳頭還小的碗盤瞧瞧，再看跟她手指一樣長的小勺和筷子，很是無言。這是錢亦多玩的東西吧，熊孩子在耍她嗎？

崔掌櫃見錢亦繡愣愣地看著眼前的玩具，無奈地呵呵笑著。他不知道大少爺為何如此，幫助錢家的同時，又總忘不了戲弄小女娃。

崔掌櫃把自家少爺和表少爺宋懷瑾的幾包禮物拿出來後，又拿出一包東西，說是自己的心意。又說衛國公已將失蹤將士家屬過的悲慘日子，以及朝廷該為其提供撫卹的事上奏，皇帝也下令要兵部處理，不久就會把撫卹銀子發給他們。

雖然自家現在不缺這點銀子，但那些失去親人的家庭，或許等著這些錢救命。

錢亦繡也釋然了，看看眼前的東西，雖是玩具，卻是貨真價實的銀子，還是京城頂尖銀樓出品，上面鏤了花紋的工藝品，至少值個五、六十兩銀子。

梁錦昭砸這麼多錢想讓她嘔氣，她偏不如他的願。

她抿嘴笑起來，對崔掌櫃說：「代我謝謝你家少爺，這麼多銀子，我很喜歡。」

崔掌櫃哈哈大笑。

錢三貴嗔道：「小孩子慣會胡說。」又對崔掌櫃賠禮。「讓崔老爺看笑話了，小戶人家的孩子，口無遮攔。」

崔掌櫃擺手。「錢兄過謙了，繡兒是個招人喜歡的聰明孩子。」

錢家留崔掌櫃在家吃飯喝酒，才把他送回去。

等崔掌櫃回去後，錢家人把那幾包禮物打開。

宋懷瑾送吃食和四枝羊毫，崔掌櫃的是兩罈鐵鍋頭及兩疋上好綢緞。梁錦昭給的最多，有一堆京城小點心及幾樣筆墨紙硯。

錢三貴讓吳氏把每樣吃食拿些出來，給錢家大院送去。

正月底，錢四貴回了省城，如今大院裡又只剩大房一家。現在多招了五個夥計來做點心，最重要的工序還是由許氏和小楊氏做。小楊氏雖然懷孕，但鄉下婆娘不嬌養，還是要幹活，所以她依然來做點心，不過只負責些輕巧的活兒。

錢滿川和錢滿河分別在溪山縣和二柳鎮租了鋪面。楊氏在過年期間跟魏氏幾人學了做點心的手藝，拿著四十兩銀子，跟錢四貴去省城開分店；錢華帶著魏氏去省城幫他們，等鋪子的生意穩定了，再回來。

過完年，錢亦繡就開始為去洞天池做各種準備，吃的、用的、穿的，都得提前備妥。同時，又絞盡腦汁想著理由，好讓她能出去兩天一夜。

正當她一籌莫展時，三月一日，張府來人送帖子，說三月初五是張老太太的壽辰，邀請錢家去參加壽宴。

錢亦繡大樂，終於找到出門的理由。因為，三月初五正是錢老頭的六十五歲壽辰，家人已經在為壽宴做準備，四個兒子家的生活都好過了，就想大辦。

上個月，錢三貴就提議要讓錢老頭風風光光過壽，還率先出二兩銀子，大房、二房、四房跟錢香又各拿一兩銀子，要把錢老頭的壽宴辦得體面。

拿著張家的帖子，錢三貴為難了。老父的壽辰，他當然不能不去，可張家對自家的幫助太大，說是恩人也不為過。張老太太的壽宴，他這個當家男人不去捧場，總覺得太對不起人家。

錢亦繡暗自笑翻。真是瞌睡來了有枕頭，正好可以趁著兩邊熱鬧，混水摸魚，偷跑出去兩天，便笑道：「爺爺，您去太爺爺的壽宴吧，還是孝道為先嘛。難得給太爺爺大辦壽宴，不僅爺爺要去，哥哥也必須去，他是咱們這房的長子長孫呢，不去容易被人家說嘴。

「至於張老太太的壽宴，我替您和哥哥去。老太太早想讓我多陪陪她，到時我多住幾天，再多講些笑話給她聽，算是幫您和哥哥賠罪。」

錢三貴太清楚孫女的本事，哄人的話張嘴就來，她雖然小，但張老太太最想見的人，其實還是她，由她代替他去張家壽宴，再把張老太太哄開心些倒是也行，便點頭應允了。

說服錢三貴後，錢亦繡就開始想辦法說服程月。

程月的病已經好多了，現在沒事就在東廂房裡繡花，極為用功。

錢亦繡抱著她的胳膊，說了張家對自家的幫助，以及把錢三貴和程月的命救回來的事。爺爺、哥哥這些當家的男人都不能去參加張老太太的壽宴，如果她還不去多陪陪老人家，實在不應該。

程月嘟嘴，沈默不語，無聲地抗議。

晚上，錢三貴和錢亦錦繼續說服程月，想讓她從大局著想。錢亦錦甚至摟著她直撒嬌，說娘親喜歡妹妹多過他。

程月見狀，終於妥協。「繡兒只能在張家住兩天，多一天都不行。」

三月初三，萬事俱備的錢亦繡急得不行，終於盼到出去三天的大山和猴哥，還帶回白狼。

錢亦繡偷偷交代牠們，這幾天都在家待著，不能亂跑，因為三月初五她要進縣城，在那裡住一晚，隔天上午去洞天池。

猴哥長大了些，又長壯不少。因為時常與大山入山，偶爾還跟白狼闖深山，加上赤烈猴本身勇猛好鬥，身手已經非常厲害，把牠帶上，能省好多事，來去找路更加萬無一失。

這次若能把白狼帶上，更是如虎添翼，還能當勞力。原來沒有白狼時，她想帶大山，現在有了更有力氣和嗅覺更靈敏的白狼更好。

錢亦繡怕白狼不一定能弄懂她的意思，拎著猴哥耳朵，跟牠仔細說了，還道，若是完成這次任務，就給猴哥和奔奔、跳跳一家打銀項圈，再做一套新衣裳。

猴哥聽了，又用動物才懂的叫聲與動作跟白狼溝通，白狼點點頭，算是同意了。

三月初四，錢亦繡開始準備要帶走的東西。不只有她的，還有猴哥和白狼的。

院子大了真好，她藏在角落裡搞小動作，根本沒人發現。

她領著白狼與猴哥揹三個包袱，從院子的後門出去。進了溪石山，順著層層疊疊的小岩石攀爬，便攀上一座小石山，站在山尖上，便能看到她家的屋子。

錢亦繡把三個包袱藏進隱密的小石洞裡，又囑咐猴哥和白狼，如果明天下午沒下雨，就在這裡等她。

第二天一早，錢亦繡起床後，又抽空悄悄提醒猴哥幾句，早早吃完飯，打扮妥當，告別家人上了牛車。車上裝著送張老太太的生辰禮，有老兄弟點心鋪出的六盒壽桃及一套繡福字的衣裳。

黃鐵把錢亦繡送進張府後，就趕回去送錢三貴等人幫錢老頭祝壽了。

錢亦繡去張老太太的院子。她來得算早，廳堂裡只有稀稀疏疏的幾個客人。她給張老太太磕了頭，張老太太招手把她叫過去，還跟客人介紹，說她是她的遠房親戚。

長輩們聽了，便給錢亦繡一些小東西當見面禮，如小墜子、小珠串等等。

這次錢亦繡還看見張央的未婚妻黃月娥，是同她的爹娘一起來的。

黃月娥長得的確是花容月貌，身材嬌小，鵝蛋臉、白皮膚，水汪汪的杏眼、小巧的鼻子，一張櫻桃嘴，典型的古裝美人，這樣的外貌同俊秀的張央倒是相配。她娘也是位中年美婦，感覺氣質溫婉內斂。

張老太太特地把錢亦繡介紹給她們。黃夫人笑著，從頭上取下一根翡翠鏤金簪給錢亦繡。

這個禮物有些重了，錢亦繡沒敢接，側頭看張老太太，張老太太便笑道：「黃夫人給妳，妳就接著。」

於是，錢亦繡曲膝福了福，說聲謝謝，才接過簪子。

黃月娥送一塊綾帕當見面禮，還客氣地說：「這是我自己繡的，拿去玩吧。」

綾帕柔軟光滑，上面繡著錦鯉芙蓉，繡工精巧。在程月和錢曉雨的薰陶下，錢亦繡對繡品也有了一定的鑑賞能力。

接著，廳房裡的人越來越多，張家婆媳忙著招呼客人，錢亦繡非常識時務地自己去花園裡玩了。因張老太太喜歡花，花園大，品種多，此時又正值陽春三月，百花齊放，萬紫千紅，一派大好春光。

中午，把客人們都安排好後，張仲昆領著張央來到張老太太的院子。

此時，張老太太正對著光看錢家送她的衣裳，主要是看那些隨著光線明暗，似有水波流動的福字。

錢亦繡暗自高興。送得貴不如送得巧，那麼多金銀玉飾，張老太太好像還是對這件衣裳上了心。

張老太太笑著對張仲昆和宋氏說：「我十幾歲時，有過一件繡水紋針的衣裳，那是我娘在京城祥雲閣買的，我稀罕得什麼似的。」又對錢亦繡說：「妳娘的手真巧，回去幫我謝謝她，說老婆子非常喜歡。」

錢亦繡笑道：「張老爺和張大哥救過我爺爺和我娘好幾次，老太太又宅心仁厚，菩薩心腸，我們全家都希望您的福壽能如那滔滔江水，連綿不絕。」盜用了一段前世的經典電影臺詞，也比喻了似水波流動的福字。

她直白的實話，又逗笑張家一家人。

張老太太笑得瞇起眼。「哎喲喲，我的小乖乖，小嘴可真甜。老婆子承妳的吉言了。」

眾人又說笑一陣，見時辰差不多，便出了院子，入席吃飯。

吃完酒席，錢亦繡便急急地跟張老太太告別。她的說詞是，要趕早回去，給她的太爺爺磕幾個響頭。

張老太太雖捨不得，也不能阻止她盡孝。昨天張家還特意派人給錢家大院送賀禮，本來還想像原來一樣，再送些布料跟吃食，錢亦繡卻笑著拒絕。她家如今好過了，就不好意思再打秋風；再說，因為張老太太的關係，她這個冒牌親戚已經收了好多禮物。

這話逗得張老太太大笑不已，讓錢亦繡以後多來。家裡有個小娃，她開心，又喜慶，說得要成親的張央也紅了臉。

錢亦繡告別張家後，坐他們家的馬車回去。

她跟車夫說著話，童言無忌又逗得車夫不時哈哈大笑，沒多久，一大一小已經混得極熟悉了。

馬車來到大榕村和花溪村的交界，那裡有一片小樹林，此時正好無人，錢亦繡便讓車夫停車。「我有事找大榕村的萬大中，然後自己回家。」

大榕村的人，除了方閻王一家外，她只叫得出萬大中的全名，所以隨口說了。

「這成嗎？要不，先回家再去辦事？」車夫有些不放心，應該把小娃娃交到她家人手裡的。

錢亦繡老練地說：「老伯放心，鄉下孩子野慣了，繡兒經常一個人跑去後山玩。」

車夫聽了，覺得鄉下孩子的確是粗養，何況錢亦繡屬於少見的伶俐孩子，便停了車。

錢亦繡下車後，鑽入那片小樹林，往山腳跑去。她一路上躲躲藏藏，這一帶草木繁盛，順利避過偶爾路過的村民及在地裡做活的人，來到溪景山和溪石山的岔路口。

她拐進路口，直奔溪石山，到了約定地點，猴哥和白狼正蹲坐在一塊大巨石上，已經等得有些不耐煩了。

錢亦繡高興地跑到石頭下，仰頭喊道：「嗨，兩個聰明的乖寶貝，我來了！」

猴哥等了好久，終於等到小主人，激動得跳下來，拉著她又蹦又跳，錢亦繡笑著揉揉牠的後脖子；白狼也跟著跳下來，冷靜孤傲地蹲在一邊，錢亦繡伸手拍拍牠的後背。

錢亦繡把三個包袱拿出來，找出自己的粗布衣褲換上，就坐在一塊石頭上，拿出食物吃起來。她和猴哥的是點心，白狼的是肉團，就著一處清泉吃了，補充些體力。

猴哥覺得光吃點心不過癮，又去蹭了白狼的幾坨肉。

之後，錢亦繡揹上一個包袱，又給猴哥和白狼分別揹一個。白狼身上那個，她還特地加了兩條布當背帶。

於是，一人、一猴、一狼躊躇滿志地向洞天池出發了。

第五十一章

望著一前一後的兩個隊友，錢亦繡頗多感慨。有了牠們，不僅能幫她許多忙，這一路上也不會孤寂了。

如果獨自長久地走在溪石山上，容易恐慌，四周只有除了黑褐色就是紅黃色的大石，得走很久才會看到一抹綠色，還遠在可望不可即的懸崖峭壁上。方圓百里只有自己一個生物，也是可怕的。

越往裡走，越往上爬，天氣就越冷。山裡除了他們的聲音，還有流水聲及風嘯，連鳥叫都聽不到。

爬了近一個時辰，來到一座石峰上，累壞的錢亦繡坐下來休息，再吃點東西補充體力。前面就是一座座連成片的石峰了，那些石峰高聳入雲，陡峭如斧劈般，有些山尖的積雪還沒有融化。

這樣的山，除了赤烈猴能攀爬上去，就只有前世的直升飛機能飛到。裡面還有不少岩洞，不過大部分是死亡之洞，有命進去，沒命出來，因為裡面有些錢亦繡不認識的生物及吸血蝙蝠。還有些洞是死路，或者通往懸崖，甚至有些是洞中洞，進去後根本鑽不出來。

穿岩洞看似沒有爬山辛苦，卻更要小心翼翼，不能走錯一步。

錢亦繡從包裡拿出之前的筆記，又在心裡默記一番。其實這條路她之前飄過上千遍，早已刻在腦中，但還是不放心，又拉著猴哥的手說：「猴哥要記住路，下次或許就只有你來幫姊姊取東西了。」說完又幫牠揉後脖子。

猴哥舒服得直哼哼，還不忘點頭。

休息一會兒，他們繼續前進。

來到大山前，往左拐，越過兩個岩洞口，到第三個洞邊站住。這個山洞有些長，必須點火把。

錢亦繡點燃火把，讓白狼走前頭，她在中間，猴哥押後，往洞中行去。

一進洞裡，一股潮氣和冷氣便撲面而來。地下有泉水，叮叮咚咚的，路也有些滑。之前當鬼魂時，她怕洞裡有吸血蝙蝠或別的生物，連角落都查探過，確定這山洞是安全的，才走這裡。

現在作為人，再次來到這裡，還有厲害的赤烈猴和白狼相伴，她的心卻緊張得快跳出來，生怕有意外。

看來，之前還是想得太順利了。

她一直覺得，自己有了近七年當鬼的經歷，已經練就常人所不能及的韌性、耐性，還有膽量。

當初為求萬無一失，這條路她飄了上千遍，覺得安全，沒有任何問題，卻忽略了人類最難戰勝的情緒——恐懼。她現在是人不是鬼，無法克服這個弱點。

這裡遠離人類，又是深山，再處於伸手不見五指的洞穴，且耳邊還有呼呼像鬼叫一樣的風聲，哪怕之前探得這條路沒有吃人的野獸，她也害怕。還有意外，前六年沒有，不代表之後也沒有。

她還是高估了自己的能力。若是沒有猴哥與白狼相伴，哪怕再多帶幾個人，也不敢繼續往前走。

又走了近兩刻鐘，終於出了洞口。再見天日，錢亦繡竟然有種逃出生天的感覺。

她熄了火把，繼續前進，來到一條陡峭小路，大概爬了三、四百尺，走到一處崖邊。山崖左側有條大概一尺寬的石頭路，路的兩旁，一邊是不見底的深淵，一邊是高聳入雲的山尖。

錢亦繡小心翼翼地走著，生怕出意外。還好她前世喜歡攀岩，今世又刻意練習爬山，還是能走這條險路。

走了不久，便被一堵細長的黑色岩石隔斷去路。

錢亦繡停住，把猴哥身上的包袱取下，從裡面拿出一把小斧頭，開始往石牆的底部砸。石牆底有一圈極薄的石頭，砸幾下就砸穿，一人一猴一狼爬出洞，這段險路總算過去了。

接著，又是穿洞、挖洞，或爬小山、下小山，走走歇歇，天完全暗下來之前，終於趕到洞天池。

洞天池位在一處山谷裡，周圍是高聳入雲的巍峨石峰，清一色的岩石，隔老遠才有一、兩棵青松。

但石峰另一面，卻是另一番景象。

錢亦繡相信，這裡定是哪位神仙修煉過的人間仙境。

鳥語花香，絢麗多姿，長著各種佳木瓊草，鬱鬱蔥蔥，堆青疊綠。蒼翠中夾雜一簇簇鮮花，五顏六色。

谷底是一片粉紅色，桃花爛漫，在晚霞的照耀下，如雲蒸霞蔚般。

錢亦繡的淚水湧上來，多少個夜晚，她徘徊在此，捨不得離開。她往返溪石山與花溪村不下千次，就是為了把路探好，以期成為人後，能再次來到這裡。

她沿著長滿青苔的翠徑向桃林深處走去，來到一座池塘前。

池塘大概有兩畝大，晚霞中，一池綠波輕輕蕩漾，水面上還立著一片片小小的荷葉，隨風搖曳。荷葉上有幾顆水珠，已被霞光染成紅色，如珍珠般在荷葉上滾來滾去。

珍珠！她不顧一切來這裡，可不就是想靠著珍珠賺大錢嗎？她趕緊跑到一塊大石旁邊，蹲下身使勁地摳，真怕近一年不見，淘氣的赤烈猴無意中把寶貝弄到別的地方，到時可就要大海撈針了。

她摳了幾下，摳出一顆大珠子，猴急地拿起來，用衣襟擦了擦，一顆比鴿子蛋還大些的淡紫色珍珠便呈現在眼前。珍珠滾圓，璀璨潤澤，光潔表面下還發著蓮花圖樣的金光，涼涼的，拿著有些沈。

這顆珍珠是五年前被猴哥的父親從水裡撈出來的。老猴王撬開蚌殼，只把肉吃掉，卻把殼和珠子隨手扔在這裡。

當時錢亦繡久久守著這顆珠子，不願離去。池邊有不少被猴子弄出來的珍珠，但這顆珠子無疑是最大、最美的。生出這麼大的珍珠，產珠的老蚌不知活了多少年。

為此，她還特地去省城的銀樓看過。那裡最值錢的南洋金珠，大小、色澤、光度都比這顆差許多，但一顆就能賣五千兩銀子。

錢亦繡呵呵傻笑著，把珠子放進荷包收起來。這顆珠子一賣，什麼都有了。

她抬起頭，卻看見猴哥使勁聳著鼻子，一絲口水從嘴角流出，接著撲通跳進池中游起來。

錢亦繡只曉得猴哥會爬樹，原來還會游泳啊！

她又轉頭瞧瞧，發現白狼有些不耐煩，想著牠肯定餓了，便彎腰取下牠身上的包袱，拿出肉團給牠吃。

一狼一猴都忙著，錢亦繡坐到石頭上，才感覺雙腳痛得厲害。她把鞋襪脫掉，腳底果然起了好幾個大水泡。她之前已經預想到這種情況，從自己的包袱裡拿出一根針挑破水泡，再用乾淨棉布把腳包起來，這才開始吃點心。

點心太乾，她又不願意喝池塘裡的水，因為赤烈猴年年都要在這裡洗澡。不遠處有一條小溪流，白狼正在那裡喝水，只得忍著痛，慢慢走過去。

此時雖然已經入夜，但漫天星光照得整個谷底發亮。

錢亦繡喝完水，又來到池邊，招呼猴哥道：「折騰那麼久，你不餓啊？快上來吃點心。」

猴哥沒理她，一會兒才冒出頭，還不高興地叫幾聲，拍打水面兩下，游到錢亦繡身邊。錢亦繡不知猴哥為何發脾氣，不去惹牠，遞上幾塊點心。

猴哥吃過後，又去白狼那裡蹭了幾坨肉，然後坐在石頭上生悶氣。

洞天池裡不僅有小鳥，還有松鼠，見異客闖入早嚇跑了。等猴哥跳下水，又有幾隻鑽出來，爬到桃樹上看他們。

白狼看到牠們就想吃，可惜不會爬樹，只得衝牠們張嘴長嘯，結果沒見過世面的小松鼠一點都不怕牠。

但猴哥一上來，小松鼠們就害怕了，吱吱叫著，四處逃竄。

猴哥還想抓牠們打牙祭，錢亦繡勸道：「這麼多吃食，夠你吃的了，別再抓牠們。整座溪石山，只有這裡才有松鼠跟小鳥，或許是神仙放在這裡的生靈，咱們要好好愛惜才是。」

猴哥便歇了心思。

小松鼠見猴子不抓牠們了，又跑過來看熱鬧。

這時，錢亦繡才徹底放鬆下來，巨大的疲倦如潮水般湧上。強打起精神走進桃林，從包袱裡拿出兩件小棉襖，一件鋪在樹下、一件穿上，倚著樹，頃刻間就睡著了。

隔天清晨，錢亦繡被一陣鳥啼聲吵醒。

她睜開眼睛，看到滿谷桃花，腿上還坐了隻小松鼠，正瞪著小圓眼睛瞧她，以為在夢中來到了仙境。

再看看倚在另一棵樹下睡覺的猴哥，以及趴在不遠處休息的白狼，她才想起，這是來到了人間仙境——洞天池。

錢亦繡把小松鼠抱起來，笑道：「小松鼠，早安。」

這裡的小松鼠也比外面的長得俊，拖著長長的大尾巴，灰色毛裡還夾了些金黃色的毛。

小松鼠大概覺得錢亦繡不會傷害牠，由她抱著，還呆呆地望著她。

錢亦繡笑起來，用手指點點小松鼠的粉粉小鼻尖。

小松鼠聳了聳鼻子，身體更軟了，乖乖趴在她懷裡。

錢亦繡把小松鼠放在自己的大腿上，從懷裡取出小荷包，裡面裝的都是張家壽宴上收的見面禮。她記得有位夫人送了條別致的小項鍊，紅繩子上串著一枚比指腹還小的小玉墜，正好是隻小松鼠的模樣。

她把這條項鍊找出來，套在小松鼠的脖子上，繞了兩圈繫好。「咱們有緣，這是我送你的見面禮。」然後起身抱著小松鼠走出桃林，來到碧池旁。

此時大概是辰時初，太陽冒出半個臉掛在山巔。朝霞似火，把東方的石山映成玫紅色。那座石山的山崖上，長著一株貌似蛇蔓菊的植物，還有一條看守它的白蛇。不過現在還沒開花，算算時間，五年開一次，要等到兩年之後。

不過，就算現在開花也沒用，她上不去，猴哥也還小。再等兩年，猴哥長大了，到時想辦法把那兩朵花摘下來。

錢亦繡收回目光，把松鼠放在地上，從包袱裡拿出布口袋和荷包。

池塘四周有些被赤烈猴隨手丟掉的蓮子。每年秋季，赤烈猴都要來這裡吃藕，這些蓮藕與她見過的不同，不是白色，也不是淺紅色，而是黃色。

她雖沒吃過，卻看見赤烈猴吃得無比香甜。

赤烈猴喜歡吃這裡的桃子跟蓮藕，不畏高山路遠，每年來兩次，可見這些東西有多美味。只恨鬼魂沒有嗅覺，她光曉得桃子好看多汁、蓮藕金黃清脆，卻不知味道如何？

錢亦繡趴在地上撿蓮子，要挑老的、顏色變黑那種，時不時還能撿到幾顆珍珠。雖然不能與昨天的大珍珠媲美，但品相都不錯，有白色、淡粉色、淡黃色的，有大有小。

她把蓮子裝進布口袋，把珍珠裝進荷包，東找找、西摳摳，轉了洞天池一圈，撿了大半口袋的蓮子，以及滿滿一荷包的珍珠。

接著，錢亦繡招呼白狼去小溪另一頭。那裡有幾棵茶樹，樹下有許多黑色茶籽，她趴在地上，撿了小半口袋，才直起身，從白狼的包袱裡掏出小茶簍，摘起茶葉。現在是三月初，正是採春茶的好時候。

錢亦繡沒喝過這裡的茶，但因當鬼魂時經常去霧溪茶行，見那裡的人在製茶前會先把茶葉分等，遂也學了觀茶。看品相，這裡的茶應是極品，而且，這些茶樹還長在如仙境般美好的地方。這裡空氣新鮮、泉水清冽，沒經過俗世的薰染。

她掐了大半簍茶葉，抬頭看看天色，大概已經巳時初。不能再待下去了，此時離開，差不多能趕在日落前回到家。

錢亦繡疾步來到碧池旁，大聲喊道：「猴哥，別玩了，快上來幫姊姊掰幾根桃枝，咱們該回家了！」

她要把桃枝拿回去，嫁接在自家那棵桃樹上，準備以後把種桃子、蓮藕、茶葉作為主業經營。至於賣珍珠、人參之類的寶貝，只能秘密地發筆橫財，不敢搬到檯面上。

猴哥不聽錢亦繡的招呼，又一頭扎進水裡。

錢亦繡急得直跺腳，等了一會兒，還不見牠上來，正想罵人，卻看見猴哥冒出水面，還高興地大叫，手裡舉著一樣東西。待牠游近，才看清牠拿的竟是一個大蚌殼。

猴哥上岸後，猴急地掰開蚌殼，從裡面扯出一坨肉塞進嘴裡，香噴噴地吃起來，然後再隨手把蚌殼丟在地上。一連串動作如行雲流水般，跟牠的猴王爹一模一樣。

錢亦繡吃驚地看著猴哥，等牠把蚌殼扔在地上後，趕緊跑過去把蚌殼撿起來，撕開殼內那層膜，裡面躺著三顆圓滾滾如桂圓般大小的珍珠，分別是純白色、粉紅色、淡藍色。珠子水潤光澤，色彩豔麗，在旭日照耀下，更是流光溢彩，也隱隱散發著蓮花圖樣的金光。

這幾顆珠子，單論肯定比不上那顆淡紫色大珍珠，但合起來，就與能之抗衡。

天哪，這真是意外的驚喜！錢亦繡仰天長笑，清脆的哈哈聲響徹雲霄，把桃林裡的小鳥們驚得飛起來。

她知道赤烈猴喜歡吃蚌肉，不過絕大多數時，只有猴王才有本事撿到蚌殼，其他的赤烈猴很難找到，偶爾得了，蚌肉也是孝敬給猴王吃。

沒想到年紀小小的猴哥也這麼有本事，撿到蚌殼不說，還撿個這麼大的，遺傳基因真是太強大了。看來，猴哥真有當猴王的潛質，甚至青出於藍。

錢亦繡笑過後，摸著猴哥的頭說：「你父親還是猴王的時候，會領著你娘還有其他赤烈猴來這裡吃桃子跟蓮藕，也會吃蚌肉。」又把那顆紫色大珍珠拿出來。「這顆珠子就是你父親五年前從池裡掏的，沒想到你跟牠一樣有本事。」

對猴哥說娘親，牠或許還有一點點印象，但提起父親，牠就不知道了，遂不理錢亦繡，還在回味蚌肉的鮮美。

錢亦繡瞧猴哥這副饞樣，決定以後多弄些河蚌給牠吃。

接著，錢亦繡讓猴哥上樹掰幾根桃枝下來，她則拿著四顆珍珠反覆欣賞著。

這幾顆珍珠，不只本色極絢麗奪目，裡面都隱隱透著金色蓮花的圖案。打個比方，若產紫色珍珠的蚌是大乾朝最尊貴的皇太后，那產三色珠的蚌就是妖冶的埃及豔后；一個尊貴無比，一個豔麗無雙。

忽然間，她被這個比喻嚇得打了個寒顫。這兩人是天上的雲，自家是地上的草，只有仰望她們的分兒。

這幾顆珠子若出現在市面上，肯定會掀起大風浪，不把錢家扯出來都難。如果他們擁有這些寶貝的事情被傳揚出去，那就活到頭了。

東西太好，奈何自家護不住；想要錢，也得有命去花。

看來，這幾顆珠子不能帶出去了。以後找到出手的機會，再取回去；若沒有，就讓它們永遠待在這神仙地界裡逍遙快活吧。

還有那一荷包的珍珠，現在也不是拿回去的最佳時機，被人曉得了，她和猴哥、白狼都有危險。

這袋珍珠，捨了。

還有桃枝，也暫時放棄。

茶葉……不能捨，這是要跟崔掌櫃合作，靠上強權的最佳契機。憑自家的農戶身分，掙再多錢都護不了，更保不住貌美的程月。

於是，錢亦繡把四顆大珠子裝進一個荷包。又把裝普通珍珠的荷包拿出來，從中挑選幾顆品相稍好的珠子，揣進懷裡——還是得帶些珍珠回去，以防萬一——然後把兩個裝珍珠的荷包放進包袱裡繫好。

她抱著包袱，走到挨著碧池的山邊。那裡的石縫間凹進一個洞，伸手把包袱揉成團塞進去，又找塊大小差不多的石頭堵上，對跟過來的猴哥和白狼說：「記住了，這是咱們藏寶貝的地方。」

錢亦繡又把繩子、一些工具和幾塊打火石、兩件棉襖塞進另一個布口袋，放進另一處巨石下的凹槽裡。這裡地勢較高，下雨也淋不到，又隱秘，以後再來洞天池，就能少帶些東西。

做完這些，錢亦繡回到桃林，把裝了兩枝火把的包袱給白狼揹上；蓮子、茶籽裝進猴哥的包裡，茶葉簍則由她揹著。

她不捨地看了被猴哥掰下的幾根桃枝一眼，又無限眷戀地環視四周一圈，領著一猴一狼踏上歸程。

錢亦繡走出桃林，回頭卻瞧見那隻戴了項鍊的小松鼠還跟在他們身後，看她回過頭，才怯怯站住望著她。

錢亦繡笑著過去抱起牠。「寶貝，我也捨不得你，但我不能帶你出去。外面太凶險，洞天池才是最好的人間仙境，以後我還會來看你的。」

說完，她輕輕把小松鼠放在地上，又親親牠的小鼻子，才揮揮手，帶著猴哥與白狼離開洞天池。

第五十二章

回程，錢亦繡咬著牙，穿了幾個山洞，腳卻疼得厲害，便流著眼淚對白狼說：「白狼，你能不能揹揹我？我實在走不動了。等我休息好，再自己走。」

白狼早被錢亦繡磨得心煩，見她求牠，遂放下架子，讓她騎在牠身上。

接下來，除去上山和下山，只要走平緩些的路，錢亦繡都讓白狼揹著，行進的速度快多了。加上狼和赤烈猴的眼睛在光線極暗時也能見物，穿山洞不用點火把，又省了些工夫。

錢亦繡歸心似箭，怕天黑前趕不回去，家裡人會擔心。

他們來到最長的岩洞，越往裡面走，光線越暗。走至深處，錢亦繡什麼都看不見，只聽到猴哥和白狼的腳步聲及泉水滴落的叮咚聲。

突然，猴哥叫了兩聲，停住腳，白狼也停下來。

錢亦繡的心一緊。沒有比知道身處危險中，卻不知是什麼危險更讓人害怕的了，不覺趴下，抓緊白狼的脖子。

嘶嘶嘶的聲音向他們靠近，猴哥叫著，跟什麼東西打了起來。白狼猛地一跳，把錢亦繡摔在地上，也衝上去搏鬥。

錢亦繡縮成一團，靠在濕潤的洞壁上，什麼也看不見，只能聽到嘶嘶聲和啪啪聲，以及猴和狼的叫聲。

戰。

她緊緊咬著嘴唇，怕自己叫出聲，把那東西吸引過來。

突然，滑滑的東西挨到她身上，瞬間便纏住她，越纏越緊。

錢亦繡嚇得高聲尖叫，猜測那東西應該是條大蛇。蛇尾纏著她，蛇頭和猴哥、白狼大戰。

隨著牠們的搏鬥，她被帶著搖晃起來，覺得快窒息時，蛇終於鬆開尾巴。

不知牠們戰了多少回合，在錢亦繡快被嚇暈過去前，總算分出勝負。

猴哥拉拉她的手，輕叫兩聲，似乎在安慰她別怕，敵人已經被打死了。

錢亦繡這才哭出聲。

白狼來到她身邊，她勉強站起來，摸索著騎上牠的背。

出了洞口，又見天日，真是劫後重生啊！

此時已經夕陽西下，殘陽如血，把遠處的石山映得通紅，也讓她和猴哥、白狼身上的血跡更加刺目。猴哥咧開鮮紅嘴巴，露出沾血的牙齒，衝她笑起來，又伸出舌頭舔毛上的血。

這麼多血，那條蛇得多大呀！錢亦繡又抱著白狼的脖子哭起來。

太可怕了！此刻，她真懷念小娘親溫暖的懷抱，聽她說那些肉麻又實在的表白。

錢亦繡抬起頭，再看猴哥的後面，又嚇得魂飛魄散，原來猴哥竟然抓著蛇的尾巴，把蛇拖了出來。

這是條黑底帶金色花紋的大蟒，有碗口粗，長約五尺，還是雙頭。

錢亦繡尖叫。「你帶著牠幹什麼？還不快扔了！」

猴哥堅定地搖頭，張嘴又咬了口蛇肉；白狼也轉過身，低頭吃起來。見牠們實在愛吃，又看這條蛇已經死了，錢亦繡雖然怕得很，也只得由著猴哥把牠拖回去。

空曠的溪石山上，白狼馱著錢亦繡走在前面，猴哥跟在後頭，手裡還拖著長長的大蛇。他們又穿過兩個岩洞，天已經黑透，滿天星星眨著眼睛，幫錢亦繡照亮了回家的路。唉，變化總比計畫快！她明明算好天黑前能趕到家，明明探查了幾年，這條路沒有野獸的。

當錢亦繡站在那座熟悉的山尖上，激動地看著自家院子時，已淚流滿面。她抹了一把淚，迷離中看見許多火把在她家院子前的荒原上晃動，還有些火把零散地分布在村後及山腳，甚至溪景山上也有火把，還能隱隱聽見有人大聲說話的聲音。

這麼大的陣仗，不會是在找她吧？小屁股瞬間抽痛起來。

錢亦繡讓猴哥把蛇放下，明天再來山上吃。又拿出裝珍珠的荷包，這裡有個隱秘的小石洞，把荷包塞進去藏妥，如果以後家裡缺錢，好過來取。

他們繼續前行，出了溪石山，又往大墳包走了一段路，打算再向東走一段，才朝回家的路走。這麼做，是為了迷惑那些找她的人。

錢亦繡領著一猴一狼剛離開大墳包不久，就碰到正領著一群人出了溪景山，準備進大墳包找人的錢滿川。

這群人吃驚地看著從大墳包過來的一人一猴一狼。錢亦繡騎在白狼身上，狼的眼睛綠得嚇人。

眾人見狀，拎著刀棒要打狼。白狼長嘯一聲，準備還擊。

錢亦繡馬上喊道：「不要打白狼，是牠救了繡兒！」從白狼身上爬下，朝錢滿川走去。

錢滿川丟掉手中的斧頭，跑過去把錢亦繡抱起來，激動地說：「天哪，真的是繡兒！繡兒，妳跑哪兒去了，妳要把家裡的人急死呀！妳是不是受傷了？傷到哪裡？」

錢亦繡在山尖上看到這麼多人的時候，就想好了藉口，哽咽答道：「離開張家後，我想再跟猴哥進山挖些值錢的好花，結果沒找著花，還尋不到回來的路。後來白狼找到我們，又幫忙打跑野豬和蛇，帶我們回來。我沒受傷，身上是野豬和蛇的血。」說完就咧嘴大哭，顯然是嚇壞了。

聽見錢亦繡的話，錢滿川氣壞了，怒吼道：「妳這孩子真是淘氣，怎麼能隨便往深山裡跑呢？知不知道家裡人都快急死了！」真想狠狠地打她屁股，但想到她不是自己的女兒錢亦多，只有忍了。

接著，大家開始七嘴八舌。

「不是說萬大中氣這孩子罵過他，懷恨在心，把孩子掐死扔進後山嗎？」

「原來是這孩子自己跑進山裡，不是被萬大中殺掉。那是誰造的謠？」

「哎喲，若這孩子在山裡出事，大中兄弟可就成冤魂了。」

「可憐的萬大中，被吳氏母女打得鼻青臉腫，也不敢還手。」

「可不是，聽說萬大中已經跑到後山找人，還有人說他是畏罪潛逃。」

錢亦繡心虛不已。看來大家都相信她跟車夫編的話。

又有人問錢亦繡。「妳和猴子揹了兩個包袱，是找到好花嗎？」

錢亦繡搖頭。「沒有，連一株好看的花都沒看到，包裡裝的是茶籽。」

溪山縣盛產茶葉，雖然溪頂山最適合種茶，但緊挨溪頂山的溪景山上也有不少野茶。所以，她想好了，只能對外人說撿了茶籽，不能說出蓮子。

錢滿川嗔道：「妳這孩子真是想一齣是一齣。山上到處都有野茶，還用得著妳自己栽？」

聽了錢亦繡的話，眾人紛紛搖頭，尋思著，都說這孩子聰明，聰明在哪兒?簡直傻得像她娘。還膽子肥，像錢三貴。

錢滿川對一個年輕人道：「兄弟，麻煩你快去山上跟滿河、黃鐵他們說，不用再找，繡兒回來了。」又對一個三十多歲的男人道：「謝謝大哥，也勞你回去跟大榕村的人說一聲。若遇到萬兄弟，替我們賠個不是。改天我三叔請客，謝謝大家幫忙。」

錢亦繡見白狼站在那裡，沒跟著他們繼續往前走，肯定是不喜這麼多人，就對牠說：「白狼先回山裡吧，等過兩天家裡平靜了，再來玩。」

白狼聽了，長嘯一聲，瞬間消失在茫茫夜色中。

眾人出了岔路口，錢滿川便敞著嗓門，喊那些在山腳下找屍首的人。「孩子找到了！不用再找了！」

然後是一個傳一個的聲音，居然還有人問：「孩子是活的還是死的？」

「活的！」

於是，有些人罵罵咧咧直接回村，幾個跟錢家關係好些的人，跟錢滿川一起去了錢家三房。

他們還沒來到院門口，聽到消息的錢亦錦、吳氏、錢滿霞就奔出門，眼睛像桃子一樣紅，披頭散髮，撲上來抱走錢亦繡，又開始哭，力氣大得差點撞倒錢滿川。

「嗚嗚……死孩子，妳跑哪兒去了？若妳有個三長兩短，讓奶奶怎麼活………」

「嗚嗚……妹妹，妳出門怎麼不把哥哥帶上，好保護妳啊……」

「嗚嗚……繡兒，妳終於回來，姑姑想死妳了……」

錢亦繡也忍不住跟著哭起來。

回到屋裡，錢老頭、錢大貴、錢二貴等人都迎了上來。

聽說錢亦繡跟著猴哥進深山找花，花沒找著，卻尋不到回家的路，還是白狼把她馱回來的，這些人就七嘴八舌議論開了，說錢三貴兩口子太寵孫子，該好好教訓教訓這不知天高地厚的小娃。

錢亦繡低頭聽這些人慫恿錢三貴跟吳氏打她，敢怒不敢言，知道這頓打是逃不掉了。

此時夜已深，眾人罵完，便回家歇息，明天還要幹活。

錢老頭送眾人出門，又代表錢三貴發話，說等兒子的身體好了，就請客答謝大家。

住。

院子裡歸於平靜，錢亦繡才驚覺錢三貴和程月沒出來看她，定是身子不好了。

她剛想去廂房看看小娘親，卻見吳氏突然變臉，不覺撒開腿就跑，跑沒兩步便被吳氏抓住。

吳氏蹲下，把錢亦繡背上的包袱扯掉，將她面朝下地押在自己腿上，在她小屁股上連掐帶打。

錢亦繡不怕打，但是怕掐，屁股上的劇痛讓她尖叫著哭起來，那些剛離開錢家三房的人聽見了，紛紛解氣地說：「打得好！該打！」

吳氏嚇壞了，也氣壞了，不理過來拉她的錢滿霞和錢亦錦，下死手地掐著錢亦繡。猴哥不依，想衝上來打吳氏，錢亦錦趕緊攔住牠。「她是妹妹的奶奶，若你打她，妹妹不會再理你，我家也不要你了。」

錢亦繡的確跟猴哥說過這話，於是猴哥再不敢過去，抹著眼淚看小主人挨打。

錢亦繡的叫聲如一劑良藥，把哭昏過去的程月和氣暈的錢三貴吵醒了。

程月在錢曉雨的攙扶下跑出來，哭喊著：「繡兒，娘的繡兒……」見女兒被婆婆死命地打，哭得更慘，撲上去抱著錢亦繡。「求娘別打繡兒。娘要打，就打月兒……」

剛才錢滿霞和錢亦錦是求吳氏停手，並不敢衝撞吳氏。但程月不是，她護女心切，沒有輕重，抱女兒的同時，竟把吳氏撞得坐在地上。

幾個人正在撕扯哭喊，被張央扶出來的錢三貴喝道：「都給我住手！」

吳氏聽了，抬起老淚縱橫的臉看錢三貴。「這娃子被咱們寵壞了，再不管管，可怎麼得了！」說話間，鬆了手。

程月把痛哭不已的錢亦繡拉起來，抱著她泣道：「繡兒，可憐的繡兒……」

錢亦錦也跑過去，抱著妹妹一起哭。

錢三貴對吳氏說：「要管，但不是現在。」

他走過來，牽起錢亦繡的手。「回來就好，走，進屋裡去歇歇。」

程月見狀，連忙牽著女兒的另一隻手。

錢亦繡被他們牽去堂屋，雖然屁股和腳底火辣辣的痛，但心頭滿滿的都是愛。

進屋前，她還沒忘記讓錢亦錦把兩個包袱拿進屋，說裡面裝了她撿的茶籽。

來替錢三貴跟程月診治的張央見錢三貴好些了，失蹤的錢亦繡也平安回來，想著一家人肯定要說說話，便悄然去給他準備的小屋歇息。

黃鐵、錢曉雷見狀，也回了房，魏氏則與錢曉雨去廚房燒水給猴哥洗澡。

堂屋裡，錢三貴坐在羅漢床上，把錢亦繡拉到面前，幫她擦眼淚。「回來就好，記著以後不能再亂跑了。看到沒有，若妳有個萬一，家裡會死幾條命。」

錢亦繡再也忍不住，爬進錢三貴懷裡，痛哭流涕，將一路的勞累、驚嚇、痛楚都發洩出來，一家人也跟著哭。

錢亦繡哭夠了，才覺得腳和屁股鑽心的痛，尤其是腳，痛得她身子都有些哆嗦，遂泣道：「爺爺，我的腳好疼……」

錢三貴聽了，趕緊讓她坐到羅漢床上。可錢亦繡剛坐下，又喊屁股痛，他便使足了勁抱起她，放在自己腿上，腿稍微分開，讓她的小屁股懸空，這才好了。

吳氏脫去她的鞋襪，看到血肉模糊的腳底，不停地說：「造孽啊，真是造孽！」

程月見狀，哭得更厲害，邊哭還捶著胸口。「天哪，怎麼會這樣？我的繡兒好可憐，我的心好痛，痛死了……」

吳氏和錢滿霞決定先替錢亦繡把傷口洗乾淨，便把她抱進廚房。

大木盆裡放了小凳子，錢亦繡被脫光衣裳，趴在凳子上。

吳氏和錢滿霞一看，又哭出聲。錢亦繡的雙腳血肉模糊，小屁股上青青紫紫。

吳氏後悔自己下手太重，只敢給她洗身子，沒敢洗腳。給她穿上衣裳後，由錢滿霞把她抱進堂屋，依舊放在錢三貴腿上。

張央已經被錢亦錦請來，用溫鹽水把錢亦繡的小腳丫洗淨，搽些帶來的藥膏。但小神醫的動作再輕，也疼得錢亦繡直流淚。

這時，天已微亮，錢三貴讓眾人回屋歇息，一切等睡醒再說。

錢亦繡被程月抱回小屋前，還囑咐吳氏，把那兩個裝茶籽的包袱放好，她有用。

程月和小兄妹回屋後，猴哥已經躺在籃子裡睡著了。

錢亦繡躺在溫暖的床上，窩在小娘親溫暖的懷裡，在她低低的啜泣和絮叨聲中，也安穩地睡了。

錢亦繡一覺睡到自然醒，睜開眼，見程月正坐在床邊，溫柔地看著她和小哥哥。錢亦錦也在睡，昨天一鬧，家裡人覺得他睡得晚，所以沒叫他早起去上學。

錢亦繡拉著程月的手說：「娘，又看到您了，真好。」

程月也道：「嗯，繡兒回來，娘高興。娘喜歡繡兒，離不開繡兒。」

「繡兒也喜歡美美的小娘親，離不開娘親……」

錢亦錦睜開眼，看看兩雙放在自己肚子上、握在一起的手，酸酸地說：「還有我呢。怎麼又把我忘了？」

程月趕緊說：「娘也喜歡錦娃，離不開錦娃。」

錢亦錦斜瞅著錢亦繡，等她表態。

錢亦繡呵呵一笑，湊過去狠狠親了下他的小俊臉。「夠了吧？」

錢亦錦像得了大便宜似的，這才笑咪咪地坐起身。

錢滿霞和錢曉雨一直在門外等錢亦繡醒來，聽見她說話，便走進去。「已經巳時，該起床了。」

錢亦繡又問猴哥去哪兒？還有大山一家，怎麼不見每天都要在她面前撒嬌玩鬧的奔奔和跳跳呢？從昨天就沒瞧見狗影子，真讓她不習慣。

錢滿霞聞言，又翹起嘴巴，用食指點了點她的小腦袋。「昨天大山一家被打發到山裡找妳，現在還沒回來。猴哥一大早就出去了。」

錢亦繡聽了，又內疚地低下頭。

洗漱好，錢滿霞抱著錢亦繡去堂屋吃飯。

走出屋門時，錢亦繡又問道：「小張大夫呢？我得跟他說說，千萬別怪車夫。」

錢滿霞說：「天一亮，小張大夫就被黃鐵送回縣城，趕回去跟張老爺報信，怕張老爺再帶人過來幫忙。」又瞪她一眼。「都是妳這個惹禍精，折騰了多少人。聽小張大夫說，那車夫已經被關起來，如果妳出事，他怕是活不成。」

錢亦繡聞言，又低下頭。這次無意中竟害到那麼多人，更是內疚了。

第五十三章

吃完飯，錢亦繡便把跟著猴哥進深山找好花的藉口說了。

結果，錢三貴和吳氏氣得不得了，吳氏又點著錢亦繡的小腦袋罵起來。

程月難過極了，含著眼淚在一旁為女兒開脫。「不是繡兒的錯。繡兒那麼小，什麼都不懂，娘不要罵她……」

錢亦繡看出來，錢三貴和吳氏想教訓教訓她，偏偏程月還在這裡護短。這件事，她做得欠考慮，的確該讓大家長教訓一頓出出氣，便勸程月回房刺繡，她急著看「娘心中最美麗的花」。

程月聞言，這才不情願地嘟嘴走出堂屋。

錢三貴銜著嘴不停歇的吳氏擺擺手，示意她別再罵了，然後沈著臉強調，她的安全比什麼都重要，若錢亦繡出事，這個家就完了。又說家人跟親戚有多麼著急，兩個村出動多少人去找，現在正是農忙季節，耽誤人家多少工夫。尤其是萬大中，要是他在山裡發生危險，該怎麼辦等等。

「……以後再也不能這麼做了，哪怕山裡真有值錢的好花，妳也不能冒險進山。在爺爺眼裡，繡兒比所有東西都值錢、都貴重。」

錢亦繡聽了，感動得眼淚汪汪，誠懇而鄭重地道歉，又把頭埋進他懷裡，哽咽著說：

「爺爺，繡兒知錯，再也不敢了……」

錢三貴聽了，嘆口氣，摟著軟軟的小孫女，再說不出一句責備的話來。

吳氏本來還想教訓教訓錢亦繡，但看到爺孫倆這樣，只得忍了氣。

接著，吳氏和錢滿霞講起發現錢亦繡失蹤的經過。

昨天，吳氏因程月想女兒而坐立不安，下午便讓黃鐵去張家接人。

黃鐵到了張家才知道，前天錢亦繡就離開張家，回了花溪村。

張仲昆聽說家裡的車夫沒把孩子交到大人手上，而是讓她半路下車，現在孩子不見，也嚇壞了。知道錢三貴和程月有病，怕他們出事，趕緊讓張央跟著黃鐵先來錢家。又見天色已晚，城門快關了，便說明天多找些人來村裡幫著一起找。

幸好張央及時趕到，錢三貴和程月聽說錢亦繡失蹤，嚇得倒在床上起不來。尤其是程月，痛哭不已，一會兒迷糊，一會兒清醒。

吳氏、錢滿霞、錢亦錦、黃鐵跑去大榕村找萬大中，結果萬大中根本不承認錢亦繡去找過他。

幾人一聽，更害怕了，錢亦錦趕緊回村與大房跟二房商量找人；黃鐵則看著萬大中，不讓他逃跑。

吳氏和錢滿霞又急又怕，覺得因為錢亦繡罵過萬大中，所以他懷恨在心，害了錢亦繡，遂邊哭邊打萬大中，無論萬大中怎麼解釋，她們都不信。

錢滿川和錢滿河聽說錢亦繡失蹤也嚇壞了，趕緊帶人到處找，又叫幾個人去綁萬大中，準備第二天把他送去縣衙。

萬大中是獵人，雖沒對吳氏母女還手，但對這些人毫不客氣，一頓暴打，連黃鐵都不是他的對手；接著甩開抓他的人跑出去，說是去山裡幫忙找人。

說到萬大中，錢滿霞癟起小嘴，哭著說：「娘，我們兩個打了他，還把他的臉和脖子抓花，鼻子也流了血……嗚嗚，怎麼辦呀……」

吳氏也緊張了，閨女的條件剛剛好起來，可別因為這事尋不到好親事，又氣得用食指使勁戳錢亦繡的小腦袋。

錢三貴直嘆氣，嗔著錢亦繡。「這下怎麼辦？咱們冤枉好人，還打人家。如果萬大中在山裡遇到危險，咱們如何過意得去……」

錢亦繡心虛地聽著他們說話，看到錢滿霞傷心的樣子，更是不好意思，遂安慰道：「那萬大中是有真本事的獵人，不會出事的。」又拉著錢滿霞說：「姑姑別哭了，等我見到萬大中，幫姑姑給他賠不是，一切都是我的錯……」

可錢滿霞羞憤難當，越想越傷心，便跑進自己的小屋，趴在床上繼續哭。

錢亦繡無奈，只好先讓吳氏把她歷經千辛萬苦的包袱拿出來。她還有正事要做，只能晚些再去安慰小姑娘了。

吳氏抱著兩個包袱，走回堂屋，放在羅漢床上。

錢亦繡指著包袱說，猴哥把她領到深山裡的山谷，那裡有個水塘，塘邊有些蓮子。不知為何，猴哥特別喜歡吃那些蓮子，不停地吃，叫都叫不走。她想著自家的猴哥不一般，既然牠這麼喜歡吃，肯定是好東西，又想到家裡有挖塘，便把蓮子撿回來。後來，在山尖上看到一棵香噴噴的茶樹，又撿了許多茶籽。

她並不想欺瞞錢三貴，他知道審時度勢，又真心疼愛她，想著改天再悄悄跟他說還撿了幾顆上好珍珠的事。但這事絕對不能跟第二個人說，包括錢亦錦，他再聰明，還是太小，怕他把持不住說溜嘴。

錢亦繡把其中一個包袱打開，取出裡面的蓮子和茶籽。

錢三貴看了，搖搖頭。「到底是小娃子，想得簡單。野生藕不一定比栽種的藕好吃，還不好栽種。咱們家的藕種已經買好了，過兩天錢華回來，就要領著人種下去，妳還撿這些蓮子做什麼？猴子再聰慧也是畜牲，怎麼能因為牠隨意的舉動就認為這是好東西呢？」

接著，他又指向茶籽。「溪景山上也有不少野茶，卻是又苦又澀。妳辛辛苦苦，還差點送命，居然揹了這些沒用的東西回來。」

錢亦繡聞言，解開另一個包袱，拿出裝茶葉的竹簍子。「爺爺再看看，這茶葉怎麼樣？」

錢三貴和吳氏抓了點茶葉出來聞聞，又瞧了瞧。這茶葉色澤碧綠，香味芬芳綿長，應該屬於好茶。

錢三貴點頭。「這茶葉還不錯，讓妳奶奶製成茶，留著待客。」

仙境裡獨一無二的極品竟被說成「不錯」，錢亦繡鬱悶不已，只得默默收拾東西，和錢亦錦回了廂房。

下午，錢亦錦沒聽吳氏的勸阻，拎著裝筆硯的籃子，又去上學了。

錢亦繡坐在床上，把裝蓮子和茶籽的包袱放好，拿出在張家得的見面禮整理。翡翠簪子給吳氏，雖然知道她捨不得拿出來戴，但有這樣的寶貝，足以讓她高興好些天，算是幫她壓壓驚。

黃月娥給的帕子送程月，讓她欣賞欣賞不一樣的繡技。瑪瑙釵子和另一條繡花絹帕則送錢滿霞，又挑出一串別致的珠串給錢曉雨。其他的東西，都送這次幫忙的人。

她剛把東西理好，就聽見外面傳出驚叫聲。

吳氏大著嗓門罵道：「你這潑猴，把這大蛇拖回家幹什麼？嚇死人了，快丟出去！」

跑出來的錢滿霞、錢曉雨見了，都尖叫不已。

猴哥不管吳氏等人阻攔，依舊把大蛇拖進院子。

錢亦繡腳疼，只得爬上桌子往窗外看。

不僅猴哥回來了，大山也帶著兒女回家，奔奔、跳跳正咬著大蛇不放。大蛇已經被牠們啃得不成樣子，有些地方只剩一截光禿禿的骨頭。

吳氏站在一邊罵著，不敢上前，剩下的人都站在老遠的地方觀望。

錢三貴從屋裡拄著枴杖出來，看見大蛇也嚇一跳，驚道：「我還是第一次看見這麼大的蟒蛇，還是雙頭的……」

幾人正鬧著，黃鐵和張仲昆、崔掌櫃來了。

原來，張央回去後，跟正準備來錢家的張仲昆稟報事情的經過。張仲昆聽了，雖然沒把人領來，仍帶著禮物，親自來錢家賠罪。因自家下人做事欠妥，差點讓錢亦繡出事。為召集人手，昨天他找了崔掌櫃，所以崔掌櫃今早便到張家，準備和他們去花溪村。崔掌櫃聽完經過，忍不住哈哈大笑。「錢家小女娃太古靈精怪，我也去看看熱鬧。」兩人便一起坐馬車來了。

這兩位可是貴客，錢三貴和吳氏趕緊迎上前去。

張仲昆走進院子，看見大蛇，驚道：「這是雙頭金烏龍啊！哎喲，皮全爛了，真可惜。」

他早聽說錢家猴子和大狗的厲害，但這條大蟒太可怕，他不敢上前，對黃鐵說：「去看看蛇膽還在不在？那可是稀有藥材。」

黃鐵俯下去瞧，又用手翻翻蛇身，道：「張老爺，蛇膽磨爛了，只剩下一點皮。」

張仲昆聞言，臉皺成一團，心疼地說：「金烏龍的膽可是極其珍貴的藥材，堪稱千年人參。」

起先錢亦繡還興奮得不行，怪不得猴哥不怕路遠，一定要把這條蛇帶上，原來是好東西呀，牠還真識貨。

後來一聽蛇膽沒了，相當於損失一根千年人參，又極心疼。看來，她這趟出門沒看黃曆，怎麼寶貝都得而復失？心疼歸心疼，隨即恢復鎮定。畢竟更值錢的東西都捨了，不差這樣。

錢三貴和吳氏就不行了，心痛得要命，尤其吳氏，身子都發抖了。

錢亦繡跪在桌上，把小窗開得大大的，先大聲向張、崔兩人問好，又問道：「張老爺，這蛇還有什麼東西是您能用上的？」

張仲昆回答：「這雙頭金烏龍身上最好的東西就是膽，其次是皮。膽是稀有藥材，能治百病；皮美觀冰涼，夏天時掛在屋裡，涼爽無比，降暑功效不下於冰塊。蛇頭和蛇骨也不錯，但跟這兩樣相比，就差遠了。」

最值錢的東西都沒了。

錢亦繡瞪了不知愛護寶貝的猴哥一眼，跟牠和大山商量道：「肉都給你們了，其他的，你們也吃不了，讓張老爺做藥。」

她說完，見猴哥沒吭聲，就當牠同意，讓黃鐵拿著刀來收拾。

看完蛇，幾人進了堂屋，吳氏把錢亦繡也抱進去。

張仲昆把禮物拿出來，誠摯地向錢三貴和吳氏道歉。

錢三貴忙道：「張老爺客氣，是我們沒教好孩子，才讓她闖下這麼大的禍，連累貴府擔心，應該是我們給您賠不是。」

錢亦繡坐在凳子上，向張仲昆鞠躬認錯，改天則會去張府向張老太太和宋氏賠禮，害她們擔心了。又替車夫求情，哽咽著請張仲昆放過他，一切都是她的錯，要怪就怪她。

不過，看張仲昆的架勢，求情也沒用，肯定要處罰車夫了。她只得偷偷決定，回頭讓黃鐵拿禮物與銀子去補償他。

黃鐵把蛇處理好，肉全給在一旁虎視眈眈、生怕他昧下的動物之家，把蛇頭和骨頭拿進堂屋給張仲昆。

張仲昆讓下人收妥，又退還兩節蛇骨。「這雙頭金烏龍是極為罕見的蛇，我活了這麼大歲數，也只是第三次見到。這蛇大補，特別是蛇膽，能治許多病。你們留兩截三寸長的骨頭，和著鹿茸、人參泡酒，長年喝著，能強身健體。」

他又看看狼吞虎嚥吃著蛇肉的動物之家，笑道：「你家這幾隻畜牲不僅識貨，還有福，吃了這麼多金烏龍的肉，力氣肯定見長。」

接著，張仲昆拿出一百兩銀票給錢三貴。「雙頭金烏龍的蛇頭和蛇骨雖沒有膽和皮值錢，但也是少找的好藥材。」

錢三貴連忙擺手。「張老爺和小張大夫幾番救了我和兒媳的命，我們無以為報。這蛇是猴哥意外抓來的，如果今天您沒來我家，可是會把這些寶貝當髒東西扔掉，怎麼還能收您的錢呢？萬萬不可。」

錢亦繡也覺得不該收錢。這次利用張家偷跑出去，已經非常對不起他們，如今家裡也不像原來那麼窮，等著掙錢買米下鍋，便也跟著錢三貴一起推辭。

在張仲昆看來，一百兩銀子不算多，強給顯得自己小器，遂收回銀票，笑道：「既然這樣，我就借花獻佛，咱們今天吃道名菜，用母雞燉一個蛇頭，不但味美，還大補。」又紅著臉說：「再幫我留一盅，我拿回家給我母親喝。另一個蛇頭我捨不得吃，留著入藥。」再提醒吳氏。「要找金毛雞，這道湯叫……」頓了下，才道：「叫烏蛇金雞湯。」

錢亦繡猜想，真名說不定叫烏龍金鳳湯之類的，只是張仲昆不敢說而已。

吳氏聽了，趕緊去張羅殺雞。

趁吳氏做飯時，錢亦繡喊錢滿霞把裝茶葉的簍子拿來，對崔掌櫃說：「我在山裡看見一棵極香的茶樹，離得老遠就能聞到香味，便摘些葉子回來。崔掌櫃瞧瞧這茶葉怎麼樣？」

崔掌櫃看茶葉一眼，竟一下子站起身，直接把茶簍搶過來，端出屋外，在陽光下仔細看了、聞了，回屋問錢亦繡。「妳在哪裡摘到這茶的？能否再帶我們去一趟？」

錢亦繡茫然道：「我已經找不到路了。前天跟著猴哥跑進山裡，又是爬山又是下山，還鑽山洞，根本不知道哪兒是哪兒，轉著轉著，就轉不出來了……」好像很害怕的樣子，還拍了拍胸口。「這是我們在一處山尖上看見的。我覺得葉子好翠，香氣又濃，比我家後山上的那些野茶香得多，就摘了。」

崔掌櫃聽了，簡直要捶胸頓足。

這裡群山連綿，東西有數十里，橫跨兩個縣；南北有數百里，橫跨兩個省。這孩子不知在哪裡看到極品茶樹的，群山山尖上的一棵樹，想找到它，可謂大海撈針。

他後悔死了，只恨當時沒跟著錢亦繡一起去山裡，遂道：「妳就摘了這麼一點？怎麼不多摘些？」

錢亦繡說：「只有一棵茶樹，我全摘完了，才得這麼一點。」看看崔掌櫃痛苦的樣子，又說：「崔掌櫃不喜歡就算了，我爺爺說，這留著讓我奶奶製茶，自家待客用。」

崔掌櫃急道：「誰說我不喜歡？我是太喜歡了！哎，可惜，再好也只有這麼一點點。」

錢亦繡天真地笑道：「可不只這麼一點點。我還在茶樹底下撿了好些茶籽，拿回來種進大園子，茶就多了。」

崔掌櫃樂壞了，有了茶籽，便不需要滿山遍野地找茶樹，遂打著哈哈道：「我就說繡兒是個聰明娃子。太好了，把茶籽全賣給我吧，我會出高價的。」

錢亦繡搖頭。「這茶籽，我們不打算賣，」見崔掌櫃發急，又趕緊說：「我只說不賣，並沒有說不給崔掌櫃種。崔掌櫃回去後，先把這茶葉製出來，若覺得值得跟我家合作，咱們就一起種。」

崔掌櫃考慮一下，道：「也好，我把這些拿回去讓師傅製茶，若是值，我不僅會按價給錢，咱們再說下一步的事情。不過，醜話先說在前頭，這畢竟不是我的生意，若是合作，股份上，你們占不到一點便宜；若單賣茶籽，獲利比合作要高得多。」

錢三貴聽錢亦繡如此跟崔掌櫃講著條件，著實驚異。沒想到這茶葉竟然入了崔掌櫃的眼，但孫女完全可以只賣一半茶籽，自家留一半，卻偏偏想用這種茶籽交換，提出跟崔掌櫃合作？再細想就想通了，孫女果然聰慧，之所以這麼做，定是想乘機跟衛國公府扯上關係，找棵好乘涼的大樹。

也對，他家勢單力薄，一個方閻王就能把家裡嚇得惶惶不可終日，一個縣尉就差點把他弄死，倚靠強權，便能讓這些地痞惡霸不敢再欺負他們。而且，這門強權遠在京城，代表他們的崔掌櫃還是個不錯的厚道人，雖然賣茶籽獲利看似更大，但合作卻能得到長久庇護……

不過，一個普普通通的農戶也不能太托大，沾點邊就行，不能讓崔掌櫃為難，更不能讓他的主家不喜。

於是，錢三貴笑道：「我這個孫女被寵壞了，說話做事不知道天高地厚，還請崔老爺莫怪。如果這茶真能入崔掌櫃的眼，我們也不敢多要股份，一、兩成足矣。」

錢亦繡就是這個意思。一、兩成夠了，只要有衛國公府當後臺，就沒人敢打寶貝蓮藕的主意，便笑著點點頭。

崔掌櫃也笑。「錢兄過謙了，繡兒是個精靈娃子，我喜歡。至於合作的事，等我回去讓人把茶製出來再說。」

此時已是午時末，吳氏帶著錢曉雨先炒了幾道下酒菜，端上來請他們喝酒，湯還要再等半個時辰。

張仲昆笑道：「不急，慢慢燉，把美味燉出來。」

崔掌櫃歸心似箭，見狀只能陪著張仲昆等。

未時三刻，湯才燉好。吳氏不僅給張家和崔家留了，還給錢老頭和錢老太留一盅，錢亦錦則是小半盅。

飯後，張仲昆和崔掌櫃便急匆匆地走了。

第五十四章

午後，錢亦繡躺在床上歇息。回憶這兩天的驚心動魄，本來計畫好的事情，幾乎都出了意外，幸虧有驚無險，總算撿了條命回來。若是她犧牲，小娘親會哭死，爺爺會氣死，這個家就完了，還會牽連無辜的車夫與萬大中。

這是個沈痛的教訓。以後無論幹什麼，都要想想這個家，想想這些愛她的親人，不能以身犯險；還有，做事一定要計畫周密，不能抱持僥倖，最好事先弄出備案……

快到黃昏，程月才從廂房出來，去門口遠眺一會兒，見有幾個人從村裡往自家走，便回屋陪女兒。

母女倆正在親熱，便聽到錢亦錦的聲音。「爺爺、奶奶，太爺爺他們來了。」

原來，錢三貴讓人去請錢老頭和錢老太，以及錢大貴和錢二貴父子來吃晚飯，順便商量請客的事。這次村民幫著找人，得感謝大家的幫忙。

今天錢滿川和錢滿河都沒有去鋪子，因為找人找晚了，太累，便歇息一天。他們來的路上，正好碰到放學的錢亦錦。

錢老頭一來，就讓吳氏把錢亦繡抱去堂屋。

有些地方，程月還是聰明，見錢老頭和錢老太要見女兒，肯定沒好事，便眼淚汪汪地抱著錢亦繡，不讓吳氏帶走她。

錢亦繡寬慰她。「娘莫急，爺爺和奶奶在那裡，太爺爺和太奶奶不會打我的。」

吳氏跟錢亦繡一進堂屋，錢老頭便是一頓大罵，錢老太也歪著嘴說她，還想舉起枴杖打人，結果胳膊沒勁，抬不高，只在錢亦繡身上戳了戳。

錢亦繡不敢躲，也沒有辯解，低著頭，態度恭順。

飯後，錢滿川、錢滿河兄弟兵分兩路，挨家挨戶請幫了忙的村民明天去三房吃飯。

錢大貴、錢二貴則帶上錢亦錦，拿著六盒老兄弟點心鋪的點心、一罈崔掌櫃送的京城鐵鍋頭、一罈在鎮上買的老糧醇，去萬大中家賠禮道歉，並請他們父子明天來家裡吃飯；又請萬里正，再到宋家莊請高管事父子。

錢亦錦很晚才回來，對等著他的錢三貴說：「爺爺放心，今天落日前，萬大叔就從山裡回來了。我們去的時候，萬爺爺正用棍子打他，打得啪啪響，嚇死人了，也不知萬叔叔又犯下什麼錯？」

錢亦錦說話時，臉色有些泛白，看來打得肯定不輕，又繼續道：「我跟萬爺爺說，爺爺身子不好，無法親自來請，只能讓我代表。萬爺爺直說客氣了，對我們特別小心，還說明天一定會來，又不想要咱們家送的禮，我就硬放在他家。」

錢三貴聽了，點點頭，便讓錢亦錦回去休息。

第二天，吳氏帶著人去鎮上大肆採買。

花溪村除范家等三戶人家，幾乎每家都派了人幫忙，連花癲子的大兒子花強都來找人。

還有大榕村與綠柳村的人家，以及高良帶的幾戶村民。算算人數，大概得準備二十五桌。

現在是農忙，中午農人沒工夫喝酒，就吃晚飯。為讓他們喝得盡興，便早些開飯。申時正，客人陸陸續續來了錢家三房。

大榕村的萬里正是和萬大中父子一起來的。萬大中頂著花臉，走路還有些瘸，手裡拎著兩隻野豬腿。他進山裡沒找到人，竟然遇到一頭野豬，好在功夫不錯，把那頭野豬打死帶下山，便砍了兩隻豬腿當禮物。

路上，有人開著他的玩笑。

「我說大中兄弟，那吳氏母女好像是抓傷你的臉吧，怎麼如今腿腳也不便了？」

也有人知道萬大中曾經去錢家提親，但錢三貴夫婦沒答應，就笑著說：「別是上門去訛人吧，說腿被打瘸了，讓錢家姑娘以身相許，服侍終身。」

萬大中聽見，也不生氣，樂呵呵地說：「別瞎說，人家小姑娘是嚇著，才打人的，這麼說她不好。我腿瘸，是被野豬拱的……」說完又覺得不妥，回頭望望冷冷看著他的老爹萬二牛，趕緊閉上嘴。

還是有真心佩服他的人。「萬大哥真行，這身力氣，一人打六人，別說打死一頭野豬，搞不好連熊都能打得過。」

萬大中搖頭道：「哪行呀。那天我也是嚇壞了，憑著一股蠻力才脫身，平時沒這麼厲害。」

聽說萬家人來了，錢三貴和錢老頭都出門迎接，態度甚是恭敬。萬里正方覺得有了些面子，臉上也浮現幾絲笑容。

眾人坐下寒暄一陣，錢三貴賠了禮，又讓錢曉雨去把錢亦繡抱出來道歉。

如今，錢亦繡最怕見兩個人，一個是張家車夫，另一個就是萬大中。

她縮著脖子，被錢曉雨抱進堂屋，看見萬大中臉上還有些青紫和幾道傷痕，左邊那道抓痕特別明顯，紅紅的，又寬又長，從左頰一直到脖子下方，不知是吳氏還是錢滿霞的傑作。

錢亦繡縮在錢曉雨懷裡，向萬大中躬了躬身，癟著嘴說：「萬大叔，對不起，因為我，讓你受冤枉、受委屈。求你別怪我奶奶，更別怪我小姑姑，她們已經非常自責了。我不是故意冤枉你，是因為在大榕村裡，我只曉得你的名字，所以……」話沒說完，已是淚光盈盈。

萬大中站起身，笑道：「繡兒快別難過，我沒怪妳，也沒怪錢三嬸和錢姑娘。我知道她們一定是太著急，才……才那樣的。」

他當然不怪錢亦繡，不但不怪，還感激不盡。昨天從山裡回來，他一進村，就聽說小娃沒事，樂壞了。

他正愁著錢家人拒他於千里之外，又不好意思厚著臉皮去糾纏人家姑娘，現在終於有機會能跟錢家人來往。而且，因為錢家人無故打傷他，但他又表現得那麼好，還不追究，錢家人對他的印象肯定大大改觀，以後可以名正言順地上門了。

可惜樂極生悲，他剛進家門，萬二牛便衝上來，暴打他一頓。

原來，出事那天，萬二牛正好去省城辦事，回來後，聽人說萬大中如何厲害，以一敵六，把綁他的幾個人痛打一頓，就氣壞了。結親的事未果，兒子居然又惹怒錢家，簡直欠揍。

萬二牛修理萬大中時，錢亦錦上門，他才沒有繼續打，否則，定會讓他幾天下不了地。過後，萬大中想想，也是一陣後怕。在平靜的小山村裡過得太舒適，差點因小失大，壞了大事，的確該打。

萬大中是真心不責怪錢亦繡，錢老頭還以為他客氣，忙道：「大中，對不起，我這個重孫女不懂事，惹下大禍，我們已經打過她了，她的屁股差點沒被打開花。我也訓斥了我三兒媳婦和霞兒，遇事不冷靜，還出手傷人……」

萬大中趕緊說：「錢爺爺客氣了，我是真不怪繡兒，她還是個孩子，肯定不知後果會有多嚴重。更不怪錢三嬸和錢姑娘，正所謂關心則亂，她們也是擔心親人，才這麼做。」

萬大中的幾句話說得錢老頭高興不已，錢三貴也頻頻點頭。吳氏正好進屋來道歉，聽了這番話，也被感動，覺得萬大中真是個好後生！

錢亦繡看看被感動的幾位大家長，知道萬大中真的沒跟她生氣，不僅不氣，沒準兒還在心裡感激她的「幫忙」。

真是世事難料。這趟冒險之旅出了太多意外，自己隨意一句話，也鬧出這麼大的事，反而還幫了這個她最不喜歡的人。

不過，看萬大中如今的樣子，似乎跟登徒子挨不上邊，濃眉大眼中還隱隱透著一股浩然正氣。是他改邪歸正，還是掩藏得太深？得好好觀察觀察。

接著，萬大中殷勤地幫吳氏把野豬腿拿去廚房，剛踏出門，身後就傳來一陣哄笑聲。他的黑臉泛起紅暈，樂呵呵地撓著後腦勺，回了堂屋。

剛才，他如願以償地瞄到了那抹倩影。

錢滿蝶悄聲對錢滿霞笑道：「瞧萬大中那張花臉，沒想到霞妹看著文文弱弱的，膽子倒是大，勁兒也大。」

錢滿霞紅了臉，羞得直跺腳。

飯後，錢家還送每家一斤老兄弟的點心，作為謝禮。

村民們都挺高興。雖然之前忙了大半夜，但現在不僅能敞開肚皮吃肉喝酒，還能拿包點心回去給孩子或弟妹吃，也算值得了。

之後，萬大中隔三差五就來錢家，除了錢亦繡對他的態度有所保留，其餘人都喜歡他，包括錢滿霞。

兩天後，錢華回來了。省城的點心鋪已經開張，魏氏繼續留在那裡當師傅，等把徒弟帶好了，再回花溪村。

錢華又請來兩個懂藕的人，開始在塘裡栽種。

藕栽好，往湖裡注水，再放些魚苗進去，這件大事就告一段落。以後錢曉風不再上山砍柴，主要打理湖裡的藕和魚。

家裡的柴火改由花癲子的大兒子花強送。花強像花大娘子，雖然只有十三歲，卻長得高大壯實，比他爹高了不止一個頭；而且性情也隨了娘，肯幹活，吃得苦，沈默寡言，不像他爹一樣犯渾。

他知道自己的爹惹人嫌，經常被村人笑話，小小年紀便什麼活兒都學著做。聽說錢家三房想買柴火，就上門毛遂自薦。

雖然錢家人討厭花癲子，但著實喜歡這個實誠孩子，答應讓他每兩天送四捆柴來。

另一邊，錢亦繡盼星星盼月亮，不知為何一直沒盼到崔掌櫃，心像貓抓一樣難受。後來才聽黃鐵說，崔掌櫃有急事，幾天前去了京城。

或許他作不了決定，要稟報主子吧？錢亦繡看著窗外下個不停的春雨，只得耐下心繼續等了。

這日，連下三天三夜的綿綿春雨終於停歇，溫潤的晨風夾雜著花香飄進小窗，喚醒睡夢中的錢亦繡。

她睜開眼睛，見程月和錢亦錦已經不在床上，便翻身坐起來。

這半個月來，她幾乎每天都睡到日上三竿，然後用別人的腳代步去堂屋吃飯，再在院子裡轉轉，看看風景。

她看看腳底，又撕掉一些痂皮，除了幾塊特別厚的痂還在，其他地方都長出粉紅色的新肉。她穿上鞋子，試著跳幾下，不覺很疼，心情遂有了些雀躍。能自己腳踏實地地走路，也是自由和幸福。

錢亦繡走出小屋，看見錢亦錦正在簷下練拳。

錢亦錦發現錢亦繡自己出門，便停住手，問道：「妹妹可以走了嗎？要不要哥哥揹？」

錢亦繡搖搖頭。在院子裡玩的跳跳高興地跑來，立起身子，就想往她身上撲。

錢亦繡慌道：「別撲，我現在可受不住。」

奔奔、跳跳已經長大不少，白毛油亮、身體健壯，還變瘦了，徹底隨了白狼的樣子。跳跳聽了，便放下前蹄，歡天喜地地圍著錢亦繡轉圈。

現在大山進山不僅要帶猴哥，還會帶上奔奔和跳跳，但錢亦錦不許牠把奔奔、跳跳同時帶出門。家裡總得有條看家的狗，於是，奔奔和跳跳輪流跟大山進山練本事。前天奔奔上山，只剩跳跳在家。

想想待在山裡的猴哥和大山母子，錢亦繡有些擔心，又有些無奈。

小氣的猴哥跟她生氣了，下雨天也攛掇著大山進山。

這次食言，錢亦繡非常抱歉。去洞天池前，她給出承諾，說回來就給猴哥和奔奔、跳跳打銀項圈。可是，這次出了太多意外，她不僅沒把帶回來的東西變成錢，還挨吳氏一頓打，哪敢再要錢打銀項圈？而且她手裡也沒有這麼多銀子。

於是，她發誓，一有錢就幫牠們打。可猴哥還是生氣了，覺得牠這次這麼盡心，小主人卻出爾反爾，太不應該。

大山倒是不氣，跟人待久了，更通人性，不患貧而患不均。

若猴哥有，牠的兒女沒有，就會瞪著眼睛狂吠。既然連最受寵的猴哥都沒有，那奔奔、跳跳沒有，也無所謂。

錢亦繡彎腰，拍拍搖頭擺尾向她示好的跳跳，抬頭望望小娘親的背影。晨光中，程月又站在院門口，向遠處眺望著。

從二月底門前綻放第一朵野花起，她站在門口的工夫，就比冬天多了些。此時正值三月下旬，荒原上開滿野花，徐徐春風把花香吹遍每個角落，也把人心吹得驛動起來。不說程月，連其他人偶爾都會站在那裡，望望那片奼紫嫣紅。

現在程月的起居已經比較固定，如果不下雨或沒客人，飯前便站在院門口眺望幾刻鐘，其他工夫都用來繡花，連午覺都不歇。

她越來越專注於她的繡活，一坐就是一、兩個時辰，有時甚至在燈下還要繡，勸都勸不住。她還會繡在手帕上試試，什麼針法繡什麼好看，研究好，才繡上去。

即便這樣用功，她的進度還是非常緩慢。不過現在家裡也不指望她的繡品賣銀子，只要她不犯病，都隨她。只是，由於她認真，繡線和素綾、素絹用得多些，而且對繡線的要求更高，讓節省的吳氏頗多無奈和抱怨。

吳氏不給，程月便會嘟著嘴、眼淚汪汪地看著她，錢亦繡和錢亦錦也會幫忙求情，連錢三貴和錢滿霞都出聲替她討要。

吳氏只得咬牙，託人從省城幫她帶，還氣哼哼地說：「得，就我討嫌，就我得罪人。我這麼節省，還不是為了這個家……」

說是這樣說，還是請人在省城帶了價值十幾兩銀子的好繡線給程月。

院子裡的青石板上濕漉漉的，有些地方還積著水。桃樹下落英繽紛，一地嫣紅。

錢亦繡繞過積水，來到程月身旁，伸出小手拉拉她的裙子。

程月低頭看看女兒，又抬頭望向遠方，幽幽地說：「花又開了這麼多，真好看……」

「江哥哥」換成了「真好看」。或許，等了這麼久、盼了這麼久，小娘親也有些埋怨了吧？

晨光中，荒原上的霧氣還沒有消散，顯得草更翠、花更豔。隨著陣陣春風拂過，起伏的霧氣似抖動著的白綾，花草如繡在其上般，隨之微微搖曳著。

不遠處，有幾朵花兒格外引人注目，花莖高得多，花瓣也大，搖曳起來更加婀娜多姿。花瓣上的露珠滾來滾去，像一顆顆璀璨的珍珠，花蕊中還有隻蜜蜂辛苦忙碌著。

荒原另一頭，在村口那片朝霞裡，錢亦繡似乎隱隱看到一抹修長的背影正踽踽獨行，瞬間消失在霞光中。

這麼多年來，這是不是小娘親心中那幅永不磨滅的畫面？

錢亦繡不得而知，默默陪程月站了一會兒，沒再打擾她，去廚房舀水洗漱。

她願意讓程月在自己純淨的世界裡享受那份美好和期盼，也樂見程月多往遠處瞧瞧，讓眼睛休息休息。

第五十五章

這天，家裡來了一位久違的小客人——弘濟小和尚，他前幾天才從京城回來。

去年弘濟來過兩次都沒看到猴哥，這次見猴哥在家裡，極為高興，一把抱起牠。「呀，長大了，也長沈了，看來你在這裡過得挺好嘛。」

猴哥抱著他，眼淚汪汪，嘴裡咿咿呀呀的，像控訴錢亦繡虐待牠一樣。

錢亦繡又好氣、又好笑，便講了事情的前因後果。

弘濟笑起來。「阿彌陀佛，你這潑猴也太執著了。小施主已經跟你講道理，還如此不依不饒，要不，跟著貧僧回寺裡去？」

猴哥聞言，腦袋搖得像撥浪鼓。大慈寺裡不能吃肉、不能吃蛋，或許連件破衣裳都穿不上，還是算了。

牠從弘濟身上下來，又往錢亦繡懷裡爬，一人一猴算是和好如初。

錢亦繡又讓錢曉雷去私塾把錢亦錦接回來。

一直在繡花的程月聽說弘濟來了，就走出廂房。她對弘濟笑笑，拿了凳子坐在他們旁邊，也不說話，只靜靜地看著女兒和他說笑。見弘濟的水喝完，還會殷勤起身幫他倒上。

錢亦錦是跑回來的，累得小臉通紅。兩個小子一見面，就抱在一起跳了幾圈。

幾個孩子坐在棗樹下，邊吃點心邊說著趣聞。主要是聽弘濟說，路上有什麼稀奇的事情、報國寺有多麼宏偉、那裡的素食有多麼好吃、風景有多麼秀美……

當兩個男孩說起學問時，錢亦繡便不插嘴了，倚在小娘親身上看著他們。

或許由於旅途勞頓，弘濟瘦了些，五官也較之前突出。不知是不是她的錯覺，弘濟跟錢亦錦坐在一起，看起來竟有一、兩分相像。

來送茶的錢曉雨笑道：「哥兒和小師父長得有些像啊。他們坐在一起，不知道的人，還以為是親兄弟呢。」

坐在房簷下的錢三貴和吳氏聽了，也仔細看了看，笑著點頭。「嗯，還真有點像。」吳氏說完，覺得不對，心裡有些慌，忙道：「弘濟小師父不單長得跟錦娃有些像，也像善娃，都是唇紅齒白、大眼睛、雙眼皮，膚色也白。」

錢亦繡咯咯笑。「那當初我娘是不是生了三胞胎，爺爺和奶奶怕養不活，便丟了一個？」

程月怕是真的，緊張地看著錢三貴和吳氏，把大家逗得笑起來。

錢亦錦笑道：「娘，妹妹是說笑的，咱們家再窮，也捨不得丟孩子。何況小師父比我和妹妹還小半歲呢。」

弘濟也笑了。「貧僧原本的家，應該在京城。聽師父說，他是從京城把貧僧帶來這裡。」說完，眼神黯了黯，扭著手指，低聲道：「若我真是嬸子的兒子，該有多好？不會一生下來就被丟給師父。即便丟給師父，也不會不去看看貧僧……」竟然不覺用了俗世的稱謂，或許這才是一個六歲孩子的真正心聲吧。

弘濟的話讓大家有些心酸，程月更是流出眼淚，欠身摸摸弘濟的頭。「月兒也喜歡小師父，很喜歡的。小師父不要走了，留在這裡，跟錦娃一起給月兒當兒子。」

這下，她的話不僅把眾人逗笑，連有些傷感的弘濟都笑起來。

笑過後，錢三貴難得地說了程月。「兒媳莫混說，小師父跟佛門有緣，才會出家。」

弘濟也點頭。「是呢，貧僧的師父說，貧僧必須皈依佛門，才能活下來。」

一直有些不安的吳氏聽了，這才放心。

弘濟玩到日落時分，在錢家吃了晚飯，才被一起來的青年和尚騎馬送回大慈寺。

走之前，程月拉著他的手，一再囑咐他經常來玩，如果在寺裡過不慣，就還俗給她當兒子，當錦娃和繡兒的弟弟。

因為憐惜弘濟，程月便開始抽空給他做僧衣、僧鞋。吳氏和錢滿霞、錢曉雨都幫著做。此後，弘濟的衣物就由錢家三房供應，來錢家也來得更勤了。

一晃到了四月六日，是小兄妹的七歲生辰，也是錢亦繡的特殊紀念日，今天是她重生一週年的日子。

早晨，小兄妹洗漱完，由錢曉雨幫忙，給錢亦錦梳好總角，以後就不再綁小孩子的沖天炮了。

程月看著一雙漂亮的兒女，笑得眉眼彎彎，直說：「繡兒真好看，錦娃真好看。」

錢亦繡看著程月生下小亦繡，看著吳氏撿錢亦錦，兩個襁褓中的小嬰兒，轉眼便長到七歲。雖然小原主去了，但這弱弱的身體在裝進一個成人靈魂後，被調養得白白胖胖，如今只比錢亦錦矮半個頭。

再瞧瞧在一旁欣喜地打量著兒女的程月。她的變化也大，來了這個家後，至少還長高五公分。

從這點來看，程月剛來錢家時，頂多十三、四歲。那麼小就被小爹爹賣力耕耘，懷孕生產，居然還大小平安，真是難為她。而且，她至今仍以為，錢亦錦是她睡著時生下來的。

錢亦繡真的疼惜這個傻傻的、美美的小娘親，走過去親她一口，用小手撫著她的臉頰道：「娘，謝謝您，您受苦了。」

程月愣愣地看女兒，不明白女兒為何要謝她，她又受了什麼苦？

錢亦錦自以為看懂了妹妹的心思，也跑去親程月一口。「娘，兒子也謝謝您，謝謝您生下兒子，把兒子養大。」

程月搞懂了，原來說的是這個，便笑著摟住小兄妹各親一下。「娘喜歡繡兒，喜歡錦娃……娘高興，把你們生得這麼好看。」

三個人膩夠了，才一起去堂屋吃飯。

依舊是老規矩，各給小壽星一顆水煮蛋。

現在錢家的日子好過了，每天都會吃雞蛋。今天為了區分，其他人吃的是蒸蛋。

晚上，錢三貴跟程月和錢亦錦明說，錢亦錦七歲了，必須搬去別間房住。

錢亦錦的臉脹得通紅，程月乾脆哭出聲。

錢亦錦早知道會有這一天，錢三貴曾暗示過，若程月腦子正常，他滿三歲就該單睡了。但他已經習慣夜夜陪著娘親和妹妹入眠，即使知道應該分開，還是十分難過，也不願意。他含著淚搖頭。「爺爺，我娘身子不好，妹妹又小，能不能過幾年再分房？」

程月的表現則強烈得多，哭著說：「月兒喜歡錦娃，離不開錦娃，我們不分開。」

錢三貴沒理程月，對錢亦錦說：「你讀聖賢書，應該懂得男女七歲不同席的道理。雖然我朝不像前朝那樣講究男女大防，但你這麼大還跟娘和妹妹睡一張床，傳出去要被人家笑話的。連分房睡都這麼難受，將來怎麼出去考科舉，怎麼振興咱們家的門戶？」

這些事，錢亦錦都懂，知道自己無可辯駁，便擦著眼淚，不說話了。

錢三貴又對哭著的程月說：「兒媳也要想通些，男孩子大了，也必須離開母親單睡。」

程月聽了勸，但回房後，還是躺在床上哭了半夜，又把女兒緊緊摟在懷裡，生怕她也離開。

錢亦繡乖巧地任小娘親摟著，不時用小腦袋蹭蹭她的胸口，寬慰兩句，才把她哄睡了。

第二天，程月的眼睛腫得像桃子，錢亦錦的眼圈也有些紅。

吃早飯時，程月不錯眼地看著兒子，飯後又把他牽到院門，看著梳總角、穿著小長袍的兒子走過開滿野花的荒原，最後消失在村口。

錢亦錦長大了，程月不得不放手讓兒子獨自睡覺，以後，還得放手讓兒子遠行。

剛分開的頭兩天，程月難過得睡不好，但從第三天起，就慢慢習慣了。院子裡的薔薇花開得正豔，一簇簇地爬滿院牆。桃樹上已經結出青色小桃子，棗樹上掛滿碎碎的小花。

一片大好春光中，錢華去蒙溪村把八十畝田的租子收回來，繳完稅後，還剩四十二兩銀子。佃戶們收完菜，準備插秧種水稻。

小地主錢三貴捧著銀子直樂。有了田地，就不愁沒飯吃了。

錢滿蝶的好日子也悄然臨近。可就在出嫁前半個月時，她的未婚夫婿竟掉進河裡淹死了。

喜事變成喪事，錢滿蝶哭得死去活來，大房也陷在悲傷之中。

幾天後，錢亦繡去了錢家大院一趟，見錢滿蝶臉色蒼白，人瘦得像根竹竿，跟之前那個健康明麗的小姑娘截然不同。她穿著素淨衣裳，頭髮用木簪子束在腦後，簡簡單單，連一朵小花都沒戴。

錢亦繡想起去年的情景。三個漂亮的妙齡少女在樹下做繡活，就像三朵初綻的小花，明媚嬌美。錢滿蝶年齡大些，又生得豐滿，顯得更有精神。

她忍不住嘆氣，歡快笑聲好像剛剛隨風飄過，錢滿蝶就成了瘦得不成人形的望門寡。

五月初，一件震驚全村的消息傳到錢家三房。

縣裡的衙役找了汪里正，核實錢滿江失蹤的情況後，讓錢三貴去縣衙支取十兩銀子的賠償，同時減免他家三年賦稅。

錢三貴從汪里正家回來，關著堂屋的門，同吳氏、錢滿霞和錢亦繡說了這事。他們不敢跟程月說，怕她犯病。

幾人難過得眼圈發紅，心情卻輕鬆不少。不是因為多了十兩銀子和減免三年賦稅，而是失蹤將士家屬的稱謂不好聽，終於可以擺脫掉這頂帽子。尤其是錢亦錦，跟學裡的同窗吵架了，人家就罵他爹爹臨陣脫逃，到現在都不敢回鄉，讓他十分受傷。

五月十日一早，錢三貴和錢亦錦在黃鐵的陪伴下，去了縣衙，拿了那十兩銀子，又簽了減免三年賦稅的契書。

回家後，一家人圍著領回來的十兩銀子，躲起來痛哭一場。

這些人裡，並沒有包括程月。他們不敢告訴她，錢滿江已被確定陣亡，賣命的銀子都發下來了。

他們哭的時候，程月正獨自站在門口，眼巴巴盼著幾番花謝花開後就會回來的錢滿江。

下午，錢三貴傷心過度，身子又有些不好，錢曉雨便去請林大夫來家裡。

錢亦錦和錢亦繡要去祭奠錢滿江，因為家裡的下人都在忙著種冬小麥，就由錢滿霞帶他們去。

三個人紅腫著眼睛，拎著籃子，裡面裝著鐮刀和幾顆水果，還有些香燭紙錢，鬱鬱往門外走去。

在廂房裡繡花的程月從窗戶裡看見了，叫住他們。「小姑，妳要帶著錦娃和繡兒去哪裡？怎麼帶著這些東西？」

遲鈍的她難得有些敏感，她見錢滿霞沒回答，又說：「別讓錦娃和繡兒去給那個假墳頭燒紙，裡面是空的。江哥哥還活著，給活著的人燒紙不好。」

錢滿霞聽了，只得紅著眼圈說：「快到我太爺爺的冥壽了，我領著他們，去給他燒些紙錢。」

程月聞言，才又坐回繡架前，不多問。

仲夏下午的陽光已經非常強烈，曬得人睜不開眼睛。跳跳也看出主人的心情不好，懂事地夾著尾巴跟在他們身後。

一進大墳包，頓時覺得陽光暗下來，上空還盤旋著幾隻呱呱叫的烏鴉，呼呼的風聲也比山外大得多。

空曠的墳地上，只有三人一狗。

他們來到錢滿江的墓前。雖然才剛過去幾個月，小墳頭上卻已經長滿了青草。

三個人流著淚跪下，磕了幾個頭，然後錢滿霞和錢亦繡燒紙，錢亦錦負責向錢滿江稟報，告訴他，朝廷為他正名了，他是為大乾朝浴血奮戰、血灑疆場的好男兒，家裡因此得到賠償，錢老頭都激動得哭了。錢三貴的身體好多了，家裡剛收得幾十兩的田租；程月經過調養，病好多了，雖然還是想不起舊事，卻比之前清醒些；他和妹妹也很好……

「……爹爹放心，兒子正發憤讀書，將來定會振興門庭，讓爺爺奶奶、娘和妹妹，還有小姑姑享福。」錢亦錦哭著保證。

待他稟報完，三個人又到錢滿霞的太爺爺、小兄妹的老祖宗墳前燒了紙，才起身回家。

姑姪三人還沒走出大墳包，就聽見後面傳來馬蹄的噠噠聲，還有幾個男人的說笑。

四匹馬越過他們，其中一個人停下馬，回頭看了看，笑道：「哥哥們停停。沒想到來山裡看個風景，還有意外收穫。這裡山好、水好，小娘子也水靈，別有一番滋味。以後誰再說鄉下小妞長得粗糙，我可不同意。」

另外幾人聞言，停下馬轉過身，看著錢滿霞笑起來，笑得肆無忌憚。他們大概二十歲上下，看穿著，應該都是學子。

說話的人跳下馬，朝錢滿霞走去。

錢亦錦見狀，挺起小胸脯，擋在她身前，讓她和錢亦繡快跑。

其他三個男人看見，都下了馬，攔住姑姪倆的去路，其中一人還撿起手腕粗的乾柴棒，向跳腳吠叫的跳跳砸去。

跳跳雖是白狼的後代，但現在年紀還小，打一個赤手空拳的男人或許還可以，但人家帶著棒子就不行了。

錢亦錦急得不得了，想去幫跳跳，但更擔心錢滿霞。他彎腰撿了大石頭，護著錢滿霞，怒視幾個朝他們靠攏的人。

錢亦繡舉目四望，空空的墳地上只有他們幾個，把嗓子嚎破也叫不來救兵，自己又遠遠不是他們的對手。

成為砧板上的肉的無力感和恐懼再次包圍了她，故作鎮定地尖聲說：「既然你們是學子，應該知道宋橋宋老太爺吧，我們是他家的遠親，要是被欺負了，他定然不會放過你們。」

一個男人大笑不已。「小泥腿子，妳怎麼不說妳跟皇上是遠親……」說著，欺身來抓錢滿霞。

他的手還沒伸過去，錢亦錦手上的石頭就砸在他的胳膊上。

那人吃痛，抬腿踹向錢亦錦。「小兔崽子，把小爺砸疼了！」

千鈞一髮之際，有聲音忽然從遠處傳來。「住手！」

接著，一道身影由遠而近，片刻間即飛到這裡，竟是萬大中。

他跳起來，雙腿一劈，兩個男人同時大叫，倒在地上爬不起來，再一腳，另一個人也倒在地上。眨眼間，萬大中已經把那幾人的胳膊卸下來，疼得他們大聲哀嚎。

萬大中走過去，蹲下扶著錢亦錦的肩膀，上下左右仔細看了看，急切地問：「錦哥兒怎樣？受傷了嗎？」

錢亦錦忙客氣道：「謝謝萬大叔。你來得及時，我們都沒事。」

萬大中又看看他，伸手捏捏，覺得錢亦錦確實沒事，才放下心，低沈著嗓音說：「都是萬大叔不好，來遲了，對不起……」看錢亦錦有些呆愣，又趕緊說：「讓你和你姑姑、妹妹嚇著了。」

錢亦錦道：「我姑姑和妹妹真嚇著了，不過我沒事。」說完，對最先調戲錢滿霞的人使勁踢了幾腳。「誰讓你欺負我姑姑的？踢死你！」

暴怒的跳跳有樣學樣，張開血盆大口就去咬那個人，嚇得他哭爹叫娘。

錢亦錦彎下腰，拍拍牠，勸道：「好了，不能把他們咬死，否則咱們也有麻煩。」

萬大中問那幾人。「你們是哪裡的人？怎麼會來這兒？」

原來他們是西州府南山書院的學子，趁著學裡放農忙假時，去溪頂山看風景，聽說溪石山怪石林立，便想順道一探究竟。但剛翻了一座山，就有些暈頭轉向，不敢繼續往裡面走，怕找不到回來的路。

他們出了溪石山，又不甘心，遂在附近轉了轉，看見錢滿霞幾人。瞧錢滿霞清秀異常，跟城裡的姑娘大不相同，便起了調戲之心。

萬大中見那幾人不像在撒謊，罵道：「聖賢書全白讀了，光天化日下，竟敢行這齷齪之事！」接著又踢又踹，甩幾巴掌，打得他們鼻青臉腫，不住哀求。

錢亦錦也上來打，兩人打得差不多後，萬大中才斥道：「下次再讓爺看見你們做壞事，就把你們命收了！」

那群學子連聲求饒，萬大中才把他們的胳膊接回去。

他們捂著臉，爬起來磕頭道：「大爺、小爺，我們有眼不識金鑲玉，再不敢了。」然後連滾帶爬地上馬，一溜煙跑了。

等那幾個人都沒了影子，嚇傻的錢滿霞才哭出聲。錢亦繡也嚇著了，抱著她掉眼淚。

萬大中安慰她們。「壞人都跑了，沒事了。」

錢亦錦也抱緊姑姑和妹妹勸著，待兩人收住淚，才慢慢走回去。

回去的路上，錢亦繡問萬大中。「真巧，萬大叔怎麼會來這裡呢？」

萬大中道：「昨天我爹獵了兩隻野雞，想著給妳家送一隻，再去崖邊採點蘑菇回去燉，沒想到竟然遇見你們。」

他想了想，又對錢滿霞說：「以後錢姑娘還是小心些。一個姑娘家獨自帶兩個孩子來這偏僻地方，很危險的。」

錢滿霞含淚點點頭，錢亦錦則崇拜地看著萬大中。「萬大叔，你的功夫真好，能教教我嗎？我也想跟你一樣厲害。」

萬大中笑道：「只要錦哥兒想學，萬大叔隨時可以來教你。不過，我的功夫是在林子裡跟那些野獸打鬥練出來的，錦哥兒還是以學業為重，學些基本功夫就行。」

錢亦繡看著走在前面幾步的錢亦錦和萬大中，夕陽把他們的影子拉得長長的。錢亦錦稍前，萬大中稍後，即使從背影看，這一大一小也都氣宇不凡、丰姿俱佳。

她知道錢亦錦優秀，可萬大中真的從輕狂少年變成有正義感又帶一身真本事的沈穩男子了嗎？她聽說萬大中功夫好，卻沒想到這麼好、這麼帥。他的本領，即使在獵人當中，也算個中翹楚吧？

錢亦繡忍不住開口問道：「萬大叔，如今你還喜歡跟范二黑子他們一起玩嗎？」

錢滿霞聽見，紅著臉嗔了句：「繡兒，不許瞎說。」

萬大中緩下腳步，等錢亦繡跟他並排而行，才笑著回答：「早不跟他們來往了。以前萬大叔年紀小，天天被我爹逼著練武打獵，覺得厭煩，才和那幾個差不多大的小子到處野。大了以後，體會到我爹的用心良苦，幹獵人這一行，若沒有幾手真功夫，受害的終究是自己。我爹逼迫我，也是為我好，遂收了心，好好跟著他習武打獵。」

原來是個迷途知返的少年。

出了岔路口，錢滿霞理理頭髮和衣服，低頭對錢亦錦和錢亦繡說：「回去別提這件事，爹身子不好，知道又該著急了。」

小兄妹點頭應是，也整理好自己的衣裳。

幾人便與萬大中分了手，走了幾十尺後，錢亦繡回頭看看，見萬大中還站在原地看他們，發現錢亦繡回頭看他，才不好意思地撓撓頭，往東而去。

錢亦繡心想，若錢滿霞嫁給這樣一個如此傾慕她又有真本事的人，倒也不錯。

第五十六章

這陣子，萬大中來錢家三房來得更勤了，不僅找錢三貴請教武藝，還要手把手教錢亦錦練武。下午當徒弟，晚上當師傅，所以晚飯只能在錢家解決。

吳氏高興，換著花樣變出好吃食，有時還讓人去把萬二牛請來，說他一個人在家難得做飯，不如一起吃。

萬二牛暗示，萬大中年紀不小了，也不能當一輩子的獵人，偶爾進山打點野物就行了，主要的精力還是顧著家裡的田地，把莊稼侍弄好。之前他們在北邊掙了些銀子，回家打獵也收穫頗多，前些日子又買了十幾畝田地，加起來，家裡已經有二十畝田、十五畝地了。有這些家產，在鄉下也算殷實人家。

聽了他們的安排，錢三貴兩口子暗自高興。

連錢亦錦都悄悄跟錢亦繡說：「我看出來了，萬大叔想當咱們的姑父。我覺得，他人不錯，有本事、有家產，又守禮，是個正人君子。」

錢亦繡也不由點頭。不得不承認，錢亦錦的評價很中肯。

現在，錢滿霞也不需要錢亦繡督促她搽香脂，每天一絲不苟地搽臉、搽手。雖說手指骨節依然粗大，但皮膚已經白嫩細膩多。

這天上午，錢滿霞和錢曉雨要去鎮上買香脂；錢亦繡好久沒去鎮上玩，便鬧著一起去。因為手上沒錢，便找錢三貴撒嬌，錢三貴笑著讓吳氏拿了個小銀角子給她。

來到鎮上，三個姑娘先去賣胭脂水粉的鋪子。錢滿霞和錢曉雨各挑一盒香脂和一盒胭脂，香脂八十文，胭脂一百文，都屬於中等價錢。

錢亦繡直接要了一盒這裡最昂貴的蓮花香脂，要二百五十文。

掌櫃的瞧錢亦繡心疼得小臉皺起來，便笑道：「聽說這種香脂用的睡蓮和清泉是派人進深山裡尋的，未沾染一點塵俗之氣，比省城裡的香脂都好。只是現在還沒打響名氣，以後出了名，這個價錢可買不到。」

錢亦繡把小盒子打開聞聞，香氣清淡宜人，果真比其他香脂好聞，便毫不猶豫地買了。

一回家，錢亦繡就直接去了左廂房。

程月正聚精會神地低頭繡花，沒發現女兒走進來。

錢亦繡輕輕喚道：「娘，您看看這是什麼？」

程月放下針轉過身，見女兒滿頭大汗，手裡捧著一盒香脂，遂笑著從懷裡抽出帕子，幫錢亦繡擦完汗，才接過香脂。

她打開聞，露出明媚的笑容，似是好久沒聞到這麼合心意的香脂，又聞了聞。「娘喜歡蓮花香味，淡然、清雅。」

接著，她仔細看看錢亦繡的小臉，伸手摸了摸，問道：「繡兒怎麼不買盒適合小姑娘搽的香脂呢？」
錢亦繡說：「咱們鄉下人不興給孩子搽香脂，所以鎮上沒賣適合我用的。」
「鎮上沒有，但縣城有、省城有啊！」程月難得提高了嗓音，又捧著女兒的小臉仔細打量。
錢亦繡的包包頭上只繫了絲帶，小臉通紅，額邊還有汗漬。衣裳是粗布的，裙邊黏了泥和草，鞋子上的泥更多些。
程月眼裡瞬間湧上一層水霧，心疼地看著女兒道：「這怎麼得了，娘沒把繡兒帶好。我的閨女，我娘的外孫女，怎麼能不精緻，怎麼能教養得這麼隨意？」
她伸出手，把錢亦繡摟進懷裡，抽抽噎噎哭起來。
「是娘不好，先說好要多繡繡品掙錢給妳買丫頭，可是，這幅繡品好難繡，不知還要多久才能繡好？可憐的繡兒，妳沒有丫頭，沒有好衣裳、沒有好首飾，連盒香脂都沒有，是娘沒用……江哥哥怎麼還不回來？若他回來，定捨不得這麼委屈我們的閨女……看到女兒這樣，也會怪我的……」
雖然被程月嫌棄，但錢亦繡心裡滿滿的都是感動，鼻子酸酸的，勸道：「娘莫難過，繡兒還小，等大些了，再買香脂。」
程月聞言，抬起頭，愣愣地端詳著錢亦繡，好像想起什麼，喃喃道：「嬤嬤說，女孩家不僅要把皮膚養好，還要有氣質，要優雅、高貴、賢慧，這樣才好說親，也好收攏相公的心。怎麼辦？咱們家在鄉下，根本請不起好的教養嬤嬤。還有我娘，如果知道她的後人被養得這麼粗糙，得多傷心……」

聽了程月的話，錢亦繡有些緊張。小娘親是怎麼了？好像清醒些，又好像更迷糊；好像想起前事，但又搞不清現在的狀況。忙道：「娘，您怎麼了？可別嚇唬繡兒。」

程月沒心思繡花了，捧著女兒的臉，不住流淚，顛三倒四地說著莫名其妙的話。最主要還是心疼閨女，覺得錢亦繡受委屈，被她養粗糙了，什麼都沒有……

錢亦繡擔心不已。以前很想知道程月的前事，但現在卻害怕了，根本不敢仔細追問，只得不停地安慰她，說她會努力讓自己變精緻，改天進縣城，就跟爺爺奶奶要錢買香脂，又說她長得這麼好看，肯定能找到好相公云云。

一會兒後，哭累的程月睡著了，睡夢中還把女兒的手拉得緊緊的。

等程月起床，錢亦繡換上最好的壓箱底衣裳和繡花鞋，頭上繫兩條新絲帶，左手戴珠串，右手套銀鐲子，把最好的行頭全掛在身上。

程月看了，才稍稍滿意，又幫她把銀鐲子取下。「這只鐲子不好看。」

黃昏日落，程月又站在門口眺望。

小娘親的心情不太好，錢亦繡就陪著她。仲夏的黃昏美得令人心醉，被晚霞染紅的雲鋪滿半邊天際，絢爛無比，中間還透著一道道金光。

霞光裡，荒原上，娘兒倆沒盼到錢滿江，倒是把錢亦錦望回來了。

錢亦錦看見娘親和妹妹，興奮地叫著，穿過花徑，飛奔而來。

到了兩人面前，他煞住腳步，見程月眼睛紅腫，錢亦繡滿臉無奈，忙問：「娘，您怎麼了？」

程月難過地說：「娘怕……」

「娘怕什麼？有人又欺負娘了嗎？」錢亦錦緊張道。

程月搖搖頭，斷斷續續說起來。「不是娘，是繡兒。繡兒沒有教養嬤嬤教她禮儀和處世之道，沒有香脂搽臉，沒有漂亮衣裳，沒有自己的丫鬟服侍，被養得一點都不精緻，還有些邋遢。娘好怕，怕她將來找不到好相公，怕她的相公不喜歡她……」

錢亦錦一聽是這件事，頓時鬆了口氣，笑道：「娘不用擔心，如果妹妹實在找不到好相公，大不了我娶她。」

這話把錢亦繡嚇一跳。被程月嫌棄邋遢，她已經很沒面子，錢亦錦怎麼還跟著胡鬧？

程月還不算太傻，連忙搖頭。「傻兒子，哥哥是不能娶妹妹的。」

錢亦錦聞言，鬱悶了一下，又道：「那娘也不用擔心，妹妹這麼好看，又聰明，會找到好相公的，兒子也會努力，將來好給妹妹撐腰。等以後家裡有錢，就給妹妹買漂亮衣裳、買上好香脂，還有專門服侍她的丫頭，把她養精緻……」請教養嬤嬤的話，他不敢說，只有世家大族，甚至皇親國戚，才夠資格請的。

聽了兒子鄭重的保證，程月的心情才稍稍好過些，不再哭了。

五月三十日，正逢錢亦錦休沐，吃過早飯後，小兄妹倆去了大慈寺。

程月跟吳氏等人把弘濟的夏衫、涼鞋做好，讓他們送去，順便送些素食點心。昨天猴哥回來了，也帶牠去看望舊主人。

程月不喜歡錢亦繡出門，但聽說是去看弘濟，便同意了，還道：「跟弘濟說，讓他來家裡玩，娘想他了。」

牛車到了山腳下，黃鐵把車停進車行，領著兩個孩子上山。

猴哥一來，又引起眾獼猴的恐慌，嚇得成群結隊逃入後山。

進大慈寺後，黃鐵去找熟識的武僧討教武藝，兩個小兄妹去了弘濟住的院子。

來到小院前，看到弘濟又長胖了，錢亦繡便打趣道：「我哥哥吃得也不少，怎麼就沒有小師父愛長肉呢？」

弘濟也很無奈。「我天天練功夫，還要做早晚課、誦經，不知為何就是容易長胖？」

他抱起猴哥，請小兄妹進去，小聲地說：「我師父正在給梁師兄講禪，切勿大聲喧譁。」

原來梁錦昭已經來了溪山縣，那崔掌櫃怎麼還沒有去找她呢？

錢亦繡強按下心思，與錢亦錦跟著弘濟進院子。

院子裡佳木叢生，紅花綠草，甚是靜謐清幽。正前方是禪房，一溜的黛瓦青磚，雕花朱色的小木窗格上，還鑲著這個朝代少見的玻璃。

弘濟把他們領進最左邊的禪房，道：「這是我的禪房。」

一進禪房，一股好聞的檀香讓錢亦繡的精神為之一爽，被太陽曬得昏昏欲睡的頭腦清醒了些。

屋裡的家具看似簡單，也不花稍，但木質講究、做工精湛，一看即能感受到不張揚的精緻。錢亦繡心道，到底是高僧的徒弟，待遇就是不一樣。

小和尚給他們倒了盅茶。「這是梁師兄拿來的霧溪峰尖，貧僧的師父很喜歡。水是山裡的清泉，貧僧和師姪每隔幾天就會去深山中取些回來。」

霧溪峰尖可是連當朝皇帝、太后都喜歡喝的。悲空大師是梁錦昭的師父，拿最好的茶孝敬他，也在情理之中。不過，居然特地去深山汲泉泡茶，他們師徒的品味還不是一般的高。

她把茶盅拿起來，白玉般的瓷盅裡，湯色嫩綠清澈，清香茶氣慢慢氤氳開來，淺啜一口，雖苦中帶澀，但細細回味，便感到唇齒留香。

錢亦繡讚道：「嗯，好茶。」

錢亦錦識貨地道：「小師父屋裡不只茶好，什麼東西都好。」

弘濟笑著說：「這次梁師兄又孝敬一兩更好的茶給貧僧的師父，說是世面上還沒有，湯色金黃透亮，又好看、又好喝。師父寶貝得什麼似的，只給貧僧喝一盅，就收了起來。」說完，很遺憾地搖搖頭。

小兄妹聽了，把包裹打開，拿出衣裳、鞋子和點心。

弘濟見狀，笑得眉眼彎彎，先取一塊點心塞進嘴裡，又拿起衣裳鞋子瞧。「貧僧喜歡程施主和錢施主做的衣裳，也喜歡這種鞋子。」

錢亦繡打趣道：「我看小師父屋裡布置得富貴至極，可不像窮和尚，幹麼還自稱貧僧呀，太過謙了。」

弘濟又笑起來。「這屋子是貧僧的大師兄讓師姪們布置的，富不富貴，貧僧也不知道。但貧僧從懂事起，師父就讓貧僧自稱貧僧，貧僧的師兄、師姪、師孫們，也都是這麼稱呼自己的。」

說完繞口令，他就把原來的鞋子脫掉，換上新鞋，誇道：「嗯，涼爽、舒適。」

程月和吳氏等人給弘濟的衣裳和鞋子，都是按照錢亦錦的身形來做。錢亦錦稍稍高些，弘濟則胖些，所以穿著正好。

幾個孩子說了一會兒話，錢亦錦便拿出一張紙來，記著平時讀書遇到的問題。只要覺得柳先生講解得不能讓他滿意，就記下來，準備帶來請教弘濟。

兩個小子去了書案前，錢亦繡起身看看書格，裡面多是經書，還有四書五經，也有幾本練武的書。沒想到弘濟也學這些，怪不得錢亦錦說他博學多才。

出家人不是講究六根清淨嗎？學這麼多東西，還怎麼清淨？

錢亦繡暗道，弘濟小小年紀就師從輩分最高的悲空大師，跟弘圓住持、梁錦昭拜同一個師父。梁錦昭的爺爺是衛國公，那麼弘濟的親人也該有高貴的身分；再看看屋內擺設，無一不精緻考究，更說明他的出身肯定非比尋常。他的家人不知為什麼會讓這麼可愛的小男孩出家？而且好像沒來看過他，讓弘濟很傷心。

弘濟和錢亦錦在書案旁認真討論起學問來，一個問、一個答，感覺不是待在禪房，而是在書房裡。

錢亦繡見狀，便不打擾他們，領著猴哥出了禪房，到外面逛去。

第五十七章

錢亦繡帶著猴哥來到小溪邊，小猴子跳進水裡，興奮地大叫起來。

錢亦繡把小指頭豎在唇邊，低聲噓道：「別亂叫，肅靜。再淘氣，就打屁股了。」話落，她身後傳來一陣渾厚的笑聲。「這潑猴，一來就把溪頂山攪得天翻地覆，獼猴們被你嚇跑了，又來這裡偷魚吃，還不快放下。」

猴哥轉頭一看，立刻扔掉剛抓到的魚，高興地從水裡爬出來，跳到來人身上。

錢亦繡也回頭看，來了一老一少兩個人。

少的當然就是梁錦昭。他又比去年長壯了些，唇邊生出幾根軟軟的鬍子，真是早熟。老的是個白鬍子、白眉毛的老和尚，癟嘴裡只剩幾顆牙。可看膚色和精神，紅光滿面、雙目炯炯、神采奕奕，似乎比錢大貴還年輕得多，肯定就是小和尚的師父——悲空大師。

錢亦繡雙手合十道：「大師好。」又跟梁錦昭打招呼。「梁公子。」

悲空大師對錢亦繡點點頭，便被懷中的猴哥纏得大笑起來。

梁錦昭俯瞰著錢亦繡，笑道：「小丫頭長高也長胖了，看來妳家裡的日子好起來了嘛。」一副大人對小孩、上級對下級的模樣。

熊孩子！錢亦錦腹誹一句，抬起腦袋笑道：「謝謝梁公子，也謝謝你爺爺，我家拿到爹爹的賠償銀子了，朝廷還減免三年賦稅。」

梁錦昭擺手。「無須謝我，要謝就謝皇上。皇上英明仁慈，體恤百姓。」

弘濟和錢亦錦也出來了，錢亦錦雙手合十，向悲空大師作揖，又同梁錦昭寒暄。

弘濟對悲空大師介紹道：「師父，他們就是小猴子的新主人，也是弟子在俗界的……朋友。」覺得稱朋友似乎有些不妥，但還是這麼叫了。又笑著說：「師父喜歡吃的蜜汁糯米藕，就是他們家做的。」

悲空大師笑著點點頭。「阿彌陀佛，這對小施主是人中龍鳳，將來定會前程錦繡，一飛沖天。」

這是在給她和錢亦錦批命？不過，老神仙說話，總是那麼似是而非。皇帝和皇后自是龍鳳，但在百姓眼中，只要兒女出息，都可比作成龍成鳳。至於一飛沖天，封侯拜相可稱一飛沖天，不過對百姓而言，只要中舉，就算沖上天了。她很想問問，這人中龍鳳、前程錦繡、一飛沖天，指的到底是什麼？卻還是忍住了。如果悲空大師真是老神仙，說不定連她的靈魂從哪兒來都能看穿，還是不問為妙。

錢亦繡低眉斂目，沒吭聲，錢亦錦欣喜地躬身致謝。「謝謝大師的吉言。」

悲空大師笑著對錢亦錦點點頭，又對錢亦繡說：「老衲平生沒有別的愛好，就喜歡美味素食。小施主記著，以後若有好藕，定要早些做出這道菜品，給老衲嚐鮮。」

錢亦繡嚇一跳。悲空大師不只是會算命的高僧，還是饞嘴老孩子，怪不得弘濟被他餵得這樣白白胖胖。

高高在上的高僧形象瞬間坍塌成凡人。或許悲空大師已算出她的出處，知道她手上有不凡的蓮子，但兩人的距離似乎一下子被拉近，錢亦繡也不再那麼怕他。人但凡有短處，就容易被拿捏。

於是，錢亦繡脆生生地應了。「好，若種出來，我一定立刻送來給大師品嚐。」

悲空大師咧著癟嘴笑道：「好，小施主果真冰雪聰明。記著，以後有新奇的藕、桃子什麼的，就先給老衲嚐嚐。」

悲空大師的饞相，讓他的兩個徒弟紅了臉。

既然悲空大師得寸進尺地提出要求，錢亦繡也不吃虧，提個請求。

「大師，既然您是高僧，連我們兄妹多年後能前程錦繡、一飛沖天都算出來了，肯定也能算出我爹爹到底是怎麼死的，麻煩您算算他的屍骨大概在哪兒，我家好派人去找，把他『請』回家，魂歸故里。若實在尋不到屍骨，我哥哥長大了，也能親自去祭拜。」

她之所以提出這樣的請求，一是真想把小爹爹的屍骨請回來，還有一個，就是再考考悲空大師，看看他是不是真的那麼厲害？

悲空大師聞言，賴皮地說：「小女娃也不想想，相面相面，就是要看人的臉。老衲連妳爹的面都沒相到，怎麼能算出他在何方？」

「難道不能掐掐您的手指？」錢亦繡提醒道。

「妹妹。」錢亦錦難得地瞪錢亦繡一眼，愛在家裡胡說八道也罷了，怎麼能在高僧面前胡言亂語？趕緊給悲空大師賠不是。「大師請見諒，我妹妹年紀小、不懂事，若有沒禮貌的地方，請大師勿怪。」

悲空大師擺手，笑道：「小女娃可不是不懂事的人。」遂真的掐了掐手指，對錢亦繡說：「小施主，老衲不是神仙，並非事事都算得出來。妳爹的屍骨到底流落在何處，老衲也不甚清楚。不過小施主放心，妳爹最終肯定會人歸——哦，不對，是魂歸故里。已經等了這些年，不差再等等。」

錢亦繡好想說，這不是廢話嘛，一竿子又支到了猴年馬月。

錢亦錦卻如釋重負，對妹妹道：「妹妹，大師的意思是，咱們以後就能知道爹爹的屍骨到底在哪裡，到時候把爹爹請回來，重新下葬，讓他魂歸故里。」

悲空大師聽了，笑而不答，表情越發莫測高深。

中午，悲空大師請他們吃了一頓頂級素宴。

在他禪房的側屋裡，黑紫色大方桌上擺上十道菜。菜不算多，但絕對精緻，分量足，味道比她家的飯菜香多了。錢亦繡吃得想把舌頭吞進去，錢亦錦更是甩開腮幫子，大快朵頤。

錢亦繡問起崔掌櫃，梁錦昭說：「我有個親戚要來西州府辦事，我們就等他同行，十日才出發。五天前到西州，在我外祖家待兩天，昨天才來溪山縣。崔掌櫃八成今天就去妳家了。」又豪爽地說：「我特地跟崔掌櫃交代過，讓他不要與你們爭利，該給妳家多少，就給多少。」

錢亦繡笑著謝過，卻尋思著，他不爭利，不代表他娘不爭利。不過，跟梁家合作主要是尋求庇護，從沒想過會有平等待遇。

聽見崔掌櫃可能去了家裡，錢亦繡歸心似箭。

走之前，悲空大師給了小兄妹兩串檀木佛珠，說這是他開過光的，戴上能安神定氣。佛珠色澤深厚，香氣濃郁。

接著，他又悄聲跟錢亦繡說：「那茶葉還是原汁原味的好。以後小施主若再摘得那茶葉，記得給老衲拿些來，要拿鮮茶，老衲自己製。」

錢亦繡納悶極了，這是老孩子還是老奇葩？但凡高僧都德行崇高，甘於淡泊，可悲空大師明顯不是這麼回事，完全顛覆了她對高僧的所有想像。

想是這麼想，也不知什麼時候能再去洞天池，但錢亦繡仍點頭應是，與錢亦錦向悲空大師與弘濟告辭。

小兄妹回到家，崔掌櫃果真在家裡等著他們。

崔掌櫃笑著拿出一張銀票。「那鮮茶是三斤多，製成茶葉大概有七兩。這是買茶葉的錢。」

錢亦繡接過銀票看看，假裝吃了一驚，遞給錢三貴。

錢三貴看了，立刻瞪大眼珠。「崔掌櫃，你是不是拿錯了？七兩的茶葉，怎會值這麼多銀子？」

那是七百兩的銀票。

崔掌櫃道：「就是我們茶鋪最頂級的霧溪峰尖，一斤也才賣八百兩。這種鮮茶，已經給你們高價，一斤一千兩了。」

這種茶十分奇特，鮮茶色彩碧綠，但製成後，顏色卻碧中帶金。泡時，葉片舒展，如蟬翼般輕薄透明，但湯色金黃豔麗，氣味香甜濃郁，滋味甜醇鮮爽。七兩茶，送了二兩進宮，一兩給悲空大師，一兩孝敬衛國公和夫人，一兩給親家老爺，還剩二兩，連府裡的大奶奶和大爺都捨不得喝。

崔掌櫃又道：「大爺給這茶取了個雅名，叫金蛾翼。對於我們合作的事，大奶奶也交代了。她說，這茶籽看不出來是金蛾翼的籽，但選擇相信你們。茶樹換了地方，栽種出來不一定有這麼好，可只要有七成像，就夠了。

「你們雖然提供這種罕見的茶籽，但我們要出茶園、出人力，還要等到四年後才會有收益，而且效果如何，還無法預測，冒的風險非常大。所以，大奶奶說，種植金蛾翼，我們兩家九一分成；還有，所有茶籽都給我們，你們不能自種或再賣給別人。如何？」

錢亦繡點頭。一成就一成吧，好歹巴結上衛國公府。

接著，把當過掌櫃的錢華叫來，幾人又商量合作的契書內容，並寫下來，改天拿去縣衙上檔。

崔掌櫃走後，錢亦繡把悲空大師送的兩串佛珠拿出來，分別送錢三貴與程月，很不好意思地跟吳氏說：「奶奶，爺爺和我娘都有病，這佛珠能安神定氣，就先給他們了；改天我再找大師討一串，孝敬奶奶。」

吳氏笑道：「奶奶知道繡兒孝順。這佛珠再好，也沒有妳給的那根金鑲玉簪子好。別去找大師要東西，這麼做不好。」

錢亦繡點頭應了。

母女倆回了小屋。程月笑咪咪地拿出剛做好的三套新衣、三雙新繡花鞋，讓錢亦繡試試。

前幾天，程月跟吳氏說，要給女兒多做幾身綢緞夏衫和幾雙綢面繡花鞋，讓吳氏拿十幾尺綢緞出來。還把錢亦錦拉出來做比較，說他是男娃，都有好幾套綢子長衫，可錢亦繡只有一套綢子衣裳，而且是春衫。

吳氏不願意，程月隨即紅了眼圈，難過地說：「娘，若江哥哥看到繡兒被咱們帶得這樣隨意，會不高興、會怪月兒的。月兒以後再不穿綢緞衣裳，都給繡兒穿。」

吳氏聞言，生氣了。「什麼，咱們把繡兒帶得隨意？月兒沒出過門，不知道村裡那些人家是怎麼帶女娃的。」

程月用帕子抹著眼淚。「不管別人家的女娃如何，但月兒的女兒就是要帶得精緻。」

吳氏不贊成地說：「喲，妳又不是什麼公主、郡主，妳的女兒怎麼就……」

她的話沒說完，就被錢三貴攔住。「現在家裡的日子好過了，兒媳想把繡兒打扮漂亮些也在情理之中。張家送給錦娃和繡兒的那些綢子，就交給兒媳保管吧。她想怎麼給孩子做衣裳，都由著她。」

吳氏更不願意了。「有幾疋好綢緞，我是想留給霞兒做嫁妝的。」

錢三貴道：「咱們家還有那麼多存銀，隨便拿點出來就能給霞兒置份不錯的嫁妝，哪裡需要扣下人家送孩子們的料子？」

吳氏無法，只得從臥房裡拿了五疋綢緞出來，還難得瞪了程月幾眼。

程月曉得婆婆不高興，還是硬著頭皮，把綢緞抱進自己的小屋。

三套衣裳都是夏衫，非常漂亮，也合身，不像之前一樣，做得又寬又大。

看著打扮得漂漂亮亮的錢亦繡，程月笑得顧盼生輝，無比滿足地說：「嗯，娘的繡兒好看。記著，以後天天都要這樣漂漂亮亮、乾乾淨淨。」忽然想到什麼，眼神黯了黯。「如果江哥哥看到女兒帶得這樣好，也會誇月兒的……」

錢亦繡嘴上笑得歡，還使勁感謝程月，可心裡卻極不以為然。當她是小娘親啊，天天足不出戶，穿成這樣。別說不方便跟著猴哥去尋寶，就是在村子裡走一圈，那些心術不正的人就會想法子把她偷出去賣錢。

以後，去村子裡還是穿之前的舊衣，在小娘親眼前晃或是進城時，再換上這些新衣。

夜裡，程月早已進入夢鄉，錢亦繡卻睡不著，在想如何多買些地，挖塘種洞天池的金花藕？

聽崔掌櫃對金蛾翼的描述，無論是製出來的茶葉，還是泡出來的茶湯，都是帶金色的。而洞天池裡產的珍珠，絕大多數也泛著金光，年分越久的大珍珠，金光越濃，而時日稍短的金光極淡，要仔細瞧才能瞧見。那些小於豌豆的小珠子或許還沒長成，就看不到金光了。

看來金色，應該是洞天池裡的特色，那裡的蓮藕也是偏金色的，所以她取名為金花藕；桃子也不是桃紅色，而是帶金色的橙色。以後若能把桃子種出來，就叫金蜜桃。

錢亦繡又想著，這種特殊的蓮藕，主要靠前幾年多掙錢，時日久了，別人弄去藕種種出來，價錢肯定就沒有開始高了，那麼就得多種，還要多買些好地，蓮藕才能長得更好。西邊的地便宜，地下的土質也不錯，挖塘種藕後，挖出來的土堆成人工小山，以後種桃子。

如今家裡有一千七百多兩的存款，還有幾顆放在溪石山裡的珍珠，錢是夠的，最好請崔掌櫃幫忙，直接從縣衙買田，再由買來的人管理，那樣自家也能低調些。

這些都不是問題，問題是怎麼說動爺爺同意她的規劃？

錢亦繡苦思著，直到後半夜，才迷迷糊糊地睡去。

第二天早飯後，錢亦繡出去低聲交代猴哥，讓牠帶著大山去把藏在溪石山裡的荷包取回來，又鄭重許諾，若這珠子賣了錢，它和奔奔、跳跳的銀項圈就有著落。

聽見銀項圈，猴哥的眼光一下亮起來。牠心裡還一直惦記著，便使勁點頭，又比劃幾下。

錢亦繡馬上保證。「若這次再食言，我就變成獼猴，隨你拿捏。」

錢亦繡怕猴哥把荷包裡的珠子掉出來，特地給牠換了件縫有內袋的小衣裳，讓牠把荷包放進內袋裡揣好。

接著，猴哥帶著大山和奔奔從院子的後門出去。錢亦繡帶著跳跳，坐在門邊那幾叢竹子下看風景。

大概半個時辰，猴哥和大山、奔奔就跑回來。錢亦繡開門放牠們進來，從猴哥懷裡取出荷包，捏了捏，裡面的珍珠一顆都不少。她把荷包揣進懷裡，拍拍猴哥的頭。「真能幹，你們等著戴銀項圈吧。」然後領著動物之家去了小院子的堂屋。

第五十八章

錢亦繡讓動物之家待在門口玩，又吩咐牠們把門看好。

她關上門，把荷包裡的珍珠掏出來，對錢三貴說：「爺爺，上次我跟猴哥和白狼去山裡，不只撿了茶籽和蓮子，還撿了幾顆漂亮珠子，我怕被人搶了，就藏在路過的亂石堆裡，剛剛才讓猴哥和大山去取回來。」

錢三貴見孫女的小手上放著八顆珍珠，顆顆滾圓潤澤，有三顆稍稍大些，另外五顆也比豌豆大，遂拿起一顆稍大的珠子仔細瞧。珠子呈淡粉色，在射進來的陽光照耀下，流光溢彩，柔和的粉色中，竟然隱隱透著幾絲金線。

他早年跑鏢時，也見過上好珍珠，但品相都沒有這個好，臉色瞬間嚴肅，在她耳邊低聲說：「繡兒撿到珍珠的事，千萬不能說出去，除了妳和爺爺之外，誰都不能說，包括錦娃和妳奶奶。妳找到的茶葉已是價比黃金，若再傳出拾得上品珍珠的事，妳和猴哥就危險了，咱家後面的山裡也不會太平。」

錢亦繡也是這麼想。雖然錢亦錦聰明，但到底年紀小，怕他無意中說漏嘴；吳氏膽子小，若知道這個秘密，肯定要緊張，就讓她好好享福，不要再惹她煩惱。

她果真沒看錯，錢三貴是個好爺爺，第一個想到的是孫女的安危，而不是用珍珠發大財。看他一臉嚴肅，又想著，幸好沒把會惹事的大珍珠拿回來，否則定連覺都睡不著。

錢亦繡乖乖點頭。「好，不說是繡兒撿的，咱們另外想個來歷。」

錢三貴猶豫一下。「這件事，爺爺有辦法遮掩過去，繡兒就不要操心了。」

錢亦繡應了，又說起這幾顆珠子的分配。「這些珠子，我想留兩顆給姑姑當嫁妝，兩顆放在家應急，四顆賣給銀樓。」

錢三貴考慮一會兒，道：「留一顆小珠子給霞兒做嫁妝，留一顆大珠子給錦娃，再留一顆大的，以後給妳帶去婆家，剩下的都賣了吧。再多買些田地，妳奶奶就不會那麼摳手摳腳，不敢花錢。」

錢亦繡心道，還有更好的珠子留在洞天池，溪石山裡也有好東西，等著猴哥長大去取，實在沒必要貪這些東西，便大方地說：「繡兒和哥哥還小，不要，都拿去賣錢，給家裡買地、買人。等我們大了，家底也更厚，會有比珠子更好的東西。」

錢三貴還是固執己見，拿出兩顆純白色的大珠子塞進荷包。「這珠子值高價，有錢也難買到，留著讓你們傳給後人。繡兒是妥當的好娃子，錦娃和妳的珠子，就由妳好好保管。家裡的錢財分散放，更妥當。」

他想了想，又道：「大珍珠的價錢爺爺說不準，即便是小珠子，一顆也不會低於百兩。賣一顆大珠子、四顆小珠子，至少能賣千兩，然後拿些錢出來給妳小姑姑置嫁妝，再買些田地……最好不要在縣城賣，拿到省城賣，能賣得起價，也不容易被熟人看到。」

錢亦繡也覺得應該去省城。省城有家寶吉銀樓，信譽不錯，而且她早就想去省城玩，遂摟著錢三貴的脖子撒嬌道：「繡兒要和爺爺一起去省城賣珠子。」

錢三貴樂呵呵地點頭。「好，也把錦娃帶去。」他已經有十幾年沒去過省城，心中頗多感慨。

錢亦繡又說，塘裡能養出這麼好的珍珠，猴哥也喜歡吃裡面的蓮子，那結出來的藕肯定也不會差，又說了買地挖塘的想法。

錢三貴看了珍珠的品相，再想到那價值千兩的茶葉，心裡已認定猴哥帶孫女去的地方絕對不同尋常。猴哥又喜歡吃那種蓮子，肯定錯不了。

錢三貴本是個冒險家，膽子也大，不然也不會去跑鏢，思考片刻便同意，又道：「那種蓮子，也不要說是繡兒從山裡撿回來的。」

原來爺爺也是隻老狐狸啊！錢亦繡笑得咧開嘴，使勁點著小腦袋。

看看時辰，吳氏該回來了，錢亦繡這才出了堂屋。

吳氏回來，看丈夫並沒有像往常一樣坐在堂屋的羅漢床上，而是坐在臥房裡，拿著小錦被和小衣裳發呆。

吳氏問他：「怎麼把這東西拿出來了？」

錢三貴低聲道：「今天無事，我又想起錦娃的身世，把這些舊東西拿出來看看。結果，還真看出名堂來了。」舉起手中的小衣裳晃了晃。「竟然在衣裳裡找出幾顆珍珠。當初咱們翻遍包被和衣裳，只找到那幾塊銀餅子，卻沒注意小衣裳的盤扣，那裡面包的居然是珍珠。」

錢三貴把手攤開，六顆滾圓晶瑩的珍珠躺在他手心裡。

吳氏雖然不太識貨，但也能看出珍珠是好東西，一陣欣喜。

錢三貴說：「我想了想，除了給霞兒留一顆當嫁妝，剩下五顆都拿去省城賣掉。」

吳氏道：「當家的，賣三顆珠子就好，也該給錦娃和繡兒各留一顆。」

錢三貴點頭。「錦娃和繡兒的，我已經讓繡兒拿去放好了。」

吳氏大驚。「繡兒還是個孩子，當家的怎能把那麼值錢的東西交給她？」

錢三貴道：「繡兒是精明娃子，比很多大人都妥當。」又說：「這幾顆珠子能賣不少錢，咱們拿些錢出來給霞兒置嫁妝，剩下的再多買些田和地，還要再買幾個下人。錦娃將來要傳承錢家的香火，繡兒是咱們的至親血脈，以後家裡的財產就是他們兩個的，等他們長大，一家一半……」

吳氏聽完他的分配，覺得很周到公平，便同意了。

晚飯後，當一家人還圍在桌邊時，錢三貴拿出五顆珠子給大家瞧。

「這珠子是我當年跑鏢時，在洋人手裡買的，當時怕弄丟，就縫在襖子裡，後來受傷，就給忘了。今天滿江的娘在整理舊襖子時，竟然把它們找了出來。」表情極為沈痛。「我怎麼就把這事忘得一乾二淨呢？若早些找到，把它們賣掉，以前也不會過得那麼艱難。」

這些話，是他和吳氏商量好的說詞。

錢亦錦體貼地說：「爺爺無須自責，或許這就是天意。」

錢三貴聽了，讚許地看看小孫子，又道：「這珠子一共有八顆，霞兒、錦娃、繡兒一人一顆，已經收起來了。過陣子，我想去省城把這五顆珠子賣了，也把錦娃和繡兒帶去。讀萬卷書，不如行萬里路，讓他們出去見見世面。」

錢亦錦和錢亦繡樂了，程月的眼睛卻蒙上一層水霧。「錦娃是男娃，實在要去就去吧，可繡兒不能去，月兒離不開她。」

錢亦繡說盡好話，錢亦錦也幫著妹妹勸，可程月還是固執地搖頭。

錢亦繡見狀，乾脆學起程月，含著一汪淚水說：「繡兒不去就是了，繡兒留在家裡陪娘親。可是，繡兒真的真的好難過，難過得連覺都睡不著。」

可憐的小模樣和口氣像足程月，無論誰看了都會心生不忍。不說程月心疼不已，其他人也心疼錢亦繡，幫著勸起程月。

最後，程月只得含淚答應了。

錢三貴又說想等高管事進省城時，搭他家的馬車，這樣快得多。若是坐牛車，一天的工夫還到不了，得在外面歇一宿。

第二天上午，錢三貴打發錢華去宋家莊問高管事父子，看看他們什麼時候去省城？

吳氏開始準備錢三貴祖孫去省城的東西。他們至少要在省城歇幾晚，哪怕住在錢四貴家裡，也要帶些換洗衣裳，還有路上的吃食，以及給四房的禮物。這次吳氏要在家裡坐鎮，由黃鐵陪著他們去。

巳時末，萬大中父子來了。

錢亦繡驚得眼睛都瞪大。萬大中來，不讓人吃驚，讓人吃驚的是他的打扮。平時穿短打的萬大中竟然穿了套湖藍色圓領箭袖長袍，頭髮用一根玉簪束在頭頂，顯得更加挺拔，儀表堂堂。手上的禮也不是平時的獵物，而是一籃葡萄。

這副打扮，一看就是來拜見岳父母的。

錢滿霞把父子倆請進屋，紅著臉給他們倒完茶就退出去。錢亦繡賴在屋裡不走，裝作沒看懂吳氏讓她出去的暗示。

四個人一番客氣後，萬二牛表達了想請媒人來錢家為萬大中說媒的心願。

萬大中還怕錢家不同意，紅著臉站起身，向錢三貴和吳氏保證，如果他有幸娶到錢滿霞，定當珍惜，夫妻舉案齊眉、相敬如賓，讓她成為最幸福的女人。

萬二牛也說，娶了兒媳後，就不再讓兒子天天出門打獵，也會把家中的中饋交給兒媳婦打理。

父子倆的表態讓錢三貴和吳氏非常高興，錢三貴笑道：「萬二哥客氣了，兒媳婦娶回去就是要孝敬公婆、服侍丈夫的，能找到大中這樣的女婿，是霞兒的幸運，也是我們錢家的幸運。」

四個人商議好，明天請媒人來說合。兩年後，等錢滿霞及笄就成親。

第二天，錢家三房隆重地接待了上門的媒婆，不僅答應親事，還給她封了兩百文的大紅包。

萬、錢兩家彼此中意，又知根知底，早有準備，半個月就走完了三禮。合八字時，還是錢亦錦去大慈寺找弘濟幫忙，請弘圓住持親自測的，說是吉配，乃天作之合，讓這樁親事更是錦上添花。

萬家送了副玉鐲作為訂親信物，這是萬大中母親在世時，特地給未來兒媳準備的。

這個信物在十里八村都是數一數二的貴重，吳氏簡直快樂瘋，不是因為值多少錢，而是女婿對自家閨女的重視。

這段時間，錢滿霞是最幸福的姑娘，儼然成了附近幾個村的話題，被眾多人羨慕嫉妒恨，連說酸話的都有。

因為遇到錢滿霞訂親，去省城的事就耽擱下來。

錢三貴抽了一天空，帶著錢華去縣城，在崔掌櫃的幫助下，去縣衙辦契書。

錢家三房打算創立一間商行，命名為錦繡行，將統管錢家的所有生意。現在沒工夫買鋪面，等他們從省城回來後再買。先把商行的名字取好，在縣衙上檔。

之所以取名為錦繡行，不僅名字本身吉利，期許這個商行能蒸蒸日上，更是錢亦錦和錢亦繡兩人名字的結合。錢三貴希望，將來孫子孫女能共同擁有錦繡行。

錢華當仁不讓地當上錦繡行的掌櫃，負責具體事宜。

錦繡行的第一筆生意，就是同霧溪茶行合作。

霧溪茶行特地開闢一個小茶園種植金蛾翼，若是成功，以後再多種。凡是霧溪茶行種植並售出的金蛾翼，都會分一成利給錦繡行。

令錢三貴受寵若驚的是，辦完事後，他竟然同縣丞及幾個衙門裡的官爺喝茶敘話。崔掌櫃還幫忙介紹，說錢三貴是與霧溪茶行來往的大商人，請官爺們多關照。

為讓錢華一心一意打理鋪子，錢三貴決定，這次去省城，就把魏氏接回來，過些日子，讓錢曉雷也去上學，以後給錢亦錦當小廝。

錢華聽了，非常高興，跪下給錢三貴磕頭，晚上又帶著錢曉雷來堂屋答謝主子。

等錢華父子滿懷感激地走後，程月就對錢三貴說：「公爹，您賣了珠子，就給繡兒買個丫鬟吧，只服侍她一個人。錦娃都有自己的小廝了，繡兒也要有自己的丫鬟才好。」

錢三貴本就想再買幾個下人，給孫女單買丫鬟是兒媳婦的執念，加上家裡的錢財都是錢亦繡跟著猴哥找回來的，便毫不猶豫地點頭。「好，就給繡兒單買個漂亮能幹的丫鬟。」

程月聽了，嫣然一笑，頓時滿屋生輝。

六月十七日下午，高良來了，說後天會上省城，可以帶錢家一起去。

錢三貴應了，留他在家吃晚飯，讓吳氏趕緊去弄幾道好菜。

兩人正說笑著，萬大中也上門了。

古代訂親的男女不見面，但這些是城裡人家或自詡詩禮之家才講究，鄉下人家不在意這個。萬大中照樣來，但錢滿霞會迴避。

他聽說錢家祖孫要去省城瞧瞧錢四貴開的老兄弟點心鋪及給錢滿霞置辦嫁妝，也想跟他們一起去，買些好東西當聘禮。

錢三貴一聽，更高興了。他本來想讓錢華去看看鋪子的經營情況，順便再把魏氏接回來，但因擔心路上的安全，只得換成黃鐵去。可黃鐵一走，他又擔心家裡，心裡總是不踏實。

萬大中去最好，讓黃鐵留在家裡，把錢華帶上。

三個男人喝著酒，說好十九日晨時初，由高良趕馬車來接他們。早些走，才能趕在城門關前到達。

錢亦繡也擔心路上的安全，還有小娘親，決定只帶奔奔去省城，讓猴哥和大山、跳跳在她回來之前不要出門，把家看好。

又跟牠們說，她這回上省城，就是去賣珠子給牠們打銀項圈的，還煞有介事地拿軟尺幫猴哥和大山母子量尺寸。

錢亦繡覺得，珍珠能賣不少錢，也該給任勞任怨的大山打個銀項圈，不能總讓老實人吃虧。

猴哥聽說主人要去打銀項圈，興奮得眼睛亮晶晶；大山也高興，主人沒忘了牠，終於守得雲開見月明，搖搖尾巴，表示這段日子就不出去玩，會留下來看家。

而奔奔聽說要帶牠出去玩，高興得直用腦袋拱小主人，樂得不得了。

第二天，錢三貴去了大房，想問問錢老頭有什麼東西要帶給四房？錢亦繡也跟著去了。

今天錢亦多穿了套桃色細布衣裙，這料子還是吳氏上年給汪氏的。錢滿蝶在衣襟上繡一枝梨花，枝上還站著一隻翠色小鳥。

穿了新衣的錢亦多本想去三房顯擺一下，結果錢亦繡主動上門。

錢亦繡欣賞完小姑娘的衣裳，真誠地說：「嗯，好看！」

如果她是花溪村第一美的小姑娘，那麼錢亦多當仁不讓，就是第二美的。

錢老頭讓錢亦繡帶著錢亦多，去二房叫錢二貴來吃午飯。

吃飯時，錢三貴把自己和錢華精力有限，想再選個大掌櫃管理老兄弟點心鋪的想法說了。他覺得錢四貴是最好的人選，年輕，又有經驗。但他不好直說，便讓大家商量，看看誰適合？

錢大貴、錢二貴一聽，都想讓自家的兒子當，但也不好意思說出來。

錢老頭猶豫著說話了。「我覺得老四最適合當這個大掌櫃。」看大兒子一眼。「老四比老大、老二年輕，比滿川、滿河有經驗，最關鍵的是，他住在省城，將來他在省城把鋪子發展好，滿川、滿河就到省城去，咱們錢家的後人就變成省城人了。」

錢老頭的最後一句話讓大房、二房動了心。在鄉下當掌櫃又怎麼樣，哪裡比得上當省城人更好？便點頭同意。

晚上，程月睡覺時，把錢亦繡摟得緊緊的，反覆說著「一定要快些回來，娘在家盼得辛苦」之類的話。

天氣熱，被程月摟著不太舒服，但錢亦繡能理解她的心情，也就由她去，又寬慰她，才把她哄睡。

第二天，天剛矇矇亮，三房一家人就起床了。

早早吃完飯，高良趕的馬車來了，錢三貴帶著孫兒、孫女及奔奔坐進去，萬大中和錢華坐在外面。

中午到了鄴縣，幾人在這裡吃飯，又餵了馬。

下午，馬車繼續行進。為了趕路，沒停下來吃晚飯，只吃了些錢家帶的點心。

戌時初，馬車終於通過護城河，進了省城西州府。此時正是華燈初上，街道兩旁的店鋪還沒關，樓外高掛燈籠，樓內透著燭光，好一派繁華景象。

大乾只在重要時刻才下令宵禁，所以晚上依然熱鬧繁榮，尤以省城為最。

錢亦繡又是感慨頗多。真是物是人非，一年前來這裡時，她還是鬼，現在已經是人了。

錢三貴的眼圈紅了，多少個夜晚魂牽夢縈，以為這輩子再也到不了省城，沒想到今日竟來了。雖然瘸了腿，但他此時的身家，卻是十幾年前跑鏢時想都不敢想的。

高良曾經去過錢四貴的家，直接駕車去一條靠城邊的小街道。這裡路狹、房屋低矮，一看就是窮人住的地方。

錢四貴家是個一進的小院子，正面、左面各四間房。正房是人住的，左面一間點心房、一間是倉庫，另一間是廚房，最低矮的那間是茅房。

右邊是一堵圍牆，跟另一家的院子共用。圍牆下是雞圈，養了幾隻雞，院子裡還有一棵參天大樹，比他家房子還高。

即便是這個小院子，也是錢四貴家每月花一兩銀子租的。

錢四貴知道他們要來，房間早都準備好，但沒想到萬大中也來，只好重新安排住的地方。

正面共四間房子，三間臥房、一間堂屋。錢四貴和錢三貴睡一間，楊氏帶著錢滿亭、錢亦繡擠一間；錢華與魏氏一間，萬大中帶著錢亦錦睡堂屋的地鋪。

錢亦繡看著狹小的屋子，覺得在省城當窮人，還不如待在鄉下呢，至少住得寬敞。

第五十九章

第二天，錢三貴跟錢四貴說了請他總管老兄弟點心鋪，還要找間大鋪面在省城賣點心的事。新官上任的錢四貴便樂呵呵地出去找院子了。

錢三貴則帶著小兄妹及錢華上街，萬大中也不識相地要跟著去。

路上，錢三貴便暗示自己有幾顆早年跑鏢時買的珠子，想賣了買些田地，給錢滿霞置辦嫁妝。

萬大中笑道：「來之前，我爹特地打聽一下，說寶吉銀樓是老字號，童叟無欺，讓我去那裡給霞兒買樣首飾，但那裡的東西太貴，我只買得起一樣。其他首飾擺件，還是得去一般的鋪子裡買。」說完，不好意思地笑笑。

錢三貴點頭。「寶吉銀樓確實不錯，當年我還曾幫這家鋪子押過鏢。」又勸萬大中：「這家的東西的確貴，大中置聘禮也要量力而為，別太破費。」

錢亦繡本來還想著怎麼把錢三貴勸進寶吉銀樓，沒想到他們都認為這家不錯，倒是省了她的口水。不過，萬大中還真不識相，這種事，他怎麼不知道避避嫌呢？

寶吉銀樓是一棟三層樓的建築，與這個時代的大多數店面一樣，青磚飛簷、雕花朱色門窗，只不過瓦片顏色偏灰，是意喻銀子的意思吧？

錢亦繡曾經見過的南洋金珠，就是出自這家店。當時店裡進了兩顆，另一顆以五千兩銀子賣出去，還剩一顆作為鎮店之寶，謝絕出售。

一進大門，便有夥計上前招呼，並沒有因為他們穿著簡單而輕視。

錢三貴對迎上來的夥計說：「早年我在洋人手裡買下幾顆珠子，現在家裡急著用錢，想要賣掉。」

夥計點頭，請他們進來說話，又大著嗓門喊了句：「掌櫃，這裡有客官要賣珠子。」

「來了。」隨著聲音，一個四十多歲的微胖男人從樓上走下來。

丁掌櫃來到錢三貴面前問：「客官有什麼珠子要賣給本店？」見錢三貴沒說話，趕緊伸手請他進雅間。「請，咱們裡面談吧。」

錢三貴帶著小兄妹進去，而萬大中和錢華很知趣地沒跟著。

雅間裡，丁掌櫃請錢三貴祖孫坐下，又讓夥計倒茶，方問：「客官想賣的是什麼珠子？」

錢三貴道：「我早年跑鏢時，在洋人手裡買下幾顆上好珍珠，一直捨不得賣。如今家裡打算添置田地，又要嫁閨女，還想讓孫子讀書考科舉，急需錢財，所以才拿來賣。掌櫃瞧瞧，這珠子您還看得起嗎？」

說完，把懷中的荷包取出，把珠子倒在手上。

丁掌櫃看著他手裡的珠子，心裡一喜，拿起最大的一顆，表情立即嚴肅起來，疾步走到窗前對著陽光瞧，然後又點上油燈，拿在燈旁，變換著角度看。

看了一陣後，他來到錢三貴跟前問：「請問客官，我可否知道這顆珠子產自哪裡？」

錢三貴搖搖頭，壓低聲音，神秘地說：「我也不知。那洋人說的話，我聽不懂，我們的買賣是靠打手勢進行的。」

丁掌櫃問道：「你們想賣多少錢？」

錢三貴回答：「丁掌櫃是做這個生意的，我們也相信寶吉銀樓童叟無欺，才慕名前來。若丁掌櫃給的價錢適合，就在這裡賣。」

丁掌櫃實在太喜歡這顆大珠子，志在必得，但面上不顯，考慮片刻才說：「這幾顆小珠子，雖說品相不錯，但只能算是中上，一顆就算一百兩；這顆大珍珠，就給二千兩，怎麼樣？價錢已經非常公道了。」

這已經遠超過錢三貴心裡的估價。但他來省城前，錢亦繡提醒過他，不管銀樓出的價錢令不令他滿意，都不能馬上答應或拒絕，要面無表情地思索片刻，再說說大珍珠的優點。小珠子只要有一百兩，就不講價，但大珍珠必須再在他們說的價錢上，多添三百兩。

所以，樂意聽話的錢三貴沒有喜形於色，而是思索著，把丁掌櫃手裡的大珠子拿回來。「我之前押過不少珠寶，仔細留意過，從來沒見過這種品相的珍珠，不管東珠還是南珠，都沒有這麼好的。」

錢亦繡在心裡為錢三貴豎起大拇指，依然不吭聲，看著兩人打機鋒。

丁掌櫃又伸手把大珠子拿過去。「我給的價不低了，也得讓我們賺些不是？」見錢三貴還不說話，咬咬牙，又道：「好，一口價，二千二百兩銀子，不能再高了，再高，我就作不了主了。」

聽孫女話的錢三貴又說：「二千五百兩。要，就拿去。」

只要是二千八百兩以內，丁掌櫃都會答應。聽錢三貴開口要二千五百兩，便一臉心痛地點頭了。

於是，五顆珠子一共賣得二千九百兩銀子，一家三口極為高興。

應錢三貴的要求，丁掌櫃給了五張五百兩、三張一百兩的銀票，另給五個二十兩的銀錠。

錢三貴揣好銀票和銀子，又說還要給女兒買幾樣首飾做嫁妝。

問了他們能出的銀子，丁掌櫃讓夥計拿了一個托盤來。

幾人挑了一套銀頭面、一根金雀簪、一對珍珠耳環，以及一副金鐲子。

他們挑完出去，萬大中也已經選好，是一根碧玉鏤金釵，花了四十兩銀子。

大家走出寶吉銀樓，錢三貴又說要領兩個孩子去不遠處的酒樓吃有名的龍眼包子。

錢亦繡和錢亦錦聽了，一陣雀躍。

錢亦繡等人剛轉出街去，另一邊的街口就駛來兩輛馬車，停在寶吉銀樓前。

前面的車上下來兩個人，其中一個正是梁錦昭，另一個是位絕美的中年男子。

中年男子身著廣袖華服，玉面微鬚，氣質如蘭，俊雅無雙。一下車，就吸引了所有人的目光。

錢亦繡沒看到這一幕，若看到了，定會吃驚這人長得怎麼有些面熟？而且，連俊美的梁錦昭跟他站在一起，都被比成了青澀的毛頭小子。

這不能怪梁錦昭不如人，實在是這男子的長相與氣質太出塵脫俗，無論是誰站在他旁邊，都會被比得暗淡無光。

兩人來到寶吉銀樓門前，中年男子抬頭看看牌匾，抬腿走進去。

丁掌櫃一看見他們，就打起十二萬分精神過來服侍。

中年男子開口道：「聽說你們銀樓有一顆南洋來的金珠，能否拿出來一觀？放心，我只是看看，不會強買。」聲音冷清又略帶慵懶。

這個男子太出色，而且他頭上戴的珍珠紫金冠已經充分表明他的身分，即使沒有人介紹，也能猜出他的身分。

再聽他提的要求，丁掌櫃更確定他是誰，正是大乾朝第一才子潘子安，人稱潘駙馬。

潘駙馬不僅是大乾朝的第一才子，還是第一美男子。出身世家，才貌無雙，儘管已年過四十，兩個第一仍無人取代。

他十六歲便中狀元，可謂少年成名，之後被紫陽公主看上，招為駙馬，便未進翰林院，直接受封榮恩伯。

有宰相之才的潘駙馬沒能繼續走仕途，轉而把心思寄情於山水和書畫，丹青造詣高得前所未有，是大乾所有學子推崇的名士。

潘駙馬有個眾所周知的愛好，就是喜歡收藏各式珍珠。

能得潘駙馬光顧，已是銀樓無上的榮光，若再能被他讚譽一番、買幾顆珠子，那寶吉銀樓將更負盛名。

丁掌櫃沒有絲毫猶豫，趕緊躬身，笑著請他們去三樓雅間。

上樓前，丁掌櫃跟幾個護院及小二低聲囑咐幾句，把門口的人擋住，別讓他們進來。

南洋金珠被鎖在三樓的櫃子裡，只有在京城的東家和丁掌櫃手裡有鑰匙。這個與牆壁連在一起的鐵櫃子裡，藏著寶吉銀樓的三大鎮店之寶。

片刻後，丁掌櫃捧著紅木托盤回到雅間。

托盤上放著一只紅木雕花妝匣，打開匣子，紫色絨布上放著一顆比豌豆還大的金色珍珠，珠子圓潤，色澤金黃，光可鑑人。

潘駙馬伸出修長白皙的手指拿起金珠，在燈下仔細觀賞一會兒，笑道：「嗯，圓潤、貴氣、雅致，倒真是個寶貝。」又偏頭跟梁錦昭講了這顆珍珠到底好在哪裡。

梁錦昭似懂非懂，卻頻頻點頭。

潘駙馬欣賞完，把金珠還給丁掌櫃，遺憾地搖搖頭。「可惜了，貴店不賣。」

丁掌櫃把珍珠收起來，笑道：「今天小人剛收了幾顆上好珍珠，尤其是其中一顆，大概重約六分，粉潤光澤，極是好看。聽賣珠子的人說，他是多年前偶然從洋人手裡所得，珠子也確實與東珠、南珠有明顯差異。」

「哦，那請快些拿來。」潘駙馬眼裡透出幾分欣喜的光。

丁掌櫃先去三樓把金珠鎖好，又捧著銀盤進雅間。

銀盤裡盛了洋漆描金大圓盒，打開圓盒，藍色絨布上，分散臥著一大四小五顆珍珠。

潘駙馬先拿起那顆大珠子觀賞一番，滿意地點點頭，側身對梁錦昭說：「昭兒看看，這珠子裡飄著幾絲金線，如透過雲層的金光，很是奪目。這與其他珠子上的斑點不同，那些斑點是給珠子蒙塵的，但這幾絲金線卻讓珠子錦上添花。」

梁錦昭笑道：「聽完潘爺爺的教誨，晚輩真是受益良多。」

潘駙馬又看了其他幾顆小珠子，點頭表示喜歡。

丁掌櫃見狀，道：「不瞞先生說，買這幾顆珠子，小人一共花了二千九百兩銀子，若它們能入先生的眼，也是它們的福氣，小人願意原價轉讓。」

潘駙馬喜歡別人稱他為先生，不喜喊他老爺、伯爺或駙馬。名士的怪癖多，潘駙馬也不例外。身為耳聽八方的生意人，丁掌櫃自然也知道潘駙馬的喜惡。

潘駙馬擺手。「你是生意人，哪有讓你不賺錢的道理。」

丁掌櫃躬身笑道：「敝店能得先生青睞，已是榮幸之至。先生實在要客氣，小人就收三千兩銀子吧。」

潘駙馬點頭，下人掏出銀票給丁掌櫃，把裝珍珠的圓盒收起來。

此時，錢亦繡和錢亦錦正坐在酒樓裡吃包子，吃得小嘴油汪汪。龍眼包子皮薄肉多，包子上面沒封口，露出龍眼大小的醬肉團，看著就好吃。

錢三貴吃了幾個，就樂呵呵地看著兩個小人兒吃，偶爾還用帕子幫他們擦擦嘴。

這時，幾個喜形於色的年輕書生走進來，在鄰桌坐下。

其中一人興奮地說：「今天真是太好運，竟然得以一睹潘先生的風采，哪怕只看到先生的背影，這輩子也足矣。」

另一個人得意地說：「我倒是看見潘先生的側面，覺得先生比傳言中還要高潔如華、卓爾不群。」

又有人笑道：「聽寶吉銀樓的伙計說，潘先生不僅對他們銀樓大加讚賞，還買了五顆珍珠。這話一傳揚出去，寶吉銀樓的生意肯定要更上一層樓，不僅學子們會蜂擁前往，婦人也會爭相去買首飾……」

幾個人一陣吹噓，把潘駙馬吹成天上少有、地上無雙，前無古人、後無來者的美男加才子。

錢亦繡也不吃包子了，而是一直側耳聽著。她實在太好奇，就低聲問錢三貴：「爺爺，他們把潘先生說得那麼好，那人是西州書院的先生嗎？」西州書院是西州府的官辦書院，是冀安省最好的學府，也是錢亦錦作夢都想來讀書的地方。

錢三貴搖頭笑道：「聽他們的口氣，說的應該是京城的名士潘駙馬。」

錢亦錦又問：「他們都說潘先生才貌無雙，他比得上翟樹翟大人嗎？」

萬大中笑起來，低聲說：「翟大人比潘先生可是差遠了。翟大人是農家子弟，醉心於仕途，為人端方；而潘先生正好相反，出身世家，又尚了公主，被封伯爺。但他從不以世家子、伯爺或駙馬自居，視權勢為糞土，生性風流灑脫，才華無二，他的丹青更是千金難求。我在北邊時就聽說過，潘先生是神仙般的人物，被所有學子仰望。」

原來是駙馬！這個傳說中的角色竟跟自己擦身而過，錢亦繡有些遺憾。如果他們晚走一會兒該多好。

錢亦錦則覺得萬大中貶低了自己崇拜的偶像，有些不舒坦，遂不吭聲。

錢華也低聲道：「在京城時，我只遠遠看過潘先生一面，真真是神仙般的人物，極受學子與婦人歡迎。之前有個自負才情極佳的人因不滿潘先生的盛名，在茶行說了貶低他的話，就被幾個學子一頓暴打，還被眾多婦人吐口水。」

原來那位潘駙馬是全民偶像。錢亦繡喜歡看美人，聽了這麼多傳言，更是捶胸頓足。無緣見到大乾第一美男子，可惜了。

幾人吃完飯，又買了兩籠龍眼包子回去，給錢四貴的家人吃。這種包子，錢亦多肯定愛吃，可惜現在天氣太熱，帶回花溪村會壞掉。

酒樓旁邊是間繡樓，錢亦繡想給程月和錢滿霞買些好的繡線和素綾，幾人便走了進去。

錢三貴等人對這些不感興趣，在一邊休息。店裡有把椅子，錢華搬來讓錢三貴坐下。

錢亦繡踮著腳尖，在櫃檯前挑了半天，買了二十股最好的繡線，給程月繡她「心中最美麗的花」，另買十尺素綾、三十股次一等的繡線，這些是送錢滿霞、錢滿蝶和錢曉雨的。又給錢亦多買了兩張漂亮的繡帕，還買了最次一等的素綾和繡線，讓她和錢亦多練手用，還要送些給謝虎子的女兒。最後，又買了五套繡花針、二十朵絹花。

這些東西，一共花了二十五兩銀子。東西多，足足包了兩個大包裹，讓錢三貴都有些側目。

路過書齋時，錢亦錦又進去買了些筆墨紙硯，除了自己用，還要送給張先生和錢亦善等人。

幾人走走歇歇，又給錢老頭夫婦和一些親戚買禮物，直逛到日頭偏西，才叫輛驢車，往錢四貴家趕去。

驢車雖然簡陋，不擋太陽，但可以遊街。錢亦繡坐在車上，饒有興致地看著西州府的大街小巷。

這真是個混亂的朝代，三國前的許多歷史事件和傳說都有，但又不完全一樣。地名也是，有些跟前世歷史長河中的相似，有些又完全不同。

這時代有些像明朝中後期，商品經濟發展非常繁榮，已經處於資本主義萌芽狀態，商人的地位沒有之前那麼低下；而且，軍事比較強大，大乾朝是這個架空世界最強大的國家之一。據說現在的乾文帝非常勤勉，也善於納諫，是個仁君。

幸好穿越到這個太平年代，雖然邊境時有戰火，還不會燃到這裡。只是，可憐的小爹爹卻永遠留在了那裡。

眾人回到家，去看鋪子的錢四貴竟然還沒回來。錢三貴累著了，直接進屋歇息。

小兄妹分別把素綾、繡線和筆墨送給錢四貴的兒女。

錢亦繡悄悄進了房裡，跟錢三貴撒嬌，向他要兩個大銀錠子當零花錢。

錢三貴想，珍珠能賣這麼多錢，都是孫女和猴哥的功勞，況且孫女聰慧，不會亂花錢，又給了一百兩銀票，讓錢亦繡開心不已。

錢三貴還要給錢亦錦，錢亦錦搖頭，說他懶怠管錢，如果要用，再跟爺爺和奶奶要就是。

錢亦繡聽了，便埋怨錢亦錦：「哥哥不想管錢，可繡兒喜歡啊，怎麼不把錢收下，讓繡兒幫你管呢？」

這話不僅把錢三貴逗笑了，錢亦錦也笑起來，遂向錢三貴要一錠銀子，交給錢亦繡保管。

他實在搞不懂，如今家裡不缺銀子了，可妹妹拿著銀子的笑容，依然像以前一樣燦爛無比。便暗暗下定決心，定要好好發憤圖強，以後多掙點錢，讓妹妹高興。

——未完，待續，請看文創風543《錦繡榮門》3

文創風 542

錦繡榮門 2

國家圖書館出版品預行編目資料

錦繡榮門 / 灩灩清泉著. --
初版. -- 臺北市 : 狗屋, 2017.07-
冊 ; 公分. --（文創風）
ISBN 978-986-328-751-3（第2冊：平裝）. --

857.7　　106007792

著作者　灩灩清泉
編輯　安愉
校對　黃薇霓　簡郁珊
發行所　狗屋出版社有限公司
地址　台北市104中山區龍江路71巷15號1樓
電話　02-2776-5889～0
發行字號　局版台業字845號
法律顧問　蕭雄淋律師
總經銷　知遠文化事業有限公司
電話　02-2664-8800
初版　2017年7月
國際書碼　ISBN-13　978-986-328-751-3

本著作物由起點中文網（www.qidian.com）授權出版

定價250元
狗屋劃撥帳號：19001626
網址：love.doghouse.com.tw　E-mail：love@doghouse.com.tw